시작은, 페루

* 이 도서의 국립중앙도서관 출판시도서목록(CIP)은 e-CIP홈페이지(http://www.nl.go.kr/ecip)와
국가자료공동목록시스템(http://www.nl.go.kr/kolisnet)에서 이용하실 수 있습니다.
(CIP제어번호: CIP2014027183)

시작은, 페루

1판 1쇄 인쇄 2014년 10월 16일
1판 1쇄 발행 2014년 10월 23일

지은이 · 김재호
펴낸이 · 주연선

책임 편집 · 이진희
편집 · 심하은 백다흠 강건모 이경란 오가진 윤이든
디자인 · 김현우 김서영
마케팅 · 장병수 김한밀 정재은
관리 · 김두만 구진아 유효정

(주)은행나무

121-839 서울특별시 마포구 양화로11길 54
전화 · 02)3143-0651~3 | 팩스 · 02)3143-0654
신고번호 · 제 1997-000168호(1997. 12. 12)
www.ehbook.co.kr
ehbook@ehbook.co.kr

잘못된 책은 바꿔드립니다.

ISBN 978-89-5660-806-8 03810

: 세상 끝에서 혼자 걷는 산책 혹은 여행 :

시작은, 페루

글·사진 김재호

은행나무

고백

이 글은 6년 전에 쓰여졌다.
다시 말해 유통기한이 지난 정보들이 난무할 수 있다.
화폐의 가치가 그러할 것이고, 교통편 정보 또한 그러할 것이다.
더러 아름다운 가게들이 전혀 다른 모양새로 변했을 수도 있다.
찾을 수 있는 만큼은 현실을 반영하여 부록으로 표기를 했다.
그럼에도 불구하고 책을 내기로 결심한 것은 무엇보다 정보 위주의
가이드북이 아니고, 짐작컨대 남미의 어제와 오늘이 변화나 성장의
급류에 휩쓸릴 형편이 아니라는 까닭도 있다.
대자연은 쉽게 변하지 않는다. 안타깝지만 가난 또한 변화가 더디다.

6년 전《멕시코 일요일 2시》를 펴낸 적이 있다.
이 책의 글 또한 그 무렵 함께 쓰였다. 속편으로 준비했으나 세상에
나오지 못했던 것은 전편의 반응이 기대에 미치지 못했던 탓도 크다.
책이 나오고, 멕시코 국경 지역에서 한인들이 피랍되고, 돼지독감이
확산되고, 경기가 나빠지는 이른바 삼재가 함께 따라왔다. 사람들은
멕시코를 여행할 관심이 1그램도 없었던 거다. 남미 여행기까지 낼
엄두가 나지 않았다. 그리고 잊혀진 원고가 되었다.
지난 달 불현듯 출판사에서 연락이 왔다.

마침 모 방송사의 인기 프로그램이 페루를 배경으로 하고 있다고,
다른 말로 사람들이 남미에 관심을 가지기 시작했다고,
지금 책을 내보면 어떻겠냐고.

시간이 지난 글을 다시 들춰보니 부끄러워 잠시 저어하기도 했지만,
누군가의 마음에 그 땅이, 그 여흥이 닿을 수 있다면, 그 또한 다행이
다 싶었다. 여행은 '정보(情報)보다 정취(情趣)'라 우겨본다.

간밤에 쓴 연애편지를 아침에 용기 내어 세상에 부친다
2014년 8월

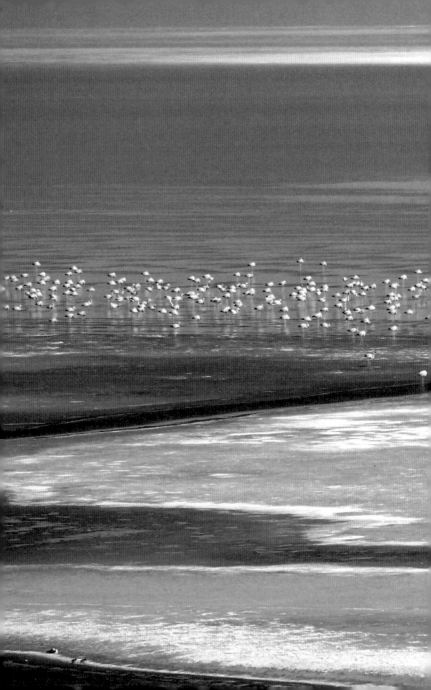

진주 목걸이를 한 호수
― 볼리비아, 우유니

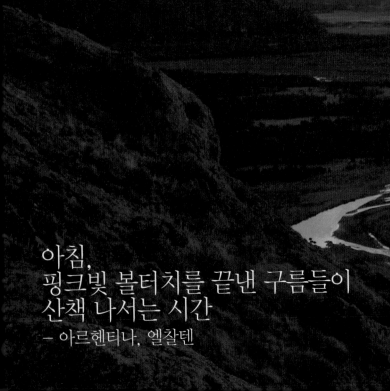

아침,
핑크빛 볼터치를 끝낸 구름들이
산책 나서는 시간

– 아르헨티나, 엘찰텐

웃음이 웃음을 낳는다
저의 웃는 얼굴이 찍힌 사진을 보고
더 큰 웃음으로 기뻐하던 아이
그 아이 보며 나 또한 싱긋

여행길

Trinidad
and Tobago

Caracas

베네수엘라

Bogota

콜롬비아

Gergetown   Paramaribo   Cayenne
            Suriname   Guyane
      Guyana

갈라파고스
제도

Quito

에콰도르

Manaus

페루

브라질

리마   마추픽추
피스코   쿠스코
이카
    나스카   푸노
        볼리비아
        라파스
        수크레
        포토시
        우유니

Brasilia

산 페드로 데 아타카마

파라과이

Sao Paulo

남태평양

Asuncion

발파라이소
산티아고   부에노스 아이레스

우루과이

Montevideo

칠레

아르헨티나

남대서양

바릴로체

포클랜드 제도

엘칼라파테

우수아이아

차례

고백 4

이곳은 집, 후지여관에서 세상의 끝까지

여행이란, 끝난 뒤에도 계속되는 것

여행이 끝난 일상에서도 계속 여행할 수 있게 해주는 것

그것이야말로 가장 큰 여행의 축복

'페루'라는 테마파크

페루 리마, 피스코, 와카치나,
나스카, 쿠스코

누군가 내게 페루를 수식하는 단어를 하나만 고르라고 한다면, 주저 없이 하나의 잘 갖춰진 '테마파크'를 고를 것 같다. 그리 길지 않은 동선 안에 바다, 산, 사막, 협곡, 정글, 하늘, 호수, 섬…… 지구에 기대할 수 있는 거의 모든 자연이 존재하는 나라. 리마와 같은 현대적인 해안 도시와 마추픽추와 같은 신비스런 고대도시가 공존하는 나라. 일정을 바투 잡는다면, 아침 일찍 피스코에서 온갖 바다생물이 서식하고 있는 바예스타 섬을 둘러본 후, 같은 날 오후 와카치나의 사막에서 모래 바람을 들이마시며 샌드보딩을 하고, 사막에 내려앉는 환상적인 석양을 바라본 후 꿈속으로 잠긴 다음, 이튿날 하늘을 비행하며 신비스런 나스카의 지상화를 감상할 수도 있는 것이다. 이런 테마파크스러운 여행, 나와는 거리가 먼 것이라고만 생각해왔는데, 페루에서는 어쩐 일인지 벌써부터 머릿속으로 루트를 그려가고 있다. 그 테마파크 하나하나 다 발도장을 찍어 '참 잘 했어요' 도장이라도 받고 싶어지는 나라, 내게 페루가 그랬다.

페루를 돋보이게 하는 빛나는 점들이 있다. 연결하는 것만으로도 훌륭한 하나의 별자리가 되고 마는 그런 점들. 대개의 사람들은 리마부터 시작하여 남으로 내려가지만, 리마 북쪽에도 매력적인 점들은 여전히 존재한다. 아마존이 흐르는 정글 이키토스, 식민지풍의 고풍스러운 도시 트루히요, 시판 유적 가까이 치클라요 등. 리마에서부터는 거의 모두가 약속이나 한 듯 태평양 연안을 따라 미끄러져 내려간다. 리마 – 피스코 – 이카(와카치나) – 나스카 – 아레키파 – 푸노 – 쿠스코(마추픽추). 한두 곳을 생략하는 것 정도가 개인별 차이랄까. 그래서인지 길에서 우연히 만나 헤어진 친구들과도 만나자는 약속 없이 마주치는 일이 빈번하다.

페루의 삶이 결코 넉넉해 보이진 않았지만, 그렇다고 부족하게 느껴지지 않은 것 또한 어쩌면 이 테마파크 때문인지도 모른다. 자연은 척박하면 척박한 대로 절경을 빚어놓았고, 조상들은 먼 미래를 바라보고 생계책을 마련해준 게 아닐까 싶을 만큼 역작을 만들어놓았다. 땅 위에 거대한 그림을 그리질 않나, 깊은 산 속에 엄청난 도시를 짓지 않나, 드넓은 호수에 갈대로 섬을 만들어 살지 않나, 그럼에도 인정해야 할 것은 이거 완전 관광국이잖아, 라는 핀잔조차 나오지 않을 만큼 너무 매력적이라는 것.

이른 새벽 쿠스코,
이제 막 일어나 세수한 맑은 얼굴

아름다운 도시, 리마

새벽 여섯 시 정각, 비행기는 어색하리만큼 정확하게 페루 리마 공항에 미끄러지듯 사뿐히 내린다. 입국수속도 여태 경험한 것 중 가장 빨랐고, 짐 찾는 과정 또한 초스피드였다. 이른 아침이라 추울지도 모르겠다며, 스카프며 모자며 주섬주섬 챙겨든 손이 부끄러울 만큼 공기는 따뜻했다. 아니 정확히 말해 눅눅했다. 금방이라도 울음을 터트릴 것처럼 물기를 잔뜩 머금은 하늘, 짭짤한 바람이 느껴졌다. 페루의 수도, 리마는 항구도시였다. 나는 리마가 태평양을 바라보고 있는 도시라는 아주 기초적인 정보조차 모른 채 무작정 날아온 것이다.

비행기는 다 좋은데, 공항의 위치가 늘 문제다. 대개 공항은 그 면적 때문에라도 시내에선 한참 떨어져있기 일쑤고, 그래서 밤늦게, 혹은 새벽 일찍 뜨고 내리는 비행기라도 타게 되면 여간 난감한 게 아니다. 리마의 공항은 구시가지에서는 약 12킬로미터, 신시가지인 미라플로레스에서는 약 16킬로미터 떨어진 곳에 위치한다. 다행히 이틀 이상을 묵으면 공항 픽업을 공짜로 해준다는 호스텔을 발견, 페루로 오기 전 미리 예약 메일을 보내 두었다. 공항에서 내 이름을 들고 기다리는 사람을 보는 건 역시 어색하다. 자그마한 체구의 페루 아저씨가 나를 반겨준다. 가방을 트렁크에 싣고 뒷좌석에 앉고 나니 그제야 마음이 놓인다. 숙소까지 가는 길 내내 아저씨는 매우 친절했고, 그 친절에 되레 미안해졌다.

'리마, 위험할 텐데⋯⋯.'

중남미 어느 곳에서도 늘 같은 말을 들어왔으면서도, 나는 또 은근히 겁을 먹고 있었다. 숙소 또한 그런 연유로 공항까지 마중 나와주는 곳을 택했던 이유도 없지 않다. "구시가지는 위험하니까, 될 수 있으면 신시가지인 미라플로레스 쪽에 숙소를 잡는 게 좋아." 여행 선배들의 바이블 같은 금언을 따라 미라플로레스까지 달려간다. 이른 아침 자동차로, 그것도 굉장한 스피드로 밟아서 삼십오 분이 걸렸다.

'쳇, 걸어서 둘러보긴 어림 없는 도시군.'

나의 불평이란 고작 그런 정도. 달리는 차안에서도 탐색을 멈출 수 없었다.

이른바 센트로, 구시가지를 지나는 순간, 두 눈을 의심하지 않을 수 없었다. 아직 채 밝지 않은 이른 시각과 낯선 도시를 향한 긴장 탓도 있겠지만, 리마 센트로를 향한 첫 인상은 한마디로 '신들이 가지고 놀다가 버린 도시, 인형의 집'과 같다는 느낌. 오랜 건물들은 분명 3차원의 입체임에도 어쩐지 종이인형 집처럼 평면으로 느껴진다.

특히 5월2일 광장을 지날 때는 숨이 멎는 것만 같았다. 같은 얼굴의 건물 여덟 채가 중앙의 탑을 중심으로 빙 둘러싸고 있다. 그것도 네모 반듯한 아파트들이 줄지어 있는 것이 아니라, 하늘색의 화려한 건물들이 방사형으로 둥글게 서있다. 얼핏 보면 여덟 채의 건물이 정말 똑같다. 자세히 보면 아주 작은 차이들이 있긴 하다. 마치 오락실의 틀린

인간이 만들어내는 것보다
먼저 광고해야 할 것들이 있다
이를테면 리마의 파란 하늘

그림 찾기 게임처럼. 할 수만 있다면 하늘 위로 올라가 공중에서 사진 한 컷 찍고 싶다. 그럼 정말로 만화경 속을 들여다보는 기분일 텐데. 건물들의 컬러는 죄다 낮은 채도이다. 일년에 한두 번 올까 말까, 비 구경하기 힘든 도시라 온통 먼지를 뒤집어 쓴 탓도 있을 터이다. 그래 서인지 음울한 새벽 또한 아주 오래 전부터 이 도시의 일부인 것처럼 느껴졌다. 다분히 몽환적인 느낌을 안고, 저렴한 도미토리 투숙객에 게도 무료 공항 픽업에 아침 일곱 시 체크인까지도 기꺼이 받아주는 호스텔 '사마이 와시'에 그대로 쓰러져 잠이 들었다.

야간이동은 타격이 크다. 그나마 이른 아침 한숨 자고 일어나니 살 것 같다. 다행이다, 아침 일찍 도착해서 그대로 한숨 잘 수 있는 숙소라 서. 다행이다, 남미에서는 비행기 탈 때 짐 잃어버리는 경우도 허다하 다는 말에 은근히 걱정했는데 짐들이 모두 잘 와주어서. 다행이다, 흐 리지 않을까 걱정했던 날씨가 맑아주어서. 여행길에선 작은 것 하나 도 더 이상 작은 것이 아니게 된다. 아무렇지 않게 여겼던 모든 사소 한 것들을 감사히 여길 수 있어, 그것이 무엇보다 가장 다행한 일이다.

말도 안 되는 구분이겠지만, 도시는 맑은 도시와 흐린 도시로 나뉜다. 그곳이 유럽이건 아메리카이건 오세아니아이건 대륙 은 중요치 않다. 맑은 도시는 여행의 의욕을 고무시키고, 세상을 온통 장밋빛으로 물들임과 동시에 지구에 살아있음을 감사케 하며, 낯선 타인에게도 실없는 미소를 날려보내게 하는 위력을 가지는가 하면, 흐린 도시는 봄, 여름, 가을을 죽이고, 니체를 되살리며, 군중 속에서도 고독한 보행자가 되게 하여, 급기야 이런 곳에 살아 무엇하리 절망하게 하고, 어서 빨리 대자연으로 떠나고 싶게 만든다.

다행히 리마의 첫 표정은 맑음. 음울했던 새벽은 온데간데없다. 신이 가지고 놀다 버린 유령 도시로 비춰졌던 바로 그 센트로에는 이제 따뜻함과 활기만 넘쳐날 뿐이다. 실제로 리마에 비 올 확률은 내가 어쩌다 거리에서 장동건 마주칠 확률쯤 되지 않을까 싶다. 늦은 봄에만 안개비처럼 조금 흩뿌릴 뿐, 웬만해서 리마의 하늘은 울지 않는다. 그래서 리마의 비는 '잉카의 눈물'이라고도 불린다 했다. 낭만적인 이름 뒤에 슬픈 역사의 그늘까지, 위트 한번 대단하다. 태평양에서 불어오는 물기 머금은 해풍은 리마를 가볍게 지나 안데스 산맥을 넘어선 후에야 빗방울이 되어 떨어진다. 안데스 산맥이 거기 있는 한, 리마에 비 올 일은 없는 거나 마찬가지인 거다.

미라플로레스에서 센트로까지, 호스텔에서 일하는 루이스는 택시를 타라고 했지만, 나는 부러 미크로부스를 선택했다. 블록마다 서는 통에 사십 여분이 걸리긴 했으나, 요금은 단 1솔, 약 3백 원 정도이다. 엄청난 매연을 뿜으며 겁나게 달린다. 그렇다고 속도가 빠른 건 아니다. 다만 워낙 덜컹이는 통에 정신이 없다. 요금을 받고 행선지를 외치며 호객하는 안내원에게 '그라우 광장'에 도착하면 알려달라고 신신당부한다. "탁나(tacna, 거리 이름)! 탁나!" "라르꼬(larco)! 라르꼬!" 행선지를 외치는 안내원의 목에 핏대가 선다. 거기에 낡은 버스들의 소음까지. 그래서 늘 리마는 시끄럽다. 미라플로레스에서 센트로를 잇는 아레키파(arequipa) 거리는 늘 그 모양이다.

그라우 광장부터는 건물이 곧 작품이다. 리마 미술관, 정원이 더 아름

회색도시, 그게 뭔데?
– 페루 리마

다운 이탈리아 미술관, 벌거벗은 듯, 혹은 타다 남은 듯한 잿빛의 최고
재판소, 그리고 그 무채색 사이의 균형을 깨지 않으려 은근슬쩍 같은
회색의 얼굴을 한 쉐라톤 호텔까지. 그러다 비레이(Virrey) 호텔 앞 녹
색의 까사 리막(Casa rimac) 건물 앞에서 그만 또 넋을 잃고 말았다.
들춰보면 죄다 스페인 식민지 시대의 산물임을 모르는 바 아니었지
만, 아름다운 건 아름다운 거다. 이렇게 큰 건축물이 하나의 색으로 채
색돼 있음은 참으로 신선한 느낌이다. 여태 보아온 건물들은 주로 재
료 자체에서 나오는 천연의 색을 바탕으로 고작해야 지붕, 고작해야
창문에 색이 더해졌던 것이 대부분이었다. 출구마다 스테인드글라스
로 장식한 캐노피도 쉽게 지나칠 수 없다.

이 훌륭한 건물들은 사실 낮보다 밤이 백 배는 더 아름답다. 조명발
받아 요염하기까지 하다. 아르마스 광장이며, 그라우 광장의 기념비,
산 아구스틴 교회며, 볼리바르 호텔 등등. 고풍스러운 건물들을 향한
조명등 불빛은 최고의 메이크업이다. 밤이 아름다운 도시는 사람을
설레게 하는 묘한 매력이 있다. 리마에서 특별히 누굴 만나 기막힌 경
험을 한 것도 아닌데 이곳을 아름다운 도시로 기억하는 것도 어쩌면
밤의 불빛들 때문이 아닐까, 라고 생각할 만큼.

걷다 보면 금방 또 다른 광장과 마주친다. 센트로는 십 분마다 새로운
광장과 마주할 정도로 광장이 넘친다. 그라우 광장, 산 마르틴 광장,
아르마스 광장, 볼리바르 광장, 빅토리아 광장, 5월2일 광장, 블로그
네시 광장…… 나열하기도 벅차다. 놀랍게도 광장은 저마다 다른 표
정으로 자신의 개성을 드러낸다. 온통 새하얀 산 마르틴 광장에 서자
마치 스페인 마드리드의 그랑비아 거리, 혹은 중앙우체국 앞에 서 있
는 기분이었다. 그 중에서도 가장 광장다운 광장은 아르마스 광장. 이
곳에 대통령궁과 대성당 등 주요 건물들이 진을 치고 있다. 노랑과 회

색이 아르마스 광장을 더욱 따뜻하게 한다. 건물마다 볼록하게 배를 내민 나무 창문이 인상적이다. 덧문까지 꼭꼭 닫아둔 모양이 얼마나 햇살이 풍요로운 도시인가 짐작하게 한다.

아르마스 광장에서 한 블록만 올라가면 강이라고 하기엔 너무나 탁한, 그럼에도 시원한 리마크 강과 마주친다. 좀처럼 비 내리지 않는 리마이지만 강줄기는 제법 힘차게 꿈틀거린다. 이게 다 안데스 산맥이 머금고 있는 물이란 말이지. 황토로 범벅이 된 강물, 리마의 아이들은 어쩌면 강물을 그릴 때 황토색 크레용을 집어들지도 모르겠다는 생각이 들었다. 리마크 강 너머 산크리스토발 언덕엔 희뿌연 장막이 하나 덮여있는 것만 같고 거친 산기슭에 낡은 집들이 기묘하게 박혀있다. 도시를 탐험하다 언덕이 나오면 한번쯤 올라가 시가지 내려다보는 걸 좋아했는데, 이상하게 걸음이 내키지 않는다. 이 강을 넘으면 현실이 아닐 것 같은 기분. 그토록 풍경은 오묘하다.

"지금은 만날
기분이 아니야"
날마다 찾아오는
햇살과 밀당
– 리마의 흔한 덧창

집들이 산으로 올라가
어느새 산이 되었다
- 리마크 강 너머 산크리스토발 언덕

아르마스 광장과 산 마르틴 광장을 잇는 라우니온 거리. 나는 그만 거부할 수 없는 닭고기 냄새에 이끌려 대낮부터 쿠스케냐에 통닭구이를 먹고 말았다. 쿠스코에 가서 마셔봐야겠다고 아껴두었던 쿠스케냐 맥주. 갑자기 혹시라도 쿠스코에 도착해서 고산병이라도 앓게 되는 건 아닐까, 그렇다면 미리 마셔두는 수밖에 없겠다는 생각이 딱 적절한 타이밍에 떠오른 거다.

눈물 나게 맛있는 치킨구이. 자타가 공인하는 치킨 마니아로서, '노르키(Norky's)'의 닭고기는 사랑받아 마땅한 맛이다. 몇 시간을 숯불에서 구워낸 걸까. 기름기 없이 야들야들 쫀득쫀득. 혼자 먹기 미안한 맛이다. 이런 맛있는 치킨집이 리마에 지천으로 널렸다. '파르도네 치킨(Pardo's chicken)' 또한 빼놓을 수 없는 감동적인 곳. 나로서는 중남미에서 가장 흔하게 먹을 수 있는 음식 중 하나가 뽀요(pollo, 닭)라는 게 얼마나 다행인지 모르겠다. 이번 여행이 끝날 즈음에는 닭이 지겨워질 수도 있을까? 모르긴 해도 그런 날은 오지 않을 것 같다.

나의 아름다운 가게들. 리마의 골목을 거닐다 보면 여기저기 꽤 흥미로운 곳들과 자주 마주친다. 센트로에서 오랜 과거의 정취를 만끽할 수 있다면, 미라플로레스에선 제법 아기자기한 현대를 누릴 수 있다. 걷다가 발견한 예쁜 옷가게, 귀여운 서점, 로맨틱한 공원. 잡지 기자라도 된 기분으로 골목을 누빈다. 그러니까 이번 달에 소개하고 싶은 가게는 말이야…….

코만단테 에스피나르(Comandante Espinar) 대로변에 붙은 엔리께

메이그스(Enrique Meiggs) 골목 안에는 보는 것만으로도 즐거운 소품 가게, 옷가게가 심장을 마구 두드린다. 그 중에서도 '에스테레오포니까(Estereofonica, 입체음향)'라는 옷가게는 페루 패션 디자이너들의 작품을 소개하는 곳으로, 정말로 보는 것만으로도 즐거워지는 곳이다. 조그마한 가게 앞에는 초등학생이나 앉을 법한 더 조그마한 책걸상이 놓여있고, 빛바랜 칠판에 가게 이름이 적혀있다. 마치 낙서한 듯 통유리에 그려진 그림들, 잡지에서나 보던 인테리어, 세심하게 디자인된 물건들. 가격도 착하다. 맞은 편 옷가게도 훌륭하다. 앤틱풍의 인테리어에 히피스러운 옷들이 오묘하게 조화를 이루는데, 가게 그대로 가로수길 어딘가에 옮겨놓아도 어색하지 않을 것 같다. 이를 어째, 이걸 사서 갖고 다녀야 해, 말아야 해. 여행 중 쇼핑 충동은 말 그대로 고문이다.

그라우 거리에 있는 '엘 가토 에스파씨알(El gato especial, 특별한 고양이)'도 놓칠 수 없는 곳이다. 귀엽고도 도도한 고양이가 옷에, 동전지갑에, 배지에 박혀있는 걸 보면 사지 않고는 못 배긴다. 주인장의 자부심이 이만저만이 아니다. 멕시코에선 솔직히 정교하게 예쁜 거 거의 못 봤다. 화려하긴 했지만 어딘가 2퍼센트 부족한 조악함. 그런데 페루는 기대 이상으로 아기자기하고, 기대 이상으로 세련됐다.

라르꼬 거리 986번지에는 '콘트라쿨투라(Contracultura, 반문화)'라는 이름의 독특한 서점이 있다. '우리는 니네 부모님들이 절대로 사주지 않는 책들을 갖고 있답니다(Tenemos los libros que tus padres nunca comprarán)' 슬로건부터 매력적이다. 아무래도 직업병인가. 페루까지 와서 슬로건에 혹하다니. 읽지도 못할 스페인어로 된 책들인데도 괜히 사고 싶은 맘이 다 생길 정도다. 19금 서적 파는 곳은 아니고, 락 음악이나 영화, 판타지, 소설, 만화 등 청춘들이 좋아할 책들 위주의 서점이다. 가만 보니 부모뻘 되는 어른들도 와서 열심히 고르고 있다. 장기 여행에서 쇼핑 충동이 얼마나 고문인가를 다시 한번 확인한 것은 바로 '까사 이 이데아스(Casa & Ideas, 집과 아이디어)'에 발을 들여놓은 순간이었다. 이름이 말하듯 인테리어 소품, 주방용품, 욕실용품 등등 집안 꾸미는 물건들 파는 곳이다. 이런 곳은 구경하는 것만으로도 신이 나는데, 하물며 가격까지 너무 착하다. 그래서 기어이 사고 말았다. 보라색의 깜찍한 필통과 카키색에 붉은 술이 달린 귀여운 덧버선, 오렌지색의 빨래집게 가방, 여섯 가지 향의 40개들이 아로마 향, 바람에 부서지며 노래하는 윈드차임까지 모두 다 해서 2만 원이 채 되지 않는다. (지금도 내 방 창문에는 페루에서부터 사들고 온 윈드차임이 바람 한줄기 지날 때마다 맑고 투명한 소리로 부서진다.)

바다의 소리에 이끌려 태평양을 향해 걸어간다. 내겐 너무 사치스러운 바다, 라르꼬마르. 이 현대적인 아케이드를 들어가기 위해서는 총을 든 경비와 신경전을 벌이는 수고를 거쳐야 하지만, 일단 그 안으로 들어가면 귀찮을 정도로 집요하게 말을 거는 사람도, 물건을 팔려고 덤벼드는 상인도 없는 철저히 혼자인 자유시간을 덤으로 얻게 된다. 넋 놓고 저 멀리 방파제 끝에서 아슬하게 반짝이는 불빛을 바라본다. '로싸 나우티카(Rosa Nautica, 선원의 장미)'라는 이름의 식당. 그림자가 길어지기 시작할 무렵, 식당은 이름처럼 아름답게 피어난다. 출렁이는 물결 위로 불빛이 함께 흔들린다. 테이블 위까지 바닷물의 냄새며, 파도 소리까지 고스란히 전해질 만큼 식당은 바다에 바싹 붙어있다. 아니 바다에 떠있다는 표현이 적확할지도 모르겠다. 오늘밤에도 무수한 커플들이 저 로맨틱한 식당에서 사랑을 속삭이며 잊지 못할 시간을 보내고 있겠지. 십 분쯤 바다를 따라 오른쪽으로 걸어 올라가본다.

눈앞에 펼쳐진 건 '연인들의 공원(Parque del amor)'. 가장 먼저 시야에 들어온 건 진하게 키스 중인 거대 동상. 투박한 듯 둥글둥글한 형체가 너무 거대해서 계속 바라보자니 피식 웃음이 새어나왔다. 수많은 사람들이 그 동상 앞에서 사진을 찍어댔지만, 오히려 나는 공원 주위를 감싸는 담장에 끌려 한동안 멍하니 담장만 바라보았다. 하필 카메라 배터리가 나갈 게 뭐람. 잊지 않으려고, 카메라 대신 가슴에 담아두려고, 그래서 더 오래 바라본 꽃잎 같은 긴 담장. 바르셀로나 구엘 공원의 오마주가 따로 없군. 가우디 아저씨가 다녀간 걸까. 알록달록 조각타일이 박힌 귀여운 담장이다. 그 담장 어느 즈음에서 마주치는 황홀한 구절. '나의 꿈은 잃어버린 섬 하나(Mi sueño es una isla perdida)'. 그리고 돌아가는 길을 잃지 않도록, 빛이 완전히 사라지기 전에 아스라한 공원을 빠져나왔다.

호스텔 직원, 루이스는 내 여권을 보더니, 갖은 폼을 다 잡고는 찍힌 도장 하나하나 구경을 한다. 가끔은 여권에 찍힌 도장들만 봐도 괜히 기분이 좋아질 때가 있다. 그 도장들이 늘어나는 걸 보는 재미, 그리고 그걸 누군가 알아주고 부러워해줄 때의 재미. 아직 해외여행 한 번 가본 적 없다는 루이스의 눈이 그래서인지 더 반짝인다. "음, 미국도 가고, 유럽도 가고. 호주, 스페인…… 많이도 다녔네. 어?

젊은 리마가 외쳤다
꽃들을 보라!
– 리마 미라플로레스(mira'보라' + flores'꽃들')

모로코는 며칠 안 있었네."

"제법인데, 꼭 입국심사대 직원 수준이야."

녀석, 날짜까지 참 꼼꼼히도 본다.

"어디 보자. 오호, 대한민국을 가장 많이 여행했구나."

하하하. 그렇지, 그 말이 정답이지. 휴가다 출장이다 들락날락 하면서 가장 많이 찍힌 도장은 결국 우리나라 출입국 도장. 아닌 게 아니라 여행을 시작하고 나니, 서울의 생활도 가끔은 여행 같다. 가능한 한 여행길에서 세상을 바라보는 시선을 일상에서도 유지하려고 노력했으니까. 여행에서 작은 사소한 것에 감사했던 마음, 일상에서도 잃지 않으려 노력했고, 여행에서 검소하게 보냈던 하루하루, 일상에서도 이어가려고 노력했으니까. 여행의 습관이 일상까지 따라오는 건 즐거운 변화다. 가방 속엔 늘 필기구와 작은 물통, 손수건, 일용할 간식 따위

허물어져가는 것에서도
아름다움을 발견하는
유일한 시선
여행자의 시선

가 있다. 어쩌면 내 여행의 궁극은 하루하루 살아가는 날들도 여행하듯 호기심 어린 눈으로 바라보고, 즐기는 마음으로 받아들이는 것일지도 모른다는 생각, 루이스의 말이 일깨워주었다.

좋아하는 다큐멘터리 사진 작가, 도로시아 랭(Dorothea Lange)은 카메라에 대해 이런 말을 남겼다. "카메라란 그것 없이 세상을 보는 방법을 가르쳐주는 도구이다(The camera is an instrument that teaches people how to see without a camera.)." 날마다 카메라를 끼고 사진을 찍는 요즘, 더욱 가슴에 와닿는다. 얼핏 보면 특별할 것 없는 풍경에서도 놀랍게도 카메라는 특별한 장면을 스스로 찾아내는 능력을 갖고 있다. 우리는 농담처럼 말을 하곤 한다. 사실 카메라에 담긴 저 앵글이 다야. 그것 말곤 아무것도 없어. 그러나 설령 그것이 진실이라 해도 그건 참 유의미한 작업이란 생각이 든다. 내가 카메라를 들고 사진을 찍는다는 것은 언제까지고 기억하고 싶은 소중한 무엇, 아름다운 무엇을 담는다는 뜻. (물론 대상이 반드시 아름다울 필요는 없다. 도로시아 랭이 그러했듯 카메라가 담고자 하는 건 미추를 떠나 결국 우리가 잊지 말아야 할 무엇인 거니까) 특별할 것 없는 풍경에서도 특별한 무엇을 끄집어낸다는 뜻. 그래서 카메라에 길들여지고 나면 어느 순간 카메라가 없는데도 저절로 구도를 잡고 있는 자신을 발견하게 된다. 야, 저기 사진 찍으면 예쁘겠다. 지금 저 장면, 오래오래 담아두고 싶다. 돌려 말하면, 언제나 담고 싶은 풍경을 발견하며 살아간다는 것. 대한민국을 가장 많이 여행한다는 말 또한 그래서 더 여운이 크다.

여행이란, 끝난 뒤에도 계속되는 것. 여행이 끝난 일상에서도 계속 여행할 수 있게 해주는 것. 그것이야말로 가장 큰 여행의 축복일 것이다.

바로 옆 건물을 Ctrl C, Ctrl V
닮아서 아름답다

호스텔에선 사실 영어만 써도 무방하지만, 나는 되도록이면 스페인어를 쓰려고 안간힘을 썼다. 그러면 저쪽에서도 왠지 친근한 표정. 문제는 마치 현지인 대하듯 너무 편하게 스페인어로 말문을 연다는 거다. 내가 제대로 못 알아들어 "만데(mande, 뭐라고)?" 했더니, 루이스가 뒤집어진다.

"너 그런 말은 어디서 배운 거니?"

"메…… 멕시코에서."

"그런 말 페루에서는 아무도 안 써."

"……"

어원을 따지고 보면, '만데(mande)'만큼 슬픈 말도 드물 것이다. 이 단어는 '명령하다'라는 뜻의 '만다르(mandar)'가 기본형이다. 그래서 '만데(mande)'라고 하면 사실은 '명령해주십시오'가 되는 것이다. 스페인 식민시대, 멕시칸들이 스페인 사람들이 내리는 분부를 제대로 못 알아들었을 때 "다시 한 번 명령해주십시오." 하던 게 오늘까지 내려와 '뭐? 뭐라고?'라는 의미로 통용되고 있는 것이었다. 멕시코를 여행하다 보면 '만데'라는 말을 귀가 따갑도록 듣게 된다. 한국인의 귀엔 그게 '뭔데?'라고 들려 깜짝 놀랐다는 에피소드도 심심찮다. 페루라고 해서 스페인의 마수를 피할 수 있었던 건 아니었을 텐데, 여하튼 이 나라에선 아무도 '뭐라고?'의 의미로 '만데'라고는 하지 않는다는 것이다. 가혹하게 말하자면 멕시코에만 유독 식민시대의 근성이 끈질기게 남아있는 것이다.

같은 스페인어권 나라라고 해서 다 같은 건 아닌가 보다. 중남미 혹은 라틴으로 싸잡아 하나로 묶어버릴 수는 없는 각각의 개성이 분명 존재하고 있다.

페루에는 마추픽추만 있는 게 아니라며, 유적지 '푹야나'
의 가이드, 알레한드로는 열을 올린다. 페루의 역사, 문화,
유적, 자연, 모든 것에 자부심이 강한 알레한드로로서는
여간 억울한 일이 아닌가 보다.

'푹야나(Pucllana)', 서기 5백 년쯤 지어진, 마추픽추보다 오래된 유적
지. 께추아어로 '노는 장소'라는 뜻이다. 처음 먼발치에서 보고 공사
장이 아닌가 했다. 이토록 유적이라는 느낌이 안 드는 유적도 드물지
않을까. 온통 차곡차곡 쌓아올린 흙벽돌, 아도베 세상. 이게 뭐 대단
한 거라고. 알레한드로는 마치 비밀 이야기라도 들려주듯 사뭇 진지
하다. 선조들은 지혜로워서 벽돌을 쌓더라도 절대 일직선이 되도록
쌓은 법이 없었다. 바람의 저항을 막기 위해 어긋나게 쌓아 무너지는
일이 없게 만들었다. 그래서 후대에 보수한 부분은 일부러 보수한 곳
이라는 표가 나게 하기 위해 일직선으로 반듯하게 쌓아 올렸다나.

사실 리마에 오면 황금박물관에 가봐야겠다 생각을 했었다. 실제로
또 많은 여행객들이 황금박물관을 반드시 가야할 곳처럼 여겨왔고.
그런데 황금박물관이 소장하고 있는 전시품의 대부분이 가짜라는 설
이 나돌았고, 그것이 거의 기정사실화 되어 흥미가 뚝 떨어지고 만 것
이다. 대신 얼떨결에 가게 된 곳이 '푹야나'였다. 유적지 자체엔 별다
른 매력을 느끼지 못했지만, 가이드 덕분에 재미있었다. 뭐라도 하나
더 알려주고 싶어 안달인 그가 추천한다. 다른 건 몰라도 페루에 왔다
면, 세비체(Ceviche, 생선회), 안티쿠초(Anticucho, 소 심장 꼬치구이), 그
리고 꾸이(Cuy, 식용 쥐)는 먹어야 한다고. 또한 크리스탈 맥주와 쿠스
케냐 맥주, 그리고 잉카콜라는 반드시 마셔야 한다고. 현지인들만 가
는 숨은 세비체 식당까지 소개를 해준다.

마누엘 보니야 골목 안 '아벤투라스 마리나스(Aventuras Marinas)'는 매우 소박한 식당이다. 푹야나 근처 스타벅스 풍의 진한 초록색 차양을 친 레스토랑들과는 전혀 다른 분위기. 오로지 현지인 뿐이다. 조금 여유롭게 우아한 식사를 즐기고 싶은 생각도 없진 않았지만, 현지인들이 찾는 식당이야말로 현지의 맛을 제대로 느낄 수 있는 곳이겠다는 생각에 오길 잘했다 싶었다. (그러나 그 생각은 그리 오래 가지 않았다) 세비체와 수프, 잉카콜라 등이 포함된 오늘의 메뉴 중 하나를 시켰는데, 불과 2천4백 원밖에 하지 않는 메뉴라곤 믿겨지지 않을 만큼 푸짐하다. 수프는 말이 쏘빠(sopa, 영어의 수프)지, 얼큰한 생선탕이었고, 2인분이 잘못 나온 게 아닌가 싶을 정도로 많은 양이었다. 가격 대비 맛도 훌륭하다. 고향이 그리워지는 딱 그런 맛. 문제는 세비체였는데, 예전 멕시코의 '싼본' 식당에서 먹었던 새콤달콤한 맛과는 다른 맛이다. 부담스러울 정도로 큼직큼직한 생선회. 다른 테이블의 아저씨들은 잘도 먹는다. 달달하기 그지 없는 노란 잉카콜라로 입안을 달래가면서 그걸 또 꾸역꾸역 미련하게 다 먹었다. 그리고 그날 밤 죽는 줄 알았다.

자다 말고 토할 것 같아 벌떡 일어났다. 온몸에 힘이 다 빠져나가고, 머리는 어질어질했으며, 뱃속은 제대로 뒤틀려 미칠 것만 같았다. 현지인들은 잘만 먹던데 왜 나한텐 이 모양으로 속을 썩이는 건가. 죽도록 세비체를 저주했지만, 그런다고 나아지는 것도 아니고. 떼굴떼굴 구르다 아래층까지 내려갔다. 마침 아주머니가 깨어있었고, 나보다 더 새파래진 얼굴로 놀라서 물이며 약까지 챙겨주신다. 등도 토닥토닥 두드려주시는데 하마터면 고마워서 울 뻔 했다. 그 와중에도 든다는 생각이, 내일 피스코 가야 하는데. 버스 출발하기 전까지는 괜찮아

지겠지? 버스표 사러 간다고 고생했는데, 그 버스 꼭 타고 가야 하는데. 상황에 어울리지도 않게 머릿속엔 혹시라도 버스를 놓치게 될까 걱정이 앞섰다.

다행히 새벽녘 한바탕 쇼는 아침이 되어서 진정이 되었고, 그래, 피스코 가야지, 마음은 벌써 떠날 준비를 하고 있었다. 부스스한 상태로 1층에 내려가 보니 호스텔 식구 모두가 걱정스런 눈길로 안부를 묻는다. 내가 세비체 먹고 밤새 고생했다는 얘기를 모두가 알고 있다. 아주머니가 벌써 다 퍼트린 모양이다. 따뜻한 차도 가져다주고, 부드러운 수프도 내어준다.

"너 지금은 좀 괜찮다 해도 몇 시간씩 버스 타고 다니면 힘들 텐데. 하루 더 쉬는 게 어때?"

사실 그 말이 맞는 말이었지만, 이상하게도 무슨 일이 있어도 오늘 피스코에 가지 않으면 안 된다고 고집을 피웠다.

"다음에 또 올게요. 나 미리 예약하고 가는 거예요."

두 달 뒤, 브라질에서 페루를 들렀다 다시 멕시코로 가야 하는 일정이었기에 그 말은 괜한 빈말이 아니었다. 역시 다시 본다는 생각을 하니, 떠나는 걸음도 한결 편안해진다. 장난꾸러기 루이스가 큰길까지 나와 택시를 잡아 가격 흥정까지 해준다. 담에 올 땐 녀석에게 줄 작은 기념품이라도 챙겨와야겠다. '사마이 와시'를 떠나는 날은 정말 몰랐다. 다시 오겠다는 약속을 지키지 못할 줄을. 그렇게 아름다운 도시, 리마라는 테마파크 하나를 떠나게 되었다.

여행의
행복

생각보다 행복해지기는 쉽다. 지금도 행복의 조건은 충분하다. 머물고 있는 숙소, '사마이 와시(Samay Wasi)'는 이름 그대로 쉬어가기 딱 좋은, 집 같은 호스텔이다. (께추아어로 '사마이'는 휴식, '와시'는 집이라는 뜻이다.) 작지만 아늑한 부엌이 있고, TV를 볼 수 있는 거실이 있고, 공짜로 마음대로 인터넷을 쓸 수 있는 컴퓨터도 있다. 어떤 천사의 선행인지 한글 입력도 된다. 무엇보다 가족이 운영하는 곳이라 그런지 따뜻하다. 거실 한 켠, 테이블이라곤 세 개밖에 없는데, 하긴 호스텔이 작아서 세 개면 충분하다. 호스텔 아줌마가 차려주는 아침을 먹을 때는 정말로 집에 온 기분이다. 일일이 뽀얀 면으로 된 냅킨도 챙겨주고 따뜻한 차도 내어주는 세심함. 위치는 오죽 좋아. 쾌적한 미라플로레스 지구, 걸어서 오 분이면 시퍼런 태평양이 불쑥 나타난다.

무엇이든 다 살 수 있는 황홀한 슈퍼도 멀지 않다. 마음 같아선 슈퍼 '비반다(Vivanda)'에 살고 싶다. 편의점도 아니고, 백화점 슈퍼마켓 부럽지 않은 쾌적한 슈퍼가 24시간 문을 연다. 모닝빵처럼 팥소 없이 담백한 빵이며, 즉석에서 갈아주는 천연 오렌지 주스도 저렴하게 판다. 도시에 길들여진 나는 역시 시장보다 슈퍼에 들뜬다. 물론 시장도 좋다. 그러나 고백하건대 시장은 눈이 좋아하는 쪽이고, 슈퍼는 손발이 좋아하는 쪽이다. 뭘 사라고 강요하는 사람도 없고, 일일이 물어보지 않아도 되는 친절한 가격표가 있고, 집었다가 다시 내려놓아도 눈치 보이지 않고, 여차하면 군말 없이 환불도 잘해주니까. 게다가 슈퍼 가는 길엔 수시로 엄마에게 살아있음을 보고할 인터넷 카페 겸 전화방도 있어 정말이지 더 이상 바랄 것도 없다.

시원한 쿠스케냐 한 잔
잘 구워진 치킨구이
고소한 감자튀김
행복은 멀지 않다

리틀갈라파고스, 피스코

리마에서 피스코까지 세 시간 반 거리. 세비체를 잘못 먹고 기진해진 몸에 대한 보상으로 가장 좋은, 그래서 가장 비싼 버스 티켓을 샀다. 크루스 델 수르(Cruz del Sur). 좋은 정도가 아니라 너무 럭셔리한 버스가 아닌지 모르겠다. 비행기 서비스처럼 샌드위치와 잉카콜라도 준다. 미끈하게 뻗은 팬 아메리칸 하이웨이를 이층버스 맨 앞자리에서 내려다본다. 그 전망에 대한 값으로 45솔(약 1만4천 원)은 전혀 아깝지 않았다.

문득 신나게 드라이브하던 서울의 밤들이 떠오른다. 서울에서 드라이브란 새벽이 아니고서는 불가능에 가까운 것. 광고주에게 제시할 시안 데드라인 맞추고, 경쟁 프리젠테이션 준비하고, 그렇게 야근을 하다 보면 자정을 넘겨 새벽에 퇴근하는 일이 비일비재했다. 늦은 시간까지 일한 괴로움을 덜어주었던 것이 바로 새벽 드라이브. 창문 활짝 열고 물기 머금은 강바람을 맞으며, 몽환적인 가로등 불빛을 하나둘 비껴가며, 가장 좋아하는 음악을 들으며 한강을 건넌다. 마치 우주를 비행하는 기분이다. 리마를 벗어나는 지금, 하필 그 기억들이 떠오른 건 순전히 광고판들 때문이다.

광고인들이 하는 말로 야립(野立) 광고물 혹은 OOH(Out Of Home) 광고물. 리마를 막 벗어나려는 순간 팬 아메리칸 하이웨이를 따라 끝도 없이 펼쳐지는 야립 광고물들을 보니 반갑다. 신기하다. 가슴이 마구 뛴다. 어느새 하나하나 점수라도 매길 듯 집중하고 있는 나를 본다. 기발한 광고를 보면 절로 박수가 나왔다. 페루엔 고속도로 광고에 규제가 헐거운가 보다. 각종 규제와 심의가 까다로운 우리의 현실과 비교하니 부러울 따름이다. 잉카콜라 광고가 대세였고, 고속도로라는 상황에 맞게 여행사나 보험회사 광고가 지배적이었다. 도로 양쪽으로 대화하는 듯한 광고판들도 많다. 특히 도로 양쪽에 하나씩 거대한 샌들 모양의 간판으로 제작된 잉카콜라 사이를 지나자니 마치 사람 다리 사이를 지나는 듯한 묘한 기분도 든다. 야립 광고물을 이렇게 유심히 보는 사람도 드물 것이다. 이 또한 직업병이겠다.

광고판들도 드물어지자 이내 지루하도록 건조한 황토빛 풍경이 이어졌다. 비가 안 오긴 안 오나 보다. 하늘도 모래빛에 가깝다. 다섯 시가 다 되어 피스코에 닿았다. 너무 작은 터미널에 피식 웃음이 나왔다. 터미널이 이 정도 규모라면 마을 크기는 안 봐도 비디오다.

 피스코의 숙소는 뭐랄까. 그나마 어딘가에서 저렴한 숙박비로 하룻밤 잠만 자고 가는 곳 이상도 이하도 아니라는 말을 들었기에, 애당초 기대 따원 하지도 않았지만, 리셉션 아줌마가 환한 얼굴로 여기가 네 방이야, 하며 방문을 열어준 순간엔 솔직히 매우 심란하긴 했다. 이런 데서 어떻게 자란 말이야, 하는 실망과는 또 다른 느낌. 거부감도, 경악도, 허탈도 아닌, 뭐랄까. 이제 진짜 여행자가 되는구나, 하는 낯선 신비로움이랄까. 타임머신을 타고 몇백 년은 뒤로 거슬러 간 기분이다. 해리포터나 가지고 다닐 법한 열쇠꾸러미는 고풍스럽기까지 하다. 손님이 없는지 제법 큰 방을 내주었다. (하긴 손님이 있어 보이게 생기지도 않았다) 침대만 셋, 협탁 하나, 의자 하나, 옷장 하나, 욕실이라고 하기에도 뭣한 욕실 하나. 창문만 빼고 대충 갖출 건 갖추었음에도 왠지 모를 어색함.

그러고 보니 방안엔 그 흔한 콘센트 하나 없다. 카메라 충전을 하긴 해야 하는데, 별 수 없이 카메라를 들고 리셉션을 지키는 아주머니에게로 내려갔다. 충전해서 가져다주겠다며 흔쾌히 부탁을 들어주신다. 다시 방으로 돌아오는 길, 커다란 배낭을 질질 끌고 올라올 땐 미처 살피지 못한 1층 안쪽은 엉뚱하게도 카지노다. 슬롯머신들이 길게 뻗어있고, 담배를 꼬나문 아저씨들이 무덤덤하게 손잡이를 당기고 있었다. 그 자리에 그렇게 삼십 년은 더 앉아 있었을 자세다. 소리가 나오는 게 신기할 만큼 낡은 스피커에선 쿵작쿵작 노래들이 흘러나오고 있었다. 여기 내 또래의 여행객은 보이지도 않는다. 화려한 꽃무늬 원피스를 입은 아줌마, 쫙 붙는 티셔츠를 입은 아저씨. 그에 비하면 내 차림새는 순진하다 못해 바보스럽다. 왠지 오지 못할 곳에 발을 들여놓은 것 같은 야릇한 기분에 후다닥 방으로 뛰어가 문을 닫았다.

관광객이라곤 전혀 찾아올 것 같지도 않은, 바그다드 카페에 딸린 낡은 모텔 같다는 생각. 왠지 옆방에는 심드렁한 두 남자가 권총 한 자루를 두고 말다툼을 하고 있을 것만 같은 그런 분위기다. 윗방쯤에서는 금발로 물들인 삼류 여가수가 못돼먹은 포주의 돈을 훔쳐 도망쳐

음악과 불빛이 더해지면
밤은 또 하나의 낮이 된다
ㅡ토요일 밤의 피스코

와 앞으로 미래에 대한 은근한 희망으로 홍얼거리며 발톱에 매니큐어
나 바르고 앉아있을 것만 같은 그런 분위기. 영화를 너무 많이 봤나.
어쨌든 그런 생각을 하기 시작하니 갑자기 여행이 더욱 짜릿해져 왔
다. 도무지 덮고 싶지 않은 침대 시트 위에 그냥 벌러덩 드러누워 천
장 가운데 도도하게 전등갓도 없이 누드로 매달린 백열등을 빤히 쳐
다본다. 흐음~오늘밤 나는 완벽한 이방인이 된 것이다.

이 숙소의 유일한 미덕은 문만 나서면 아담한, 그러나 피스코에선 가
장 클 것이 틀림없는 아르마스 광장이 펼쳐져 있다는 것이다. 사실 피
스코 밤거리를 어슬렁거리는 일은 모험에 가까워 보였지만 이토록 중
심가에 자리잡은 숙소에 묵고 있으니 없던 용기도 생길 터였다. 게다
가 오늘은 토요일 밤이지 않은가. 마침 광장엔 군악대의 연주가 한창
이다. 불빛으로 환한 광장은 그 자체로 축복이다.

그리고 아침, 간밤에 잠이 들기는 한 걸
까, 아침이 되도록 정신이 멍하다. 1층
카지노에서 아침까지 마셔대는 취객

바예스타 군도를 앞두고
고즈넉한 바닷가에 앉아
시간을 부수고 있습니다
－피스코 일상

의 소음과 그보다 더 큰 라디오 볼륨이 밤새 한숨도 편히 자도록 내버려두지 않았던 것이다. 호스텔 피스코의 '나이스 어트모스피어(nice atmosphere, 좋은 분위기)'라는 가이드북의 코멘트를 당장에라도 찢어버리고 싶었다. 가물가물한 정신으로 바예스타 섬을 가겠다고 방을 나섰다. 복도엔 아직도 두 여자와 두 남자가 큰 소리로 웃어대며 술잔을 기울이고 있다.

피스코에 오는 사람 열에 열은 바예스타 섬과 파라카스 국립공원을 보기 위해서이다. 그 열 명 중 다섯은 바예스타 섬만 보고 떠나는 자들. 그 다섯에 나도 동참했다. 마음은 갈라파고스지만 시간이 따라주지 않는 자, 더 정확히 주머니가 따라주지 않는 자들이 가는 곳이 바예스타 섬이라나. 그래서 바예스타 섬을 두고 '리틀 갈라파고스'라 부르는 것을 대다수의 여행객들은 '가난한 자의 갈라파고스'로 치환한다.

그러나 어쩌겠는가. 진짜 갈라파고스는 에콰도르 본토에서도 1천 킬로미터나 떨어진 섬으로 비행기를 타야 하고, 거액의 투어에 참가해야 하는 것을. 다만 애초에 동급이 될 수 없는 것을 대체재로 선택했기에 밀려오는 허탈함은 어쩔 수가 없다. 그래, 솔직히 바예스타 섬 별로였어. 《론니플래닛》 옆구리에 끼고 버스터미널서부터 들러붙어 떠들어대던 호세라는 놈. 싸게 해주는 것처럼 그러더니 그런 것도 아니었어. 역시 난 귀가 얇은 것일까. 이럴 땐 투어비라도 적게 내야 보람이 느껴지는 건데, 바예스타 섬 투어에서 만난 치즈루가 낸 투어비 얘길 듣자니 억울해진다. 따지고 보면 2천 원 차이인데, 그 작은 차이에도 발끈하게 된다.

웃는 얼굴이 무척 귀여운 치즈루, 들쑥날쑥 덧니에 '나 일본인이예요'
라는 글귀를 써놓은 것만 같다. 까만 머리, 노란 피부에 유전적으로 끌
려버린 우리는 이제 한배를 탄 운명. 여행하면서 새삼 느끼는 거지만,
용기는 여성 염색체에 심어져 있는 유전자가 아닐까 싶다. 지구 곳곳
홀로 떠나온 자들은 대부분 여자들. 생물학자들은 말하지. 남자는 조
직과 환경에 충직한 개와 같고, 여자는 '나는 소중하니까요'를 외치는
독립적인 고양이와 같다고. 하긴 예로부터 말 잘 듣고, 고분고분한 개
는 인류의 사랑을 받아왔지만, 좀처럼 주인 말을 듣는 법이 없는 고양
이는 오히려 그 도도한 맛에 예술가의 사랑을 받아온 거다. 도도하게
자신의 인생을 사는 고양이. 다른 말로 인생을 즐길 줄 아는 쪽은 여
자다. 내가 살고 있는 지구란 별과 조금 더 친하게 지내고 싶어서 그
녀도 다니는 회사를 때려치고 배낭을 꾸렸다 했다. 회사를 때려치지
않으면 여행하는 것도 쉽지 않음은 한국이나 일본이나 매한가지인가
보다.

오늘 오리엔탈 고양이 두 마리는 태평양 연안의 군침 도는 자연산 아
일랜드를 휘저으며 망망대해의 바람을 마음껏 쏘아주고 있다. 아름다
운 섬들과 동물들이 두 눈을 찌른다. 빨간 립스틱을 바르고, 발톱까지
세트로 빨갛게 물들인 새들, 하얀 스카프를 두른 새들, 긴 목을 잘도
접어 괴고 있는 새들, 바다를 누비는 새들은 종류도 다양하다. 이따금
뜬금없이 펭귄도 멀뚱멀뚱 등장한다. 그 중에서도 가장 압권은 오타
리아라 불리는 물개. 한두 녀석 볼 때는 귀엽더니 십여 마리로 불어나
니까 징그럽다는 생각, 백여 마리로 늘어나자 무섭다는 생각마저 든

다. 꺼억꺽 암호화된 우주어로 교신하며 살아보겠다고 꼬물꼬물 움직이는 까만 덩어리들, 귀엽다는 단어는 어울리지도 않는다.

돌아오는 길, 바다 한가운데서 배가 멈췄다. 선장이라는 자는 당황하는 기색도 없이 퉁명스럽게 시동을 계속해서 걸어본다. 부르르릉, 부르르릉…… 어렸을 적 고갯마루에서 죽은 경운기를 살리겠다고 몇번이고 녀석을 뒤흔들던 삼촌의 몸부림과 다를 바 없다. 관광객들은 어이없어 하면서도 좋단다. 하긴 이런 경험을 여기 아니면 어디서 또 해보겠어. 부르르릉…… 부르르릉…… 털털털……. 이러다 수영해서 건너가야 하는 거 아닌가 긴장한 딱 그 순간 배가 살아났다.

"피스코에 왔는데, 피스코사워라도 마셔봐야 하는 거 아냐?"

썰렁한 농담으로 시작해서 정말로 치즈루와 피스코사워를 마시게 되었다. 피스코사워(Piscosaur). 피스코 주변에서 수확하는 화이트 모스카토 포도로 만든 브랜디 이름이 또한 피스코이다. 그 피스코에 라임주스, 달걀 흰자, 설탕 등을 섞어 만든 것이 피스코사워이다. 달달한 모스카토에 라임, 설탕 따위가 들어가서 맛은 꽤 달콤한 편이지만, 이게 알코올이 40도에 가깝다니 함부로 마셔서는 대략 낭패 볼 술인 것이다. 행여 취해버릴까 단단히 긴장한 치즈루. 손목에서 시계를 풀러 가방 속에 집어넣는다. "시계 같은 것도 안 보이게 하는 게 좋아." 그런 무시무시한 말을 너무 해맑게 웃으며 하니까 도리어 오싹해진다.

딱 기분좋게 알딸딸해진 상태, 피스코사워 한잔이면 충분하다. 그래, 오늘밤은 사막에서 지는 석양을 바라볼 테야. 서둘러 배낭을 싸서 이카로 떠난다.

하나는 애틋하고,
여럿은 사랑스럽고,
무리는 무섭다
바예스타 섬을 점령한 오타리아 물개들

리틀 갈라파고스
또는 가난한 자의 갈라파고스
─바예스타 섬

오아시스 마을, 와카치나

여행자의 로망 중 하나가 사막이라면, 그 로망의 절정은 단언컨대 오아시스 마을이다. 영화에서나 보던 곳을 간다고 생각하니 여간 신나는 게 아니다. 야자수 같은 게 심어져 있을까. 분명 모래바람이 휘몰아치는 순간도 있을 거야. 터번을 둘러야 하나. 머릿속은 벌써부터 분주하다.

이카(Ica)에서 택시를 타고 십여 분을 달리면 오아시스 마을, 와카치나(Huacachina)가 나타난다. 이카가 사람 사는 마을 같고, 번화하기까지 보이는 반면, 와카치나는 딱 오아시스 하나 놓고 옹기종기 꿈꾸는 자들을 끌어모으는 동화 마을 같다.

정말로 있다. 사막도, 오아시스 마을도. 마을은 정말 작았지만, 있을 건 다 있다. 파출소도 있고, 교회도 있고, 인터넷 카페도 있고, 아담한 레스토랑이며 슈퍼도 있고, 어슬렁거리는 개들도 있고, 오아시스를 서성이는 연인들도 있다.

'엘 와카치네로(El huacachinero)'. 어쩌면 지구에서 4천5백 원으로

집도 자연을 닮아간다
– 오아시스 마을에 오아시스 닮은 호스텔

구할 수 있는 최고의 숙소가 아닐까 싶은 환상 숙소. 지은 지 얼마 안 된 새 건물의 쾌적함이 마음에 든다. 마당 한 가운데 눈부신 수영장 위로 물그림자가 어른거리고 있고, 그 주위로 남국의 리조트를 연상케하는 비치 체어며 파라솔이 정신까지 몽롱하게 한다. 호스텔 뒷담은 바로 사막이다. 이런 곳이라면 나무늘보가 되어 늘어져도 좋아. 만화책 한 트럭 실어다 놓고, 구운 옥수수 뜯어먹으며 뒹구는 하루, 생각만 해도 즐거워진다. 마당 구석에는 바 겸 식당도 있어 언제든지 시원한 맥주며 따끈따끈한 요리를 대령해 먹을 수 있다. 입구엔 사막을 달리는 버기카 두 대가 낮잠을 자고 있다. 하루 두 번, 이른 아침과 늦은 오후, 사막을 향해 버기카는 나가신다. 황야의 무법자 되어 중앙선도, 표지판도 없는 공간을 종횡무진 냅다 달리는 것이다. 잠시 후 나 또한 저 녀석들을 타고 사막을 누빌 것이다.

먹는 즐거움이 곧
여행의 즐거움
—엘 와카치네로의 송어구이

"바이킹이다!"
"롤러코스터다!"
"스케이트보드다!"
"미친 X다!"
―버기카를 향한 뜨거운 논쟁

수영장 물에 잠시 몸 풀어주시고 나른해진 상태로 방으로 돌아오는데, 꺄악! 비명소리가 들린다. 겁에 질린 비명은 아니고, 환호에 가까운 비명. 같은 방을 쓰게 된 금발 소녀들이 내 슬리퍼를 보며 로또라도 당첨된 낯빛을 하고 있다. 가만 보니 그녀들도 내 슬리퍼와 같은 걸 갖고 있다. 어라, 이건 내가 서울에서 화장품 가게 사은품으로 받은 건데. 놀랍게도 그녀들, 서울에서 영어를 가르친 적이 있는데, 그때 그녀들도 같은 화장품 가게에서 사은품으로 문제의 슬리퍼를 받은 것이다. 슬리퍼 하나로 금세 친해져 버린 인연, 별 게 다 계기가 된다. 결국 완전명랑 미국소녀들과 세트로 버기투어에 나섰다.

부릉부릉부릉. 버기카에 오르는 것만으로 너무 신이 난다. 오아시스를 한바퀴 돌아 곧장 사막으로 달려간다. 장난 아니게 빠르다. 우하하하! 모래언덕을 오르락내리락 롤러코스터 수준의 곡예다. 우하하하! 슬금슬금 언덕을 올라갔다가는 꼬꾸라지듯 내리막을 달리는 드라이빙. 꺄악! 여자들만 탄 버기카에 비명 그칠 순간은 없다. 운전사는 비명소리에 더 신이 나는지 보란 듯이 핸들을 마구 꺾어댄다. 우하하하! 이건 다 웃음 소리다. 모처럼 큰 소리로 웃었더니 속이 다 시원하다. 샌드보딩을 타겠다고 잠시 버기카에서 내렸을 때, 입안에 우적우적 모래가 씹혔다. 좋다고 웃던 와중에 모래알을 죄 삼킨 거다.

샌드보딩은 기대 이상이다. 스노보드 단 두 번 타본 걸 위안 삼아 서슴없이 가파른 모래를 지치고 내려갔다. 사막에서의 보드…… 보드는 스키장에서 사용하는 바로 그 보드다. 생각보다 스릴 있게 미끄러져 내려간다. 사막은 따뜻한 스키장이구나. 처음 한두 번은 스노보드처럼 보드를 신고 내려가다가, 나중엔 보드 위에 엎드려 몸 전체로 밀고 하강한다. 모래알이 얼굴로 쏟아진다. 눈, 코, 입을 사정없이 때

정말로 있다.
사막도, 오아시스 마을도
　　　　　　－와카치나

모래와 바람이 만든 사막에서
지는 해를 바라봅니다
황토빛이었던 사막은 어느덧
핑크가 되었다가,
오렌지가 되었다가 조용히
어둠으로 물들어갑니다

　　　　　　　　　– 페루 와카치나

리는 모래알, 정신은 하나도 없는데, 재밌다.

내려갈 땐 눈밭과 별반 다르지 않은 느낌에, 아니 오히려 넘어져도 아프지 않은 모래밭에 마냥 즐거워하다가 다시 그 보드를 들고 경사를 거꾸로 오를 때엔 고행이 시작된다. 리프트도 없고, 곤돌라도 없으니 내려갔다 하면 무조건 스스로 다시 기어올라와야 하는 것이다. 푹푹 빠지는 모래언덕. 2보 전진, 1보 후퇴. 두 걸음을 올랐다고 생각하면 한 걸음은 다시 미끄러져 내려가는 식이다.

내가 보드를 지팡이 삼아 한 걸음 한 걸음 내디딜 때마다 무수히 다시 내 발목을 휘감아 흘러내리는 모래들. 감히 그 고요한 땅의 지형을 내 두발이 함부로 바꾸고 있다. 좌르르르, 좌르르르, 걸을 때마다 괜히 미안했다. 문득 고개를 들어 주위를 살피니, 바람도 같은 짓을 하고 있다. 쏴아쏴, 사막에서 기대했던 바람치고는 꽤 시원하다. 그 바람 한번씩 스칠 때마다 사막의 물결이 일그러진다. 죽은 듯, 멈춘 듯, 꼼짝도 하지 않아 보이던 사막 또한 단 한순간도 같은 모습이 아니었다. 그 고운 모래알들의 끊임없는 자리 바꿈. 왠지 숙연해졌다.

몇 차례 더 롤러코스터 드라이브를 하고, 이윽고 하늘이 붉어졌다. 바다로 잠기는 태양, 산으로 잠기는 태양, 너른 평야로 잠기는 태양도 아름답지만, 사막으로 잠기는 태양 또한 환상이다. 해가 비스듬히 드러누우며 모래언덕에 깊은 그림자를 만들자 사막이 한결 농염해 보인다. 빛과 어둠이 만드는 풍만한 굴곡을 붉은 하늘이 어루만지고 있다. 쏴아쏴, 그날 밤 나는 바람이 되어 또 한번 사막을 비행하는 긴 꿈을 꾸었다.

하늘을 날아, 나스카

내가 나스카 지상화에 목을 맨 청년, 요헤이와 마주친 것은 '남쪽 별'이라는 이름의 숙소, '에스테야 델 수르(Estrella del sur)'에서였다. 오늘 아침 나스카 지상화를 봤는데, 너무 좋아서 내일 아침 또 볼 거라고. 그의 친구 시노라 군은 경비행기 멀미 때문에 두 번은 못 보겠다고 고개를 내저었지만, 요헤이는 마냥 신이 나서 내일의 비행을 기다린다. 멀미 따윈 하지도 않았고, 너무도 황홀한 경험이었다나. 그 말을 들으니 덩달아 설렌다. 내일 아침이면 나도 그 환상적이라는 지상화들을 하늘에서 볼 터이니 말이다.

오오키 요헤이(大木 洋平), 함부로 자란 수염에 정신 없이 뻗어나간 머리카락을 보면 은둔자가 따로 없었지만, 찬찬히 뜯어보면 상당한 미소년이다. 전형적인 일본 꽃미남. 그러고 보니 팀에서 광고모델로 쓰기도 했던 구보타 히로유키를 닮은 것도 같다. 늘 그렇듯 꽃미남들은 보는 것만으로도 흐뭇하건만, 녀석은 내가 한국인이라는 말이 끝나기도 전에 몹시 깍듯한 태도다. 미안하다는 말만 열 번은 들은 것 같다.

뭐가 미안하냐면, 자기네 조상들이 함부로 우리나라에 쳐들어온 거, 그것도 모자라 지금까지도 잘못한 것에 대해 제대로 반성조차 하지 못하고 있다는 것, 여태 역사를 왜곡하고 정신 못 차리는 것. 이런 얘기 이토록 진지하게 일본 청년에게서 들을 거라곤 상상도 못한 일이다. 다른 일본 청춘들은 몰라도 자기는 안단다. 어머니가 외국 특파원이었고, 그래서 어려서부터 외국 뉴스라던가 신문, 잡지 따위를 가까이 접했고, 덕분에 상대적으로 객관적인 역사관을 갖게 되었단다. 너무도 진지해서 여태 그렇게까지 생각해본 적 없는 내 자신이 민망할 정도다.

그때 또 한 명의 한국 여인, J가 등장했다. 역시 한국 여자들 씩씩해. 여기 또 나홀로 꿋꿋이 여행을 떠나온 친구가 있다. 그녀는 심지어 한국에 남자친구를 남겨두고 떠나왔다 했다.

"우와, 그럼 남자친구가 혼자 남미까지 간대도 괜찮대? 그것도 일 년씩이나?"

"원래 남미 여행 일 년 하는 게 목표였는데, 그 여행 계획 세운 다음에 만난 사람이거든요."

그러니까 그 남자는 이 여자가 곧 일 년여 세계 여행을 떠날 것을 알면서도 사귄 남자란 말이렷다. 좋아하는 감정은 깊어가는데, 여친의 플랜은 바뀔 생각을 않는다. 모르긴 해도 그 남자 속 어지간히 앓았겠다. 이 여자아이에게 연애는 우발적 사고였을지 몰라도 여행은 계획된 플랜이었으니까.

인생에 있어서 한번쯤은 모험이란 걸 해보고 싶다. 내가 살고 있는 지구를 한번쯤은 천천히 내키는 대로 여행하고 싶다. 여행자금이 어느 정도 모아진 나이에, 고생스런 여행에도 조금은 덜 힘들 나이에, 어차피 여행에서 돌아온 다음부턴 남들처럼 열심히 밥벌이에 쫓겨 살아갈 텐데, 그 쳇바퀴에서 살짝 발을 비껴놓아도 다시 돌아갈 수 있는 그런 나이에. 어찌 보면 누구나 한번쯤 생각해보았을, 그래서 특별할 것도 없어 보이는 꿈이지만, 막상 그 일을 현실로 옮기는 사람은 많지가 않다. 너 어쩌려고 그러냐, 커서 뭐가 될 작정이냐, 라는 말들 뒤에는 사실은 나도 그러고 싶어, 네가 부럽다, 나도 좀 데려가주라, 라는 말들이 숨어 있다. 핀잔 속의 부러움을 알기에 그래서 더욱 찐하게 여행하고 싶어지고, 후회 없는 여행을 하고 싶어하는지도 모르겠다.

J의 여행은 어찌나 파란만장한지, 그녀가 하루 종일 숙소 로비를 떠나지 못하는 이유는 나스카 지상화 투어를 꼬드긴 페루 녀석에게 5달러를 되돌려받기 위해서다. 나스카 지상화 투어는 발품을 팔면 40불, 말만 잘해도 45불이 보통인데, 50불을 내버렸단다. 그걸 금세 알아차렸지만, 이미 돈을 건넨 후라 다시 5불을 되돌려 받기 위해서는 사투가 필요했다. 녀석은 보스에게 연락을 해야 한다는 등 갖은 핑계를 둘러댔지만, 결국에는 돌려주겠다는 약속을 하고 만다. 그녀의 집요함이 승리하나 싶었는데, 웬걸 이제 녀석이 나타나지 않는 것이다. 사실 5불을 받고, 받지 않고는 대수가 아니었지만, 문제는 이제 그녀에게 오기가 생겨버린 것이다. 냉정하게 말해서 승리의 여신은 그녀의 편이기보다 페루 녀석의 편에 가까워 보였지만, 그녀는 승산 없는 싸움에 씩씩거리고 있었던 것이다. 호텔 주인 아줌마 및 일하는 청년들 모두 그저 저 멀리 TV 드라마 보듯 물끄러미 바라볼 뿐이다.

사실 이건 그녀의 파란만장 스토리에 끼지도 않았다. 그러니까 나스카 오기 전 오아시스 마을 와카치나에서, 내가 새로 생긴 호사스런 호스텔 '엘 와카치네로'에서 룰루랄라 하고 있을 동안, 그녀는 바로 옆 호스텔 '까사 아레나(Casa Arena)'에서 빈 방이 없다는 비보를 듣고 있었다. 진짜 사고는 연이어 터졌는데, 다른 숙소를 찾아봐야 하나 하며 잠시 짐을 놓아두고, 두리번거리는 사이 배낭이 통째로 사라진 것이다. 사건은 비극으로만 끝난 건 아니다. 놀랍게도 기적적으로 도둑이 잡힌 것이다. 사막이 곧 담벼락이었던 호스텔, 그 사막을 타고 좀도둑들이 들어와 배낭을 끌고 도망가는 걸 누군가 잡은 모양이다. 그리곤 곧장 그 길로 구멍가게만한 마을 파출소로 모두가 총출두한 것이다. 이미 몇 번 전력이 있던 도둑들인가 보다. 파출소에선 두 번 다시 녀석들이 활개를 치지 못하게 사진을 찍어 돌리고 싶었던 모양이다. 혹은 잡았다는 기념을 하고 싶었거나. 그러나 그들에게는 디지털 카메라란 게 없었다는 것. 그래서 J양의 배낭 속에 들어있던 디카로 졸지에 단체촬영까지 했단다. 앞줄엔 도둑들, 뒷줄엔 의기양양한 경찰

나스카에 지상화를 보러 왔다가
토한 1인과 바가지 쓴 1인과
이틀 연속 비행한 1인과
한 번이면 됐다는 1인의 저녁
— 나스카의 친구들

과 심지어 J양까지. 뒤늦게 파출소로 달려온 도둑 녀석들의 부모는 J에게 매달려 우리 애들은 착한 애들이다, 선처를 바란다, 통사정을 했다. 처벌의 결말은 밝혀지지 않았지만, 와카치나의 파출소 벽에는 J양과 좀도둑의 사진이 붙어있을지도 모르겠다.

요헤이는 내게 그러했듯 J를 보자, 다시 또 한일관계부터 시작해서 미안해하는 사과까지 고스란히 반복했다. 마치 수첩 어딘가에 한국인 백 명에게 사죄를 해야겠다는 목표라도 적어둔 것처럼 참으로 정성껏 열을 다하여. J 또한 그런 요헤이가 흥미로운지 매우 열심히 그의 이야기에 귀를 기울인다. 시노라 군도 옆에서 연신 고개를 끄덕인다. 영어와 일어와 한국어가 난무하는 네 명의 대화는 그렇게 무르익었다.

맛있어 보이는 식당에 가서 저녁을 함께 먹고, 서로 잊지 못할 여행지를 추천하기도 한다. 마침 나와 J의 다음 목적지는 쿠스코. 이미 쿠스코며 푸노를 다녀온 요헤이 일당이 더욱 들뜬 표정이다. 마추픽추행 기차와 푸노행 기차의 절경을 열변을 토하며 칭찬한다. 평생 그토록 아름다운 기차여행은 해본 적이 없다며. 말을 하면서도 눈빛은 이미 그날의 기차여행으로 돌아간 듯 푸근해 보인다. 두 개의 기차여행 중 뭐가 더 좋았냐고 물어보자 몹시 난감해한다. 각각의 풍경이 너무 달라서 선택이란 걸 할 수가 없다나. '아빠가 좋아, 엄마가 좋아'를 물어본 셈이었다. 그런 얘기까지 듣자 나 또한 마구마구 신이 나는 것이다. 세상에, 일생일대의 기차여행이 하나도 아니고 둘씩이나 기다리고 있다니. 무릇 여행이란 가기 전 설렘부터 이미 시작된 것이다.

저녁식사의 피날레는 쑥스럽지만 단체기념촬영. 그 와중에 요헤이는 이번 여행에서 오늘이 가장 행복하다는 말을 한다. 사실 특별히 배꼽

마침 나스카를
마침 혼자 와서
마침 조종석 당첨
우연은 여기까지
—나스카 비행 5분 전

을 잡을 만큼 신나는 순간이 있었던 것도, 로맨틱한 순간이 있었던 것도 아닌데. J도, 나도 거의 동시에 머쓱한 표정을 짓긴 했지만, 행복은 지극히 주관적인 거니까. 어쨌거나 누군가의 여행에 가장 행복한 날을 만드는 데 일조를 했다는 거, 나름 보람된 일이긴 하다.

나스카 지상화를 보는 경비행기를 타기 전에는 절대 아침식사는 하면 안 된다는 말이라면 이미 마르고 닳도록 들은 후였다. 곡예 수준의 비행이라, 뭘 먹어도 토한다고 지겹게 들었다. 나는 정말 아무 생각 없이 딱 두 모금의 생수와 체리맛 홀스 사탕 한 알을 먹었다. 그건 먹었다고 할 수도 없는 음식물이었지만, 어쨌거나 그렇게 나는 뭔가를 위 속으로 집어넣는 금기의 행위를 해버린 것이다. 경비행기가 뜨고 지는 작은 공항에 도착했을 때, 바로 비행기를 탔더라면 좋았을 것. 나스카 지상화에 대한 다큐멘터리 프로그램을 한 시간이나 시청하는 바람에 지루한 틈을 타 무의식 중에 먹어버린 것이다. 서른 개 남짓한 어마어마한 그림들, 외계인이 와서 그렸다는 둥, 그 옛날 열기구를 이용하여 그렸다는 둥, 여전히 풀리지 않은 수수께끼에 다큐멘터리라기보다 미스터리 외화 한 편 보는 기분. 이렇다 할 보호막이 설치된 것도 아닌 허허벌판의 그림들이지만 워낙 비라는 것이 내리는 법이 없고, 바람도 불지 않아 오랜 시간을 견디어 온 것인데, 그럼에도 시간이 지남에 따라 조금씩 희미해져 간다나. 사라지기 전에 온 건 잘한 일이야. 다큐멘터리를 보면서 그런 위안도 했던 거 같다.

야호! 비행기를 탔을 때, 나는 대놓고 환호성을 질렀다. 5인승 경비행

기였는데, 나 빼고 나머지 네 명이 모두 커플이라 결국 조종석 옆 명당 자리가 내 차지가 된 것이다. 어깨 너머 부러워하는 시선들이 느껴진다. 혼자 여행하면 가끔 이런 행운이 따르기도 한다. 어차피 계기판이 너무 높아 앉은 키가 작은 나로서는 앞이 보이는 것도 아니긴 했지만, 그래도 기분이지 않은가. 비행기는 가뿐하게 떠오르더니, 순식간에 거대한 평원 위를 누빈다. 저 아래가 모두 엄청난 스케치북이라는 거지. 고래를 보고, 외계인을 볼 때까지만 해도 좋았다.

그런데 이거 높은 데서 내려다 보니 얼마나 큰 그림인지 크기에 대한 감이 없다. 하다 못해 나무나 건물 같은 거라도 가까이 있으면 상대적인 크기로 짐작이라도 할 텐데, 주위에 아무것도 없으니까 상공에서 작게 보이는 그대로 작은 그림으로 인식이 되는 것이다. 아깝다. 깡마른 조종사는 어느 자리에 앉아서도 잘 볼 수 있게 좌우로 날갯짓을 하며 곡예비행을 한다. 오른쪽 창가에 앉은 사람이 잘 볼 수 있게 오른쪽으로 비행기를 확 꺾었다가 바로 왼쪽 창가를 배려해 왼쪽으로 확

꺾는 식. 그 짓을 열 몇 개 되는 지상화가 나올 때마다 반복하는 것이다. 스페니쉬 특유의 영어발음으로 내내 "룩 따운, 룩 따운!" 하긴, 비행기 소음 탓에 설명 따위 해도 들리지도 않는다.

자세히 보려고 눈을 부릅뜬 것도 잠시, 갑자기 몸에서 비상벨이 울렸다. 우욱! 순간 머리가 핑 도는 것이 아찔했다. 비닐봉투 하나 들고 있었던 것에 토하고 말았다. 체리맛 홀스와 생수 두 모금의 조합, 빨알간 액체 두 모금을 토한 것이다. 처음 알았다. 사탕도 토할 수 있다는 걸. 그게 이륙 5분만의 일이었다. 작품사진을 남기겠다고 큰 소리 떵떵치고 탔었는데 완전 망했다. 사진이고 뭐고 그냥 비행기에서 확 뛰어내리고 싶었다. 원숭이, 개는 언제 지나갔던가. 벌새의 날개 끝자락이 잠시 스친 것도 같더니만. 이 비행기 타겠다고 나스카까지 와서 45불이나 냈는데. 결국 45불짜리 구토를 하고 만 거다.

내리기 직전, 팬 아메리칸 하이웨이에 접어들어서야 간신히 몸을 추스르고, 창 밖을 바라본다. 고속도로변 벌판에 유독 눈에 띄는 글자, '호기심'. 그것이 한글이라는 걸 아는 외국인도 많지는 않겠지만, 괜히 민망해진다. 마치 예쁜 벽화 잘 그려놓은 담벼락에서 못된 낙서 하나 발견한 것처럼. 그렇게 내 호기심은 뒤집어진 속과 함께 고꾸라져 희뿌연 대기 속으로 흩어져버렸다. 요헤이가 연속 두 번이나 감상한 것을 0.1번이나 본 걸까. 쿠스코를 향해 떠나는 저녁, 눈물 나게 환상적인 노을이 토닥토닥 등을 두드려주었다.

세상에서 가장 큰 스케치북
– 나스카 지상화

신들의 마을, 쿠스코

나스카에서 출발한 쿠스코행 야간버스. 다시는 야간버스 타나 봐라 결심하게 만들 만큼 고된 여정이었다. 꼬불꼬불 산길을 끝도 없이 올라간다. 힘들 걸 알고 일명 침대 버스라는 제일 좋은 버스, 제일 좋은 좌석을 택했지만, 온 우주가 뱅글뱅글 돌아가기는 마찬가지다. 이건 버스의 문제가 아니라, 길의 문제니까.

그럼에도 쿠스코에 도착한 아침, 그곳에 야간버스를 저주하던 나는 온데간데 없고 그새 푸른 풍경에 웃고 있는 내가 서있다. 이제 막 세수하고 깨어난 말갛게 갠 초록 언덕, 쿠스코의 첫인상이다. 온몸에 힘도 없어 골골하면서도 씨익 웃음이 났다. 이거, 너무 멋진 곳이잖아. 산들은 구름에 저의 품을 다 내어주었다. 모처럼 물기를 가득 머금어 촉촉한 공기가 폐 속까지 시원하게 적셔주는 기분이다. 이토록 시원한 초록, 그러고 보니 정말 오랜만이다. 메마른 땅을 거쳐온 여행길이었기에 초록도 두 배로 반가웠다.

그 옛날 잉카제국의 수도였다지만, 화려한 어제의 영광보다는 조용한

하루에도 몇 차례씩 시원스런 빗줄기가 쏟아져
십 분도 되지 않아 언제 그랬냐는 듯 맑아지지
처마 밑에서 서성이는 사람들 표정은 맑기만 해
이 비도 오래지 않아 그친다는 걸 아는 것처럼
-우기의 끝자락, 쿠스코

산간마을의 운치가 먼저 느껴진다. 께추아어로 '쿠스코(Cuzco)'는 '배꼽'이라는 뜻이다. 엄마와 나를 이어주는 유일한 통로, 생명이 시작되는 원천. 사람들은 땅덩어리에서도 배꼽을 찾고 싶어 안달이다. 라틴어의 배꼽, 그리스 아테네의 '옴파로스(Omphalos)'에 또 하나 추가렸다. 세상에는 자기가 세계의 중심이라 주장하는 배꼽들이 끝도 없다. 해발 3,360미터. 백두산 정상보다도 높다. 일찍이 이곳을 다녀온 베테랑 여행 선배들도 속수무책으로 당했다는 고산병, 조심하라는 당부를 누누이 들었지만, 웬걸 몸은 너무도 멀쩡하다. 잊고 있었다. 야간버스를 탄 후라 정신도 없었거니와 숙소 찾아 이리저리 다니느라 고산병이란 단어는 머릿속에서 잠시 누락되었던 터였다. 쿠스코 가면 여기서 머물러야겠다, 고 생각했던 '포인트(Point)'라는 호스텔은 이미 만실. 성수기도 아닌데 말이다. 어쩔 수 없이 배낭을 끌고 '펜션 야와타(Pension Yawata)'까지 올라갔다. 제법 경사진 언덕길에, 울퉁불퉁한 돌바닥이라 배낭을 끄는 데는 최악이었지만, 십 분만 고생하면 며칠 동안 멋진 경치를 감상할 수 있다는 걸 위안 삼아 올라갔다. 그 오르막도 씩씩하게 올라갔으니 완전히 잊은 셈이다. 고산병이란 건.

객관적으로 말해 '펜션 야와타'는 열악한 숙소다. 컴퓨터는 아예 없고, 저녁이 되면 수도도 끊겨서, 아침 일곱 시나 되어야 물이 나오고, 그나마 샤워실의 온수는 미약한 전기로 데워지는 거라 가느다란 물줄기에 의지해야 하고, 방은 춥고, 거실은 손바닥만 하고, 부엌은 쓸쓸했다. 그럼에도 어쩐지 그 편이 더 마음에 들었다. 언덕길에 위치한 곳이라 숙소 전체가 계단식 논밭처럼 교묘한 높낮이의 차이를 두고 있었다. 다락방 같은 좁은 거실도 마음에 들었고, 가파른 계단 아래 알뜰하게 공간을 나눠쓰고 있는 방들도 귀여웠으며, 거기 또 몇 계단 차이를 두고 자리 잡은 마당이며, 외딴 부엌까지도 정겨웠다. 숙소라기보다 정말로 여기 살고 있는 사람 집으로 초대받은 느낌. 집 냄새 나는 잠자리였다.

같은 방을 쓰게 된 친구는 사토꼬라는 여자아이. 군살이라곤 찾아볼수 없이 탄탄한 몸매에, 다듬지 않은 머리가 한참이나 자랐다. 장기 여행자의 느낌이 물씬 풍겨난다. 언제까지 머무를지는 자기도 모른단다. 설사라도 멈추고 어지럼증이라도 나아져야 마추픽추라도 갈 텐데 하며, 바로 그 유명한 고산병 때문에 며칠째 꼼짝 못하고 마당에서 간신히 볕만 쬐고 있다. 고산병이 그런 식으로 나그네의 발길을 묶어두기도 한다.

내심 마추픽추까지 함께 갈 친구를 섭외중이었는데, 사토꼬는 무리였다. 호기심도 많고, 재미있는 친구였는데 안타깝다. 그녀는 일본에서 공장을 다니다 여행을 왔다 했다. 내가 카피라이터라는 말을 하기도 무섭게 "역시!"라는 감탄사를 뱉는다. 그녀가 여태 여행을 하면서 만났던 대부분의 한국인은 대학생이거나 뭔가 잘나가는 사람들이었단다. 자기처럼 고등학교만 나와서 공장에서 일하다 여행 온 사람은 단 한 명도 못봤다고. 그녀가 보기에, 한국에서 여행은 지식인 혹은 가진자의 전유물인 것 같단다. 어쩌면 그녀의 말에도 일리가 있다는 생각이 들었다. 아직 여행 문화가 제대로 발달하지 못한 건 사실이니까. 여행을 한다고 하면 사람들 모두 부러워하는 것만은 사실이니까. 내게 여행은 과연 어떤 의미일까. 도피일까, 모험일까, 휴식일까. 무엇이 되었건 나 또한 한국에서 '여행'이라는 것, 정확히 '해외여행'이라는 것이 어느 정도는 누리고 싶은 동경의 대상임을 모르는 바 아니다. 지리산 산골로 들어가 마음을 달랠 수 있었음에도 바다 건너 떠나온 것은 어쩌면 그런 연유 때문인지도 모르겠다는 생각. 먼 이국의 도시에서 모처럼 생각이 깊어지는 밤이다.

부엌에서 사토꼬와 저녁을 만들어 먹으며, 하나둘 오가며 인사하는 친구들에게 마추픽추 갔냐고, 아직이면 같이 가겠냐고, 본격 섭외가 진행되었다. 그러다 신야 군이 걸렸다. 나스카 지상화에 환장한 요헤이를 다시 보는 기분이다. 신야 군은 오로지 마추픽추를 위해 이 여행을 떠나왔다 했다. 그래서 자기는 마추픽추를 적어도 두 번은 올라가볼 거란다. 쿠스코에서 마추픽추로 가면 이미 한낮, 그때 보는 마추픽추도 아름다울 테지만, 그 아랫마을, 아구아스 칼리엔테스(aguas calientes)에서 하룻밤을 묵고, 다음날 새벽 다시 올라가 (관광객이 거의 없는 시간에) 새벽 안개 속에 몽환적으로 피어나는 청초한 마추픽

밤, 가장 로맨틱한 쿠스코를 만날 시간
- 쿠스코 아르마스 광장

추를 반드시 봐야겠단다. 오케이. 그럼 돌아오는 건 나 혼자 오더라도 갈 때는 같이 가자. 이렇게 해서 신야 군과 동행이 되었다.

쿠스코 시내 한가운데는 아르마스(armas, 무기) 광장이 지키고 있다. 거의 모든 도시에 하나씩은 반드시 있는 아르마스 광장. 광장에 무기를 숨겨둔 데서 유래한 이름이다. 중남미에만 얼마나 많은 아르마스 광장이 있을까, 세어보고 싶을 정도다. 평지가 아닌 산중턱의 도시라 꽤 넓게 트인 광장이 더욱 시원하다. 사실 광장의 매력은 밤에 있다. 이따금 벌어지는 크고 작은 공연들, 조명발 제대로 받아 반짝반짝 타오른다.

그 광장 남쪽에서 오르막으로 가면 12각돌이 박힌 유명한 담벼락 길이 나타난다. 사실 너무도 엇비슷한 모양의 돌들이 박혀있어 12각돌을 단박에 찾기는 쉽지 않지만, 정말로 삼각도, 사각도 아닌 12각인가를 세어보는 관광객이 꼭 한 명씩은 서있어서 어느 돌이 12각돌인지 금세 알아볼 수 있다. 잉카시대에 선조들은 비바람, 지진 등에도 끄떡없는 벽을 쌓기 위해 일부러 돌의 이음새를 어긋나게 쌓았단다. 그래야 쉽게 무너지지 않는다고. 아래에서부터 비스듬히 올라간 벽은 덕분에 지금도 견고하다. 스페인이 침략하여 그 벽 위에 다시 쌓은 벽은 잦은 지진에 몇 번이나 허물어지기도 했다며 선조들에 대한 자부심이 이만저만이 아니다.

사실 내가 정말로 감동한 건 12각돌보다도 그 길 위 조그만 빵가게 '엘 부엔 파스토르(El buen pastor)'의 빵들이다. 산블라스 교회 조금 못미처 쿵쿵거리며 고소한 빵 냄새에 이끌려 저절로 들어가게 되는 가게. 오후께 가면 빵도 없다. 가격 또한 저렴한데, 맛은 감히 말하건대 태어나 먹어본 빵 중 최고다. 특히 이곳의 크로와상을 한입 베어문 순간에는, 아, 내가 여태 먹은 크로와상은 무효다, 라는 생각이 들 정도였으니까. 불어로 '초승달'인 크로와상(croissant), 그래서 여기서도 '메디아 루나(media luna, 반달)'라 부른다. 낭만적인 이름이다. 얇은 겉껍질은 고소하면서도 바삭하고 속은 무척 부드러우면서 쫄깃하다. 어제는 늦은 오후에 와서 못 샀는데, 다행히 오늘은 남아있다. 쿠스코를 떠나면 다른 건 몰라도 이 빵집은 그리워질 것 같다.

조그마한 빵집처럼 맘에 드는 조그마한 카페도 꽤 여럿 있다. 오랜 유적 같은 건물들은 처마 밑으로 보일락말락 현대적인 카페들을 품고 있다. PC방이며 전화방도 곳곳에 널려있다. 겉으론 쉽게 드러나지 않지만, 눈을 크게 뜨고 보면 씨티은행 ATM 같은 것도 있고, '고또스 마켓(Goto's market)' 같은 슈퍼도 있다. 신야는 슈퍼보다 시장을 좋아한다. 신야 군에 이끌려 중앙시장까지 가본다. 산페드로 교회 앞 시장은 거대한 건물 안에 들어가 있다. 내부는 너무 컴컴해서 어딘가 퀴퀴한 느낌도 들지만, 정말로 없는 것 없이 모든 게 다 있다. 얼굴보다 큰 빵, 함부로 매달린 육류들, 닭들, 그 사이를 어슬렁거리는 큰 개들. 우리가 사는 거라곤 고작해야 감자 서너 개, 당근 하나, 양파 하나, 달걀 몇 개, 약간의 설탕, 파스타. 가격을 매기기도 뭣한 양을 사겠다고 하면, 또 주인은 대충 얼마만 내라고 알아서 셈을 한다.

페루에서 내내 느꼈지만, 특히 쿠스코에 와보니 사람들 모두 낯설지

어떤 골목은 스페인 안달루시아를 닮았다
여긴 그리스, 여긴 터키, 여긴 베니스를 닮았다
어느 순간 머릿속으로 지구가 성큼 들어온다
　　　　　　　　　　　　　　　－쿠스코의 골목들

가 않다. 멕시칸처럼 느끼하게 생긴 것도 아니고, 눈썹이 유독 진하다
거나, 배가 볼록 나왔다거나, 엉덩이가 부담스럽게 두드러진 체형도
아니다. 딱 강원도 어느 두메산골에 온 기분이다. 아저씨 아줌마 다 어
디서 많이 본 듯한 얼굴. 키도, 체형도 익숙한 몸집이다. 거기에 길에
는 온통 우리의 티코 택시들이 다니고 있어 어쩐지 마음의 고향에라
도 온 것처럼 편안해진다. 이제 내 키는 더 이상 작지도 않고, 내 머리
카락 또한 더 이상 튀지도 않는다. 여기서 조금만 더 까매지면 원주민
이라고 해도 먹힐 것 같다. 이따금 동화에서 튀어나온 것 같은 전통
옷들을 입고 다니는 아낙들이 이곳이 쿠스코임을 일깨워준다. 마법사
의 모자처럼 위로 봉긋 솟은 모자, 알록달록 고운 색실로 엮은 숄이며
저고리, 가끔 골목 한가운데서 야마를 애완견처럼 끌고 다니는 할머
니를 마주치면 내가 있는 시간이 언제인지 헷갈릴 정도다. 대성당을
둘러보거나 교회며 수도원, 박물관을 둘러보는 것도 의미 있는 일과
지만, 쿠스코에선 골목을 누비며 오가는 패션 리더들을 보는 즐거움
이 더욱 쏠쏠하다.

 머물고 있던 '펜션 야와타'에선 3백 원이면 세탁기를 쓸
수 있었지만, 문제는 하루에도 몇 번씩 이랬다저랬다
변덕스런 날씨였다. 우기라고 해서 하루 종일 비가 내
릴 줄 알았더니 그런 것도 아니다. 아침엔 쩽쩽하다가도 갑자기 한바
탕씩 퍼붓는 식이다. 심지어 맑은 하늘 아래 슈퍼에 물건 사러 들어갔
다 나와보면 그새 땅이 흠뻑 젖어있는 경우도 다반사다. 그래서 맡겼
다. 빨래방에. 마침 수에시아(Suecia) 거리엔 심심찮게 빨래방들이 붙

어있었다. 아침에 맡겨놓고 쿠스코 한바퀴 신나게 돌아다니다 저녁 무렵 돌아오는 길에 찾으면 될 터였다.

그런데 막상 저녁이 되어 맡긴 빨래를 찾겠다고 가보니, 웬걸 그 많은 빨래바구니 안에 내 옷이 보이지 않는 것이다. 이 일을 어째. 가게 주인이며 심부름하는 여자아이는 조금만 더 기다려달라는 말만 계속 해 댈 뿐 이렇다 납득할 이유도 대주지 않는다. 여기가 빨래방이 아니었나? 보아하니, 수에시아 골목 언덕바지에 제법 큰 빨래방이 있었는데, 이 골목 빨래방들은 사실은 그곳에 빨래를 맡긴 후 찾아와서 장사를 하는 식이었다. 애초에 찾으러 오라고 약속한 시간에서 두 시간도 더 지났다. 그곳에 가서 기다린 것도 한 시간이 넘어가자 슬슬 불안해지기 시작하여 직접 골목 위 빨래방으로 갔다. 아직 세탁물 분리 작업이 한창이다. 세상에, 그 빨래들을 다 섞어서 돌린 거야? 다시 분리할 땐 뭘 보고 분리하려구, 그런 만행을 저질렀대. 내가 부들부들 떨면서 그 장면을 보고 있자, 까무잡잡한 페루 아줌마가 걱정 말라고, 다 표시를 해뒀다고 큰 소리를 치신다. 세탁물 주인 별로 일일이 같은 색깔 실로 시침질을 해뒀다나. 문제는 그 색깔이 세탁물 주인 별로 확연히 달라야 하는 건데, 전혀 그렇지 않았다는 것. 파란색을 한 번 썼으면 두 번은 쓰지 말아야지. 거기 내 옷들에 파란색 실로 시침질이 되어있는데, 내 옷이 아닌 것에도 파란색 실이 붙어있는 걸 보고 머릿속이 다 아득해지는 것이었다. 저걸 어떻게 분류를 해서 돌려주겠다는 말인지. 보다 못해 내 옷은 내가 나서서 주섬주섬 챙기기 시작했다. 대충 티셔츠 몇 개, 바지 몇 개, 라는 식으로 큼직한 것들만 체크를 해두었지, 사소한 것들까지 세세히 기록해두지 않아 과연 제대로 챙긴 건지도 의심스러웠다.

보고 있나, 패션 피플
-쿠스코 스트리트 패셔니스타

그때, 양배추 머리를 한 백인 청년 하나가 나를 툭툭 치더니 하는 말.
"이거 혹시 니 꺼니?"

죽고 싶었다. 내 속옷이 왜 그 애 세탁물 가방에 들어가 있냐고. 순간 나도 모르게 얼굴이 달아올라 분노의 화신처럼 타올랐다. 얼른 챙겨 들고 정신없이 나오는데 뒤에서 계속 "아미가(amiga, 친구)~, 아미가~"하며 여자애가 따라오는 것이다. "돈은 주고 가야지, 아미가." 아미가는 무슨. 열이 잔뜩 올라 돈 줄 생각이고 뭐고 못했던 거다. 하는 짓이 너무 괘씸하잖아. 그러나 내가 어떻게 생각을 하건 말건 여자애 또한 요지부동이었다. 그래, 니가 돈을 못 받아가면 니네 주인한테 너만 혼나겠지. 맡긴 내가 잘못이지. 내키지는 않았지만, 세탁비를 건넨 순간 충격. 돈을 받아낸 여자아인 심한 욕을 던지고 사라진다.

잠시 강도 7의 지진이 느껴졌다. 그 아이와 나 사이의 길이 쩍 하고 갈라진 느낌. 화 한 번 냈다가 제대로 당했다. 아, 이게 아닌데. 난 그래도 쿠스코가 좋은데, 이런 일로 쿠스코를 미워하고 싶진 않은데. 갑자기 쿠스코로부터 버림받은 기분이다. 관광객을 상대하는 현지인과 관광객은 영원히 친해질 수 없는 관계일까. 이것이 돈으로 얽힌 관계의 한계일까. 갈라진 땅 틈 사이로 빠지지 않게, 상처받지 않게 조심조심 돌아가야 했다.

 사실 나는 이번 여행에서 염치도 없이 무수한 협찬을 받아냈다. 마치 연예인이라도 되는 양, 아예 대놓고 협찬 받는다고 광고를 했다. 혼자 떠나는 여행길, 친구들과 함께 오지 못함을 대신하여 그들의 분신을 데리고 다닌다는 명목 하에, 필요한 소소한 물품 리스트를 미니홈피에 올려 바지런히 채워간 것이다. 이를테면 강영훈 국장님이 디카 메모리를 협찬해주시고, 종순 언니가 목걸이 지갑을 협찬해주고, WMB 모임이 우산을 챙겨주고, 설지현이 네임택을 달아주고, 멀티어댑터를 붙여주며, 현택 선배가 초경량 침낭을 챙겨주는 식. 염철 선배가 《느린 희망》을, 경회 카피가 내 여행의 동반자인 세 천사를, 이소현이 여권케이스를, 권현재와 최 감독님이 플레시를, 연하가 에어쿠션을, 여화가 와이어와 동전지갑을, 송봉수가 호신용 스프레이와 호루라기를 협찬해주는 식. 그 밖에 수많은 선후배들이 술과 밥을 채워준 것까지 포함하면 나열도 힘들다. 여간 고마운 일이 아니다. 그 고마움에 내가 할 수 있는 일이라곤 이따금 나혼자 즐기기에 아까운 행복 앞에서 엽서 한 장 써붙이는 정도.

그곳에 가면 내 생각 한 번 해달라던 사람이 있었다. 더 정확히 말하면, 그곳에 가면 엽서 한 장 써주세요~ 하던. 그래서 오늘, 태양의 신전, 코리칸차(Qorikancha) 안마당 볕 좋은 담장에 앉아 엽서를 쓴다. 이름 모를 나무 그늘에 기대어. 그 나무가 너무 좋아 카메라에 또 담는다. 동물엔 기겁을 하지만 식물엔 환장을 하는 나는, 이렇게 여행 중에 만나는 예쁜 나무들을 이름도 모른 채 떠나는 게 너무나 속이 상하다. 내가 할 수 있는 일이라곤 일단 사진으로라도 기록하는 일. 이담에 식물 전문가를 만나면 꼭 물어봐야지. 구할 수만 있다면 앞마당에 꼭 심어서 가꿔야지. 해를 등지고 앉아 등이 따뜻하게 데워질 동안 엽서를 쓰고 곧장 우체국으로 달려간다.

우체국 창구에는 관광객에게 알리는 '이럴 땐 이렇게' 메시지가 붙어 있다. 대략 고산병에 대한 주의사항이다. 무리한 운동을 하지 말고 설

골목은 고단한 일상의 거울이다
그 골목이 아름다운 곳의 삶은
조금은 덜 힘겨울지도 모른다

사가 4일 이상 계속될 경우 병원을 가보라는. 그러니까 2~3일 설사하는 건 기본인 것이다. 단 한 번도 설사를 하지 않은 나는 뭔가. 그 흔한 어지럼증 한 번 겪어보지 않고. 너무 놀라운 적응력이다. 어쨌거나 아프지 않은 건 다행이다. 그곳이 어디든 내가 그리워할 수 있는 사람들이 있고, 아프지 않고 건강한 하루를 보낸다는 것이 얼마나 감사한 일인지 새삼 깨닫는 과정, 여행. 그 단순한 진리를 깨닫기에 쿠스코는 더없이 좋은 곳이다.

아까부터 계속 나를 따라다니는 귀여운 꼬마아이. 처음엔 액세서리 따위 팔겠다고 따라붙다가 내가 물건 사는 것에 전혀 흥미를 보이지 않자 서운해하더니, 그나마 어설픈 스페인어 통하는 것에 친구 하나 얻은 것처럼 붙어있다. 궁금한 건 또 얼마나 많은지. "언니는 어디서 왔어?" "한국? 거긴 얼마나 멀어?" "언니는 몇 살이야?" 가만 보아하니 초등학교쯤은 다녀야 할 나이 같은데, "학교는 안 가니?"하고 묻자, "오늘은 학교 안 가는 날이에요" 너무 뻔한 거짓말을 배시시 웃으며 하고 있다. 안됐다는 생각이 들었지만 쉽사리 물건을 사주고 싶지 않은 건 왜인지. 가지고 있던 빵 몇 개 나누어주었더니, 녀석 입이 귀에 걸린다. 너무 빨리 세상을 살아가는 것부터 배우게 된 아이들, 나는 너무 사치스러운 생활을 하고 있는 게 아닐까. 또 생각이 많아진다.

눈물나게 씩씩한 계란 다섯 알 ✿
그리고 마추픽추

새벽같이 일어나 도시락을 챙기고 신야 군과 함께 길을 나섰다. 아침 여섯 시. 아직 마을이 잠을 깨기 전, 골목은 오가는 사람 하나 없다. 비록 아침이긴 했지만, 은근히 겁을 먹었던 것도 사실인데, 동행이 있다는 게 이만저만 다행이 아니다. 택시를 탈 수도 있었지만, 빠른 걸음으로 기차역까지 걸어가기로 했다.

백패커를 위한 기차가 만석이 되는 바람에 어쩔 수 없이 '비스타돔'이라는 한 단계 업그레이드 된 기차를 타게 됐다. 왕복 기차삯만 105불, 십만 원 돈이다. 페루의 일반적인 물가와 비교하자면 한마디로 미친 가격이다. 머물고 있는 숙소가 하룻밤 6천 원이니까. 심지어 이 가격은 해마다, 아니 계절마다 기하급수적으로 치솟는다. 쿠스코에서 관광업은 핵심 산업이다. 그렇게 가격을 올려대도 해마다 관광객의 발길이 줄어들기는커녕 늘어나고 있다.

비싼 만큼 기차는 훌륭했다. 비싼 탓인지 자리도 절반 가까이 비었다. 큼직한 창문 밖으로 들어오는 풍경이 끝내준다. 게다가 천장까지 창

비행기는 알려주지 않는 여행의 즐거움
그곳으로 가는 길 또한 여행이다
— 생애 최고의 기차여행, 마추픽추 가는 길

으로 뚫려있어 하늘도 보인다. 비스타돔은 '지붕'이라는 '돔(dome)'에 '조망'이라는 의미의 '비스타(vista)'가 합쳐진, '지붕도 보인다'는 뜻이 아닐까 싶다. 시설만큼 서비스도 훌륭했다. 매트릭스 요원처럼 말쑥하게 검은 코트를 입은 직원이 종일 필요한 게 있는지 챙긴다. 비행기처럼 간단하지만 아침 식사도 나온다. 건너편에 앉은 여자는 담요를 부탁한다. 달라면 주나 보다. 그걸 받아 덮고 마추픽추 도착할 때까지 잠만 잔다. 창밖 풍경에 신이 난 신야와 나는 도대체 이해할 수 없는 상황이었지만. 아니, 이 멋진 경치를 두고 잠을 잔단 말이야. 제 정신이야?

심지어 여행 선배들은 마추픽추행 기차를 탈 때엔 진행 방향을 기준으로 왼쪽에 앉아야 더 멋진 경치를 감상할 수 있다는 조언까지 아끼지 않았다. 그런데 이게 또 처음엔 은근 헷갈린다. 쿠스코 산페드로 기차역에서 출발하는 기차는 산허리까지 오르기 위해 몇번을 왔다갔다 스위치백을 반복했던 것이다. 자리가 비었기 망정이지, 처음엔 음, 이쪽에 앉으면 왼쪽이 되겠지, 하고 생각했던 게 스위치백 한 번 하면 다시 반대가 된다. 쪼르르륵, 스위치백을 할 때마다 눈치를 보며 자리를 옮겨 다녔다. 객차내 그 누구도 신경쓰지 않는데, 신야 군과 나만 이상한 사람이 된 거다. 이런 주책도 혼자보다 둘이 감당하는 게 훨씬 수월하다.

기차가 산으로 오르면 오를수록 쿠스코 시내 전경이 한눈에 거침없이 펼쳐진다. 예쁜 마을이구나. 저 아래에서 골목 골목 걸으면서도 생각했던 거지만, 이렇게 언덕 위에서 빨간 지붕들을 내려다보니 감회가 새롭다. 크로아티아의 두브로브니크 구시가지처럼. 죄다 예외 없이 정겨운 빨간 기와 지붕이다. 위에서 보니 포장도 안 된 흙길이 훨씬 많다. 아침 저녁으로 비가 내린 탓인지, 토양은 무척 비옥해 보였다. 여기저기 아무렇게나 자란 풀숲이 무성하다. 풍요로워 보인다. 그 사이를 돼지들이 이리저리 뛰어다닌다. 쿠스코에는 유난히 주인 없이 돌아다니는 '자유 돼지'가 많다.

스위치백을 하느라 기차가 매우 느린 속도로 어기적어기적 움직인다. 덕분에 빨간 지붕 아래 사람들의 일상도 눈에 띈다. 한참 언덕 위, 저 집엔 택시가 보물 1호인가 보다. 할아버지부터 시작해서 온 가족이 다 들러붙어 아침부터 물동이를 주고 받으며 세차에 열심이다. 낡은 차였지만, 반짝반짝 빛이 난다. 네 문짝을 활짝 열어젖힌 자동차 주위로 온 가족이 환하게 웃고 있다. 열린 문짝은 마치 날개와도 같다. 저런 택시라면 타줘야겠다. 기차는 조용한 마을을 결코 조용히 지날 줄 모른다. 뿌웅― 뿌웅― 기적을 어찌나 울려대는지. 덩달아 신날 법도 한데, 동네 꼬마들은 귀를 틀어막는다. 밖에서 들으면 어지간히도 시끄러운 모양이다. 게다가 이 기차는 죄다 관광객만 실어나르는 기차니까. 그런 건 꼬마들도 이제 다 알 만큼 알 터였다.

우기의 끝자락, 쿠스코의 땅은 더욱 풍요로워 보인다. 우루밤바 계곡은 안데스가 머금은 물기를 모두 토해내고 있다. 콸콸콸콸. 살아있는 대자연 속 깊이, 혈관 속이라도 들어온 것만 같다. 휑휑했던 리마 주위의 사막과는 전혀 다른 풍경. 선인장 언덕도, 민둥산도, 돌산도 아닌, 보는 것만으로 푸근해지는 푸른 산들. 북유럽의 풍성한 풍경을 마주하는 기분이다. 문득 지난 동유럽의 기차여행들이 겹겹이 겹쳐졌다. 그때 텅빈 객차에 나홀로 앉아 이른 봄바람을 독차지하고, 이제 막 겨울옷을 벗고 있던 슬로베니아, 오스트리아를 지나던 길목까지 모두 또렷이. MP3 플레이어 하나 들고 오지 않은 것이 못내 아쉬워졌다.

머릿속으로 흥얼흥얼 팻 매트니의 '트래블(travel)' 멜로디 따위를 떠올려본다. 그것만으로도 충분히 로맨틱한 여정. 이 고즈넉한 여행에 연인이 함께 했다면 더 이상 바랄 것도 없지만, 달리는 길 아름답고, 머릿속에 아직 잊지 않은 노래들이 흐르고 있고, 마음은 사랑으로 가득한데, 무엇이 불만이겠는가.

제발 비만 오지 말아라. 마음 속으로 열 번은 더 빌었을 것이다. 어떻게 가는 마추픽추인데. 다시 또 언제 올 수 있다고. 100불이 넘는 기차를 타고, 40불이나 하는 입장료를 내고, 거기 또 기차역에서 12불이나 주고 미니버스를 타야 한다. 돈과 시간의 엄청난 투자. 사실 여행이라는 게 그곳이 어디든 다음에 또 와야지, 늘 생각은 그렇게 해도 다음에 온다는 게 말처럼 쉽게 되지 않는다는 거, 잘 안다. 다시 또 오겠다고 터키 카파도키아의 친구에게 허튼 약속을 했고, 파타야 리조트 주인 아저씨 아주머니께 허튼 공약을 했다. 그땐 정말 다시 올 수 있을 거란 생각이 들었단 말이다. 그런데 유독 마추픽추는 정말 다시 오기 힘들겠다는 생각이 강하게 든다. 생에 딱 한 번, 오늘. 오늘이 처음이자 마지막이라는 그런 생각이 드는 것이다. 마추픽추는 그 이름만으로도 엄청난 포스를 뿜어내는 존재. 남들 다 가본다고 가야 하는 건 아니잖아. 그런 나 조차도 마추픽추는 가야 해! 두 주먹 불끈 쥐게 만든 그 포스. 정말 제대로 발도장 찍어보고 싶었다. 가서 꼭 베스트 뷰를 뒤로 하고 사진도 찍어야지. 얄궂게도 평소엔 생각지도 않던 사진 욕심까지 생겨나는 것이다.

그림엽서 같은 풍경 속으로 기차는 하염없이 달린다. 콘크리트 건물 하나 없고, 번쩍이는 네온 십자가 하나 없고, 광고판 하나 없다. 너희들이 없어 세상이 이렇게 아름다운 거였다. 아무리 봐도 질리지 않는 초록 세상, 시력이 열 배는 좋아지는 기분이다. 창밖으로 머리를 내밀고 신나게 바람을 맞았다. 여태 바람 맞은 것 중에 가장 신나는 바람이다.

달린 지 세 시간쯤 지났을까. 이제 한 시간 후면 아구아스 칼리엔테스다. 살짝 배도 고픈 참에 미리 쾌적한 기차 안에서 도시락을 먹고 가기로 했다. 도시락이라고 해봤자, 삶은 계란과 빵, 바나나가 전부이지만. 아마 배낭여행을 시작한 뒤로 가장 많이 먹은 음식을 꼽으라면 삶은 계란이 단연 1위가 아닐까 싶다. 아침은 호스텔에서 해결하고, 점심은 과일이나 빵 같은 비교적 휴대가 간편한 것들로 해결하고, 저녁 한 끼 정도는 식당에서 제대로 먹거나 혹은 친구들끼리 의기투합하여 만들어 먹거나. 가난한 배낭 여행자의 식사 일정은 대개 이렇다. 바로 그 점심 메뉴에서 빵과 과일만으로는 허전해서 먹기 시작한 게 삶은 계란이다.

어라, 그런데 이거 뭔가 이상하다. 내가 분명 어제 계란 네 개를 삶았는데, 왜 계란이 다섯 개일까. 앗, 여기 네 개가 또 있다! 뭐지? 계란이 아홉 개! 가방 안엔 분명히 계란이 아홉 개나 들어있었다. 그제서야 초고속으로 되감기는 기억 필름. 너무 일찍 일어나서 정신없이 이것저것 가방에 넣은 아침 장면에서 순간 정지된다. 그러니까 나는 삶은 계란을 어젯밤에 미리 가방에 넣어두고선 잊어버리고 아침에 다시 계란이 눈에 띄길래 집어 넣었던 거다. 그렇다면 다섯 알은 날계란! 어쩌자고 날계란을 가지고 왔을까. 신야 군은 재밌어 죽는단다. 남의 속도 모르고. 그렇다고 버릴 수는 없었다. 먹는 걸 어떻게 버려. 어쩔 수 없지. 마추픽추까지 데려가는 수밖에. 그렇게 어이 없게도 날계란 다섯 알과 마추픽추 등정이 시작되었다.

날씨는 다행히 맑았고, 마추픽추를 오르는 인파는 엄청났다. 비수기가 이러한데 도대체 성수기는 어떻단 말인가. 어떻게든 인파를 피해보려 루트를 짜본다. 우선 '인티푼쿠(Intipunku, 태양의 문)'로 가서 마추픽추의 전경을 감상해준 다음, 사람들이 빠져나갔을 즈음 다시 돌아와 그때부터 마추픽추 곳곳을 살펴보자. 동선을 계획하고 서둘러 언덕을 오르는데, 등 뒤로 떠들썩한 한국어가 들려온다. 세상에, 여기까지 아줌마들의 단체관광. 걷기 시작한 지 얼마 되지도 않았을 텐데, 벌써부터 힘들다, 아이고 무릎이야, 나 죽어, 앓는 소리가 끊이질 않는다. 아니 그러실 거 여길 왜들 오셨대. 순간 얼굴이 화끈거렸다. 그리고 이상하게도 어깨에 힘이 빠져나갔다. 나는 정말 비장한 마음으로, 드디어 마추픽추도 와보는구나, 어렵게 왔는데, 아줌마들이 깃발 부대로 여기까지 온 게 못내 못마땅해졌다. 내가 마추픽추를 전세 낸 것도 아닌데, 그런 고약한 마음이 드는 것이다.

달걀이 깨질까, 조심조심 한 시간쯤 걸었을까. 인티푼쿠에 오르는 길, 먼저 다녀갔다 내려오는 사람들은 이제 몇 분만 더 가면 된다, 힘내라, 충분히 가볼 가치가 있다, 전망이 보답을 할 거다, 격려를 아끼지 않는다. 이것도 산이라고, 산에서 만나는 사람들의 바로 그 격려의 말들을 주고받는다. 좋아, 십 분만 가면 된다는 거지. 그렇게 아무리 시간을 바투 잡아도 속도가 함께 붙는 건 아니다. 예고 없이 아무 모퉁이에서나 토실토실한 야마(llama)들이 나타나 장황한 소리를 듣게 되는 경우도 비일비재하니까. 도무지 인간을 배려할 마음이라곤 눈곱만큼도 없어 보이는 녀석들은 제 마음이 바뀌기 전에는 꿈쩍도 하지 않고 길을 막고 서있는 식이다.

헉헉거리며 올라간 인티푼쿠, 한눈에 들어오는 마추픽추가 반겨준다.

마추픽추 앞 '와이나픽추(Huayna picchu, 젊은 봉우리)'까지 한눈에 들어온다. 와이나픽추 정상의 전망도 멋질 것이다. 내일 아침 신야 군이 감상할 풍경, 잠깐 질투심이 들었던 것도 같다. 그러나 인티푼쿠까지 온 지금, 동시에 해지기 전 와이나픽추까지 오르는 건 무리다. 게다가 와이나픽추는 결코 만만한 상대가 아니다. 가파르고 험하다는 와이나픽추의 입구에는 소문대로 등산객 이름을 적는 노트가 있다. 와이나픽추에 오르려면 여기에 일단 이름을 적은 다음 내려와서는 반드시 내려왔다는 확인을 해야 한다는 것이다. 간혹 실종자가 생긴다는 말이 거짓은 아닌가 보다.

'마추픽추(Machu picchu)'는 께추아어로 '늙은 봉우리'란 뜻이다. 15세기부터 16세기 초까지 중앙 안데스를 지배한 고대제국을 역사는 잉카시대라 부른다. 그 시대를 이끌었던 부족을 잉카족 또는 께추아족이라고 불렀고, 그들이 사용한 언어가 곧 께추아어인 것이다. 즉 스페인이 쳐들어와 자기네 나라말을 퍼트리기 전 존재하던 이 나라말이 께추아어. 중앙 안데스에 께추아족만 있었냐 하면 그런 건 아니고, 페루 북쪽으론 찬까족, 남쪽으론 아이마라족이 주축을 이루어, 예컨대 푸노의 어떤 섬마을에서는 지금도 아이마라어가 사용되고 있다. 그것이 께추아어인지 아이마라어인지 알지는 못해도 이들 언어는 소리로만 들으면 주문 같기도 하고, 노랫말 같기도 하다. '뿌까뿌까라(Pukapukara, '뿌까'는 '붉다'는 뜻)' 같은 말들은 듣는 순간, 귓바퀴부터 간질간질, 마냥 기분이 좋아진다.

인티푼쿠에서 돌아와 마추픽추의 핵으로 들어섰을 때, 여전히 눈은 황홀하다. TV에서 보던 딱 그 모습 그대로임에도 가슴이 마구 뛰고

가장 깊이 숨겨진 이유로
가장 널리 알려진 도시
—마추픽추

있다. 여기서부터 저 끝까지 다 밟아보고 싶고, 여기서부터 저 끝까지 카메라에도 다 담고 싶어진다. 마치 고고학자라도 된 양 가이드북 한 줄 한 줄을 기억해내며 눈앞에 보이는 풍경에 대입해본다. 멕시코의 거대한 피라미드 도시를 볼 때와는 또 다른 감동이다. 미대륙 최초의 문명이라 여겨지는 도시, 카랄 또한 페루에 존재하지 않던가. 물론 대부분의 지난 시간들은 풀리지 않은 수수께끼처럼 미지의 상태로 남아있다. 여기 마추픽추 또한 그렇듯이. 1500년대에 존재한 도시가 1900년대가 되어서야 발견되었으니 증명되지 않은 사실이 더 많을 법도 하다. 이곳에 살던 사람들은 모두 어디로 사라진 것일까.

사람들은 말한다. 그 옛날 사람들은 태양을 숭배하여 태양과 소통하고자 했다고. 그 흔적이 바로 인티우아타나(Intihuatana, 해시계)라고. 그래서 또 무수한 관광객들이 그 정기 좀 받아보자고 돌덩이를 너무도 만져주시는 바람에 지금은 바리케이드까지 쳐졌지만. 그러나 그 또한 하나의 가설에 불과하다. 해시계일 것이라는 추측만 있을 뿐 정확한 실증은 없다. 혹자는 그 옛날 사람들이 자연을 토템으로 믿었을 것이라 주장한다. 마추픽추 곳곳의 바위들이 그 뒤로 보이는 풍경의 축소판처럼 꼭 닮은 모양새임을 깨닫는 순간, 이 가설은 상당히 힘을 얻는다. 미지의 세계를 파헤치는 고고학자의 작업은 어쩐지 흥미로울 것도 같다.

견고한 돌벽, 상당한 높이의 옷걸이, 창문, 수납 선반, 이중으로 잠글 수 있는 통로, 파수꾼의 전망대, 곳간, 신전. 하나하나 뜯어보는 와중에 마추픽추를 청소하는 아저씨 한 분과 얼떨결에 이야기가 시작되었다. 아마 옷걸이의 정체를 물어보느라 말을 텄던 것 같다. 이건 뭐이고, 저건 뭐이고, 묻지도 않은 것까지 친절히 알려주신다. 고맙기도 하지, 라는 생각을 삼 분쯤 했을까. 자꾸만 설명이 길어지는 게 어째 수

상하다 싶더니 아닌 게 아니라 대놓고 팁을 요구한다. 설명을 해줬으니 돈을 달라는 것이다. 신야 군은 땀을 뻘뻘 흘리며 곤란해 했지만, 일명 여학생 회장의 피를 가진 나로선 도저히 애교로도 봐줄 수가 없었다. 해서 당당히 꾸짖었지. "아저씨, 그러면 안 되는 거예요. 이건 다 아저씨네 조상들을 위한 거예요. 그런 일에 돈을 달라고 하면 아니 되죠." 한마디로 점점 더 겁을 상실하고 있는 중이다. 신기한 건 그런 사소한 것에 치사하게 구는 사람들은 강하게 나가면 바로 꼬리를 내리더라는 것. 다음엔 초행자들에게도 전수해줄까 보다.

하루 해가 기울 즈음 꼬불꼬불 산길을 돌아 마추픽추를 내려온다. 돌아오는 기차에서 다시 또 예의 그 한국아줌마 그룹과 같은 칸을 타서 살짝 부끄러워지기도 했다마는. 동양인 구별에 무딘 서양애들이 그러더라. 중국애들은 시끄럽고, 한국애들은 모이면 시끄럽고, 일본애들은 너무 조용하다, 라고. 역시 우리네 아줌마들이 모이니 기차간이 다 날아갈 지경이다. 어쨌거나 다행히 날달걀들은 단 하나의 부상자 없이 모두 무사귀환하였고, 늦은 밤 골목길 또한 사고 없이 뚫고 침대까지 도착했다.

두 번 다시 오지 못할 거라는 생각

처음이자 마지막일지 모른다는 생각

마추픽추를 향한 마음이 그랬다

태어나 처음으로 보는 것처럼 보고

태어나 처음으로 걷는 것처럼 걸었다

그렇게 도시 하나를 담는 일은

가슴 벅찬 뭉클한 경험

어쩌면 생의 모든 순간이

두 번 다시 오지 못할 순간일 텐데

마추픽추를 향한 마음으로

순간 순간을 살아간다면

기진한 삶 또한

조금은 반짝이지 않을까

잃어버린 삶의 빛을

멀리 페루 산간에서

겨우 주워온다

― 마추픽추

이동의 미학
그곳에 가는 것 또한 여행이기에

쿠스코에서 푸노로 이동하는 날, 방법은 두 가지다. 버스를 타거나, 기차를 타거나. 버스는 일곱 시간이 걸리고, 기차는 열 시간이 걸린다. 버스는 매일 다니고, 기차는 일주일에 단 세 번, 그래서 오늘이 기차가 다니는 날인지 아닌지 요일도 살펴야 한다. 심지어 요금도 버스가 저렴하다. 그러나 나는 기차를 택했다. 나스카에서 만났던 요헤이 군이 입에 침이 마르도록 푸노행 기차 풍경을 칭찬했기 때문이다. 마추 픽추행 기차와 쌍벽을 이룰만한 창밖 풍경에 압도당했었다고, 절대 강추라고. 이미 마추픽추행 기차에 압도된 나는 시간이 더 걸리거나 말거나, 요금이 더 비싸거나 말거나, 망설임 없이 푸노행 기차표를 끊었다.

푸노행 열차의 객실은 귀족석과 평민석으로 나뉜다. 호화로운 귀족 객실은 그래서 요금도 일곱 배나 비싸다. 그러나 열 시간 남짓의 여정이 부담스러운지 평민석, 즉 트래블러석도 거의 비어있는 거나 다름없어서 사람 없는 옆자리까지 최소 두 자리는 차지할 수 있다. 당연히

단 일 분도 잠들 수 없었던
내 생애 최고의 기차여행

—쿠스코에서 푸노까지

구름도 함께 간다
-푸노 가는 길

트래블러석을 타주었다. 이 또한 진행방향의 좌측 풍경이 멋있다나 뭐라나. 여행 선배들의 조언은 눈물나게 치밀하다.

마추픽추행 기차가 우루밤바 계곡 사이 거친 물살을 휘젓는 힘찬 농어와 같다면, 푸노행 기차는 고요한 듯 그러나 기름지고 풍요로운 물줄기를 거슬러 기어오르는 한 마리의 연어와 같다.

아직 끝나지 않은 우기, 더욱 풍성해진 안데스의 물줄기가 기찻길을 따라 쏴아쏴 굽이친다. 하늘빛보다는 땅을 닮은 황토빛 물줄기에서 억척 같이 고산을 살아온 민족의 저력이 느껴진다. 《오래된 미래》의 저자, 헬레나 노르베리-호지와 같은 삶을 꿈꿔보기도 한다. 라다크가 아닌 이곳, 안데스에서. 투어 상품을 파는 데에만 급급한, 비교적 관광지스러운 중심가를 벗어나 이름도 발음하기 어려운 낯선 작은 마을에서, 뜨고 지는 해와 함께 하루를 보내며, 초록이며 황토빛과 친구 하는 그런 삶. 그러나 이내 맥빠진 웃음을 지을 수밖에 없었다. 그러기에 나는 어설픈 빨래방 서비스에 짜증을 내고 남을 만큼 민감했고, 기미가 보이는 피부에 너무 많은 신경을 쓰고 있고, 온수가 제대로 나오는지 어쩐지, 욕실 하나에도 기민해 있으며, 간당간당하게 남은 폼클렌저를 도대체 어디서 새로 살 수 있을까 따위의 고민에 너무 깊이 연루되어 있으므로.

'I can't take my eyes off you(당신에게서 눈을 뗄 수가 없네요)' 노랫말이 꼭 들어맞는 경우는 사랑만이 아니었다. 도무지 다른 걸 하도록 내버려두지 않는, 눈을 떼려야 뗄 수 없는 안데스의 푸른 풍경들. 질리도록 보고 싶었다. 망막에 문신이라도 새길 것처럼. 더 이상은 보고 싶지 않아, 라는 말이 나올 때까지. 내 너를 꾸욱꾹 마음에 담아가마. 이래저래 열 뼘은 넓어진 것 같은 가슴. 어렸을 땐 나도 손을 흔들었어. 낙동강 강바닥에서 한참을 정신없이 놀다가, 빠앙- 기차 경적이 들리면 자동으로 놀이를 멈추고 거기 보이지도 않는, 어딘가 타고 있을 내 꿈들을 향해 잘가, 안녕, 하며 기차 꽁무니가 사라질 때까지. 기차는 그렇게 아주 오래 전부터 소녀의 로망이었다.

잘 달리다 말고 아무 특별할 것도 없는 풍경에서 기차가 멈춘다. 비 때문에 토사가 철로까지 덮어버린 모양이다. 결국 한 시간을 꼼짝없이 서있게 되었다. 요헤이 군이 마추픽추행 기차에서 같은 이유로 세 시간이나 기다렸다는 말을 들었던 터라 조금은 느긋하게 생각하기로 했다. 이 나라에서는 이런 일이 비일비재한 것이다. 화내고 스트레스 받아봤자 결국 달라지는 것 없이 나만 손해다.

기차가 달린 지 세 시간 반이 지나자 거친 산맥 대신 꽤 드넓은 평원이 이어진다. 군데군데 빗물이 흥건히 고인 땅은 비옥해 보였고, 더러 습지로 보이는 곳엔 고스란히 안데스의 하늘이 담겨있다. 아무렇게나 흩어져 풀을 뜯는 가축들. 그 한가로운 풍경 사이를 천연덕스럽게 한 줄로 지이익 기차가 지나고 있다. 신기했다. 이 오지의 산골에서도 끊임없이 마을이 이어진다는 게. 그곳이든 이곳이든 공기가 존재하는 곳에 사람들은 참으로 억척같이 살아가고 있다.

무엇보다 마음에 드는 건 이 기차, 창문이 열린다는 거다. 해발 4천 미터가 넘는 곳을 넘다 보니 느닷없이 우박을 맞는 일도 있다. 오후 두 시께, 기차는 안데스의 정상에라도 다다른 듯 쿨럭거린다. 거친 빗줄기가 내리는 듯 싶더니 창문을 열어보니 우박이다. 만년설이 쌓인 봉우리들이 주위를 에워싼 고도이니 기이한 일도 아닐 터인데, 이 이상 기차여행의 절경이 있을까 싶다. 마음 같아선 인디아나 존스처럼 기차에서 뛰어내려 멋지게 온몸으로 우박을 맞고 싶었지만, 창문 사이로 손바닥 하나 내밀었을 뿐인데도 그 시원하고 청량하며 거친 자연의 느낌을 느끼기에 부족함이 없었다.

더 정확히 말하면 창문을 열어도 되는 속도가 마음에 든다. 달리는 테제베(TGV)에서, KTX에서 과연 창문을 연다는 걸 시도라도 할 수 있을까. 고속도로 또한 창문은 완전봉쇄다. 단지 엄청난 바람과 소음의 문제만은 아니다. 그것은 떠나는 자와 그를 떠나보내는 공간의 철저한 단절이다. 나는 너를 떠나고 있는데, 떠나는 나는 너를 돌아볼 여유 한 줌 없이 무작정 달리기만 한다. 지금은 자취를 감춘 비둘기호는 적어도 창문은 열 수 있었다. 일곱 살 무렵 서울 첫 나들이. 여섯 시간을 달리는 동안 비가 내리는 마을을 지나는가 하면 먹구름 낀 마을을 지나기도 하고, 해가 쨍쨍한 마을을 지나기도 하며 새삼, 햐, 우리나라 참 넓다, 신기해했던 기억이 난다. 비둘기호가 가장 저렴하기도 했지만, 내 어머니는 내게 '여행'을 시켜주고 싶다고 하셨다. 창밖으로 하나하나 바라보며 기억하며 끌어안을 수 있도록. 내 첫 기차여행이 비둘기호였던 것을 감사한다.

그래서 지금, 쿠스코에서 푸노까지 기차는 열 시간이 넘게 걸린다고 했지만, 나는 오히려 그 느릿느릿한 속도가 마음에 들었다. 혼자 보기 아까운 경치라도 나오면 카메라를 꺼내 든다. 솔직히 카메라는 처음부터 끝까지 계속 손에서 놓을 수가 없었다. 그리고 그 열 시간이 넘는 시간 동안 단 한숨도 자지 않았다는 건 내가 생각해도 대단한 일이다. 나는 그야말로 창문에 껌처럼 붙어서 눈을 돌리지 못했던 거다. 이따금 창밖으로 고개를 내밀어 마치 혼다 광고의 한 장면처럼 눈을 감고 꿈을 꾸어본다. 바람이 내게 다가와 속삭인다. 오랜 세월의 언어들이 마구 창문으로 부서져 들어오는데, 차마 다 주워담지 못하는 작은 가슴이 미안해졌다.

티티카카 호수가 있는 푸노에 가까워지자, 여기저기 조그마한 호수들이 눈에 띈다. 아찔하게 맑은 공기, 호수는 그대로 하늘의 거울이 된다. 만약 신이 있다면, 아침 저녁 이곳으로 와서 당신의 모습을 비춰보며 단장할 것만 같은 느낌. 신들의 거울 사이를 조금 더 달려 어둑해지고 나서야 겨우 푸노에 도착했다. 모르긴 해도 이 기차여행은 아마 당분간 내 생에 베스트 기차여행으로 남을 것이다.

맨 처음 그 문을 밀어낸 것이 나였는지
바람이었는지는 지금도 알 길이 없지만
여전히 유효한 여행의 이유가 있다면
그건 아마도 "그럴 수밖에 없다"일지도…

투어메이트

억척스런 땅을
더불어 가다

페루 푸노에서 볼리비아 라파스,
우유니 거쳐 칠레까지

탁나(Tacna) 거리 277번지, '망코 카팍 인(Manco Capac Inn)'. 여행하면서 이렇게 온수가 펑펑 나오는 곳은 처음이다. 공중목욕탕이 부럽지 않다. 감동이다. 장장 열한 시간 기차여행 후, 작은 기차역 앞으로 손님을 낚으러 나온 린다라는 여자에게 엮여 오게 된 호스텔이긴 했지만 말이다. 그래, 잘 낚인 거다. 무엇보다 셀레스티노라는 호스텔 직원, 너무 친절하다. 내가 한국인인 걸 확인하자 바로 숨겨둔 정보노트부터 펼친다. 아, 얼마만의 한글인가. 한 권의 노트에 한쪽은 일본인 여행자들이 남긴 정보가, 또 한쪽은 한국인 여행자들이 남긴 정보가 채워져 있다. 비율로 치면 5대1 정도. 정보의 양은 일본이 우세하다. 그럼에도 이게 어딘가. 한글에 반가워하는 동안, 셀레스티노는 조심스러운 어투로 부탁 하나만 들어달라 한다.

"무슨 부탁?"

"여기 이 노트에 니네 나라말로 좀 적어줘."

"뭘?"

"저기, 티티카카 호수 섬 투어 있잖아. 그 비용 올랐다고 좀 적어줘."

"어?"

아니 그게 무슨 소리? 가격이 올랐으면 올랐다고 말을 하면 될 것이지. 셀레스티노 말이 한국애들은 그렇게 말을 해도 안 믿는단다. 유독 한국 여행자들이 돈에 대해 막무가내인 경우가 많은데, 대개 몇 년 전 가격을 듣고 와서는 이 가격에도 할 수 있었던 투어가 왜 안 되냐며, 그 값에 맞춰달라고 떼를 쓴다고 한다. 그래서 한국인인 내가 한국어로 분명하게 적어주면 좋겠다는 게 부탁의 전모다. 투어의 가격이 오른 것은 아만타니 섬 민박집들이 숙박비를 단체로 올렸기 때문이라 했다. 나는 괜한 정의감에 약간의 수고를 들이더라도, 몇 군데 여행사를 돌아다니며 가격을 비교해보았다. 과연 그 말이 맞긴 했다. 그리고 여행사별로 가격이 조금씩 달랐는데, 결과적으로 셀레스티노가 제시한 가격이 가장 저렴했다. 최대한 객관적인 말투로 정보노트를 채웠다. 마지막 문장은 '가격 상담은 셀레스티노에게~'로 마감하며.

녀석은 정말로 여행자들에게 최대한 도움을 주고자 애쓰는 노력파였다. 예컨대 린다가 20솔(6천 원) 부른 숙박비도 녀석은 15솔(4천5백 원)에 해주는 식이다. 말하자면 린다는 호텔에 속해있는 직원이 아닌, 호객 행위를 하는 프리랜서로 5솔(1천5백 원)을 챙기려 값을 올려 부른 것이고 자신은 호텔 직원이니까 저렴하게 해줄 수 있는 거란다. 불과 천 원, 2천 원 차이이지만, 현지 물가에 적응해 가다 보면 놀랍게도 누구나 작은 돈에도 민감해진다.

근처 맛집까지 소개받고 나자 뭐라도 보답을 하고 싶어진다. 그리고 다행히 금세 보답할 기회가 찾아왔다. 점점 한국 배낭객들이 많아져서 간단한 말이라도 배우고 싶다 하여 정말 서바이벌 코리안을 전수해주었다. 간단한 인사와 숫자에 불과했지만 너무 고마워한다. 여행

여행을 하면서도
정체되어 있다고 느끼는 순간이 있다
보되 보지 못하고, 듣되 듣지 못하는 때
그럴 땐 몸이 아닌 마음을 움직일 것
그래야 여행이다

-페루 푸노

다니면서 다른 건 몰라도 한글 전파는 꽤 많이 한 거 같다. 처음 한두 번은 설명하는 용어도 낯설어 주저하기 쉬운데, 몇 개의 문법 단어들만 신경 써두면 의외로 쉽게 우리말 전도사가 될 수 있다. 일단 자음과 모음을 주욱 나열한 다음, 각각의 철자가 대략 어떤 발음이 나는지, 영어의 알파벳을 빌어 설명한다. 그 다음 어떻게 글자가 만들어지는지 기초 원리를 설명하고, 바로 예제로 들어가면 끝. 자, 이제 너희들도 코리안 알파벳을 읽을 수 있어, 하며 던지는 예제는 '바나나'. 그러면 열에 아홉은 아주 천천히 공을 들여, "바-!" "나-!" "나-!" 글자별로 또박또박 발음해 놓고는 3초도 지나지 않아, "내가 지금 '바나나'를 발음한 거야?"하며 파안대소한다. '버네너'라고 하는 애들한테 '바나나'라고 시키니 웃을 만도 하다. 그것도 매우 어눌하게 늘어지는 발음으로 '바, 나, 나' 하니 말이다. 셀레스티노도 예외는 아니었다. 대부분 내가 적어준 발음 노트를 고이 접어 간직하는 걸 보면, 그래도 그네들에겐 첫 한글 공부의 교본이 될 텐데 좀 더 성의껏 적어줄걸 그랬나, 미련이 생기기도 한다.

아직 끝나지 않은페루
푸노의 티티카카 호수

푸노(Puno)라는 마을, 딱히 이렇다 할 볼거리는 없다. 아르코데우스타(Deustua) 전망대에 오르는 순간 그 생각은 더욱 확고해진다. 관광 지도에는 나름 뷰 포인트라고 적어놓은 전망대이건만 그곳에서 바라보는 전경은 그냥 딱 수수한 작은 마을. 거의 모든 여행자들은 푸노가 둘러싼 티티카카 호수 때문에 이곳에 정박한다. 세상에서 가장 높은 곳에 위치한 호수, 티티카카 호수. 호수라고 하기엔 너무도 넓다. 페루와 볼리비아 두 나라에 동시에 걸쳐 펼쳐져 있다. 그 호수 안의 크고 작은 섬, 우로스 섬, 아만타니 섬, 타킬레 섬. 이름만 들어도 즐거운 섬 투어에 빠질 수 없는 법. 눈을 뜨자마자 달려가고 싶었지만, 새벽부터 추적추적 내리는 비가 그칠 생각을 않는다. 별 수 있나. 오늘 못 가면 내일 가면 되지.

1천8백 원에 생과일 주스와 감자 튀김, 치즈, 햄, 계란 프라이를 곁들인 스테이크에 빵, 버터와 잼, 커피까지 풀 세트로 나오는 푸짐한 아침을 느긋하게 먹는다. 해야 할 일도 하지 말아야 할 일도 없는 온전히 자유로운 하루. 예외 없이 동네 중심을 차지하고 있는 아르마스 광장부터 시작해서 느릿느릿 동네 한 바퀴 돌아본다. 일요일이라 교회 앞이 제법 분주하다. 새빨간 치마를 입은 아줌마들이 삼삼오오 모여 있다. 한 켠에는 미인대회라도 출전한 듯 가슴에 띠 두른 여인들이 고운 자태로 치마 끝을 잡고 연신 웃고 있다. 어떤 띠에는 '알티플라노의 미인'이라고 적혀있기도 하다. 손에 손으로 환타를 건네며 마시는 모습이며, 여왕벌처럼 보이는 아줌마의 장황한 연설이며, 통통한 아주머니들의 토실한 코끼리 발목까지 어느 하나 시선을 끌지 않는 게 없다. 낯선 환경에서 촉각은 2만 배는 더 민감해지는 것 같다. 궁금해서 못 견딘 나는 가장 만만해 보이는 거리의 경찰에게 이것저것 캐묻

기 시작했다. 상인들의 조합이라 했다. 연사의 말에 귀를 기울여보았지만, 들리는 건, 우리가…… 전통 옷을…… 문화…… 입어야…… 우리의……. 서툰 스페인어 실력으로 들리는 문장이라곤 조각조각 단어들의 파편에 불과했다. 하긴 알아듣지 못하면 또 어떠한가.

차 없는 리마 거리를 가로지르면 곧장 피노 공원(Parque Pino)에 닿는다. 마침 공원 근처는 저렴한 기념품 가게들이 모인 곳. 풍문에 의하면 물가 저렴한 페루에서도 가장 저렴하게 기념품을 구입할 수 있는 곳이 바로 이곳, 푸노란다. 수도인 리마에서 파는 것들도 산지를 추적해보면 결국 푸노에서 만들어진 것들이 운송된 거라고. 그래서인지 정말로 싸다. 번듯한 지붕 있는 가게보다 선착장 주변 천막 가게가 더욱 저렴한 건 말할 것도 없다. 베테랑 여행자들은 페루 푸노보다 볼리비아 라파스가 더 싸다고 라파스에 도착하기 전에는 기념품 따위 거들떠보지도 않는다지만, 무지개 색 양면 털모자가 불과 2천4백 원, 복슬복슬 귀여운 털장갑이 1천5백 원. 쇼핑은 자연스럽게 여정의 일부가 되고 만다.

문득 덜컹이는 자전거를 타고 푸노를 한 바퀴 돌아보는 것도 재미있겠다는 생각이 들었다. 자전거와 리어카의 콜라보에 가까운 탈 것. 동남아에서 쉽게 볼 수 있는 툭툭 혹은 중국의 인력거를 닮은 모습이다. 6백 원을 주고 신나게 달렸다. 생각보다 빠르다. 비포장도로라도 나오면 여지없이 흙먼지를 뒤집어써야 했지만, 부끄럽게도 이 나이 되도록 자전거 하나 탈 줄 모르는 나는, 길바닥의 굴곡까지 고스란히 느낄 수 있는 (남이 태워주는) 자전거 드라이브가 너무나도 신이 나는 것이다. 물론 죽어라 자전거 페달을 밟는 녀석은 힘들겠지만. 돈을 내고 타는 건데도 괜히 미안해져 이런저런 말을 붙인다. 이거 무지 빠르

아무리 봐도 바다 같은데
책은 자꾸 호수라고 한다
　　　　　　－티티카카 호수

다, 바람도 시원하고 재미있다, 힘들지 않냐. 그러면 또 저쪽에서 너는 어디서 왔냐, 스페인어는 어디서 배웠냐, 질문들이 돌아온다. 그러는 와중에 페달 밟는 발에 힘이 들어가는 게 느껴진다. 말을 하면서 자전거를 끈다는 게 배는 더 수고스러울 테지만, 말하는 것에 재미가 붙고 나면 없던 기운도 따라 붙는 모양이다.

선착장 근처에 내려 바다 같은 호숫가를 거닐어본다. 먼 시야에는 새하얀 고급 호텔이 이질적으로 호화선의 모양새를 하고 둥실 떠있다. 가까이엔 귀여운 오리배도 떠다니고, 싱싱한 갈대들도 바람 따라 이리저리 몸을 흔들고 있다. 제법 운치 있을 법한 호숫가지만, 관리라곤 전혀 되지도 않아 악취와 먼지만 가득할 뿐이다. 밤새 내린 비로 골목은 아예 수로가 되어 버렸다.

처음 켄지와 이야기를 나눈 건 우로스 섬에 내리기 오 분 전쯤이었던 것 같다. 물론 간발의 차이로 푸우 군과 무가 군을 먼저 만나긴 했지만. 그러니까 푸우와 무가를 마주친 건 아침 일찍 티티카카 호수 투어를 하겠다고 호텔을 나서던 바로 그 순간의 호텔 로비. 결국 한 배를 타긴 했지만, 선착장까지 픽업해주러 온 승합차가 달라 정작 배 안에선 한참 떨어진 자리에 앉게 되었다. 그 문제의 배 안에서 내 옆에 앉은 사람이 켄지. 가만 보니 이 배에 탄 동양인은 나와 푸우, 무가, 켄지, 그렇게 네 명이 전부다. 어딘가 학생 티가 나는 푸우나 무가와는 달리 켄지는 제법 스타일리시한 느낌. 살짝 가슴이 뛰기도 한 것 같다. 녀석은 뉴욕에서 요리를 배우는 중이라 했다. 사실은 영어

어쩌면 삶의 본질은
흘러가는 것이 아닐까
−떠다니는 갈대 섬, 우로스

를 공부할 목적이었는데 어쩌다 보니 뉴욕 일식집에서 일을 하게 됐다고. 이제 다시 일본으로 돌아갈 때가 됐는데, 그 전에 한 달쯤 시간을 내어 페루를 여행하고 있단다. 페루에 관심이 있는 건 아니고, 한번쯤 정글에 가고 싶었을 뿐인데, 만사가 귀찮아 정글을 메인으로 한 달짜리 패키지 상품을 통으로 끊어버렸다고. 바로 그 패키지 안에 티티카카 호수도 끼어있었던 것이란다. 한 달이란 시간을 통으로 패키지 여행에 맡길 수 있다는 것. 아무리 바쁘고 귀찮아도 나는 절대 하지 못할 짓. 켄지는 무엇이든 심플한 녀석이었다. 대뜸 나에게 일본식 이름은 없냐고 묻는다. 제니고 뭐고, 그냥 일본 이름 하나 만들란다. 넌 어떻게 불리고 싶어? 이름 하나 골라봐. 대놓고 그런 말을 들으니 기분이 묘하다. 나쁘다거나 좋다거나의 차원이 아닌, 그냥 묘한 기분. 내가 만나는 거의 대부분의 지구인이 나를 기억하는 이름과 사뭇 다른 이름. 어쩌면 단 한 사람만 기억하는 내가 된다는 것. 배가 우로스 섬에 닿을 때, 나는 켄지에게 '아오이(葵)'가 되어있었다.

국어사전은 '섬'을 '둘레가 물로 둘러싸인 육지'라 정의한다. 둘레가 물이긴 하지만, 육지는 아닌 우로스 섬을 과연 섬이라 불러도 좋을까. 어쩌면 뗏목, 어쩌면 선박이라고 불러야 마땅할지도 모를 이곳은, 사실은 갈대로 만든 인공의 섬. 심지어 주민들은 길다란 장대로 호수를 저어 섬을 통째로 이동시키기도 한다. 그렇다고 사람이 살기에 부족한 게 있느냐 하면 그것도 아니다. 사실 우로스 섬은 하나의 섬을 가리키는 이름이 아니라, 갈대로 만든 섬 전체, 군도를 일컫는 말이다. 크고 작은 갈대섬 중 가장 큰 섬의 경우,

그 안에 슈퍼, 우체국, 공중전화 박스까지 모두 갖추었다. 오리배처럼 호수를 하릴없이 떠다니는 것이 아니라 정말로 그 안에 사람이 먹고 자고 생활하고 있는 것이다. 섬에 살며 찾아오는 관광객들을 상대로 수공예품을 팔기도 한다. 이곳에서 스페인어는 외국어다. 페루 남부에 전해져 내려오는 아이라마어가 유효한 곳. '안녕하세요' 하는 인사로 '올라' 대신 '까미사라끼' 한다. 그러면 저쪽에선 '와리끼' 한다. 이 인사는 아만타니 섬에서는 또 달라진다. 께추아어를 쓰는 그곳에서 '안녕'은 '아리안츄', 대답은 '아리안'이 된다. 하나의 호수 안에 속한 섬들이지만, 언어가 달라지는 곳. 티티카카 호수가 그런 곳이다.

가이드 녀석이 모두를 둘러 앉히고 우로스 섬이 만들어지는 과정에 대해 설명을 한다. 가이드 옆에는 섬에서 사는 소녀가 보조MC라도 되는 양 천연덕스럽게 앉아 '토토라'라는 갈대를 다듬고 있다. 얼핏 대파 같기도 하고, 카라 꽃 같기도 하고, 튼튼한 토란대 같기도 한 이 갈대는 우로스 주민들에겐 없어서는 안될 귀한 자원이다. 발 딛고 있는 섬도 만들고, 그 위에 기거할 오두막도 만들고, 물로 갈 배도 만들고, 심지어 겉껍질을 벗겨 속을 먹기도 한단다. 설명이 끝나기 무섭게 시식의 시간이 돌아왔다. 별맛은 없지만 생존용으로는 먹을 만하다. 갈대를 엮어 섬을 만들어 산다는 발상이 놀라울 따름이다. 이 독특한 섬은 재료의 특성상 맨 아래쪽 갈대가 물속에서 썩어가면 조금씩 가라앉아 다시 또 보강을 해줘야 하는 제법 각별한 정성이 필요한 영토다. 가라앉기도 하고, 움직이기도 하는 마을에서 산다는 것, 그곳에 길들여진다면 육지는 참으로 지루할지도 모르겠다.

없는 것 없이 그곳 또한 사람 사는 곳
— 갈대로 지은 섬, 우로스

통통통통 통통통통.

배가 아만타니 섬 가까이 다가가자 멀리 알록달록하던 점들이 점점 커지면서 붉고 고운 치마를 입은 섬 여자들이 된다. 팔레트에 짜놓은 물감처럼 새파란 하늘을 배경으로 나풀거리는 새빨간 치맛자락. 그림엽서 속으로 들어서는 기분이다. 배에 탄 관광객들 열에 아홉은 미친 듯이 카메라 셔터를 눌러댔지만, 섬 사람 누구 하나 피하거나 돌아서는 이 없었다. 마치 하루 이틀 겪어본 일이 아니라는 듯이, 놀랄 것도, 새삼스러울 것도 없다는 듯이.

가이드가 숙소 배정을 한다. 오늘 밤, 누가 누구네 집에 가서 묵을 것인가. 여행자들의 이름이 먼저 불려지고, 그들을 데리고 갈 섬 아주머니들의 이름이 뒤를 잇는다. 그저 숙소를 배정하는 것에 불과한데도, 내 이름은 언제 불려지나 괜히 설렌다. 거의 모든 사람들의 이름이 불렸는데, 내 차례는 아직 멀었나 보다. 동행이 있는 사람들은 동행과 함께 같은 숙소에 배정을 받는다. 그 많은 사람들이 배를 탔건만, 혼자 여행 온 사람들이 보이지 않는다는 게 새삼 신기했다. 이제 남겨진 사람은 나와 켄지, 그리고 알랭이라는 (할아버지에 가까운) 아저씨 셋뿐. 푸우 군과 무가도 이미 배정이 끝났다.
"혼자 온 사람들은 그냥 다같이 한 집으로 가도 되죠?"
떨이로 팔려가는 기분이다. 문득 혼자라는 사실이 못 견디게 쓸쓸해졌다. 우리를 데려갈 카르멘이라는 아줌마가 환한 표정으로 손짓을 한다. 까맣게 탄 얼굴 탓에 치아가 유난히 하얗게 빛난다. 가이드는 카르멘에게 신신당부한다. 반드시 남자 둘에게 한 방을 주라고. 행여 나와 켄지를 같은 방에 몰아넣을까 걱정이 이만저만이 아니다.

칠흑 같은 밤이 어떤 건지
그 밤의 고요가 어떤 건지
창 두드리는 빗소리가 어떤 건지
또박또박 알려준 섬

─티티카카 호수, 아만타니 섬

카르멘 아줌마를 따라 꼬불꼬불 논두렁 길을 한참 걸어 집으로 간다. 이렇다 할 길은 없다. 발 디딜 수 있는 땅, 그것이 곧 길이다. 여행 선배들로부터 아만타니 섬 환경에 대해 수도 없이 들어왔던 터라 각오는 하고 있었지만, 기대보다 십 년은 더 과거로 거스른 기분이다. 다 지어진 집일까, 짓다 만 집일까. 무너지지 않고 서있는 게 신기할 정도다. 얼마나 열악한가 살피려 들면 끝도 없다. 카르멘의 집은 이층집이다. 가파르고도 아슬아슬한 나무 계단을 올라 방이라고 내어준 곳에 들어가보니, 말 그대로 침대만 덩그러니 놓여져 있을 뿐 이렇다 할 세간은 아무것도 없다. 심지어 벽도 채 메워지지 않았다. 방 옆이 어떤 공간인지는 모르겠지만, 미처 채워지지 않은 벽 너머 시커먼 어둠이 웅크리고 있는 걸 보니, 등골이 다 오싹하다. 문이라고 있는 건 한 장의 얇은 양철판. 빗장도 없이 벽과 벽 사이에 그냥 달려있는 꼴이다. 힘껏 닫아도 제대로 닫히지도 않는다. 자꾸만 스르르 열리는 것이 여간 거슬리는 게 아니다. 카르멘은 길다란 장대를 하나 내어주며 문 닫는 법부터 가르쳐준다. 밤에 쓰라고 통통한 양초도 한 자루 내어준다. 정말 전기가 안 들어오는 게 맞구나. 화장실은 당연히 푸세식. 이동식 화장실처럼 생긴 길다란 사각형 공간이 집 밖 모퉁이에 아무렇게나 서있다. 틀면 나오는 수도꼭지도 없다. 챙겨온 거라곤 일 리터가 채 못 되는 생수 병 하나, 이걸로 두 번은 양치를 해야 할 텐데, 눈금을 그어가며 애지중지하게 된다. 부엌은 석기시대 부엌이라고 해도 좋을 모습이다. 한쪽 구석에 불을 때고 솥을 걸 수 있게 해놓은 아궁이가 부엌 시설의 전부다. 굴뚝엔 백만 년은 쌓였을 그을음이 눌어붙어 이제는 연기조차 쉽게 빠지지 않는다. 공간여행이 아니라 시간여행을 떠나온 기분이다. 예닐곱 살 무렵 시골집과 다를 바 없는 풍경. 무덤덤한, 그러나 결코 다시 돌아갈 수 없는 아스라한 머언 기억들. 그때가 더 좋았다거나 더 행복했다거나 혹은 그때가 더 끔찍했다거나 그런 가치 판단이 깃든 감상 따윈 없었다. 공기를 망치는 자동차 따위가 없음이 반가운 일이긴 했다. 덕분에 해발 4천 미터가 넘는, 그래서 턱없이 산소가 부족할 법도 한 섬 한가운데에서 "햐~ 공기 참 좋구나." 크게 심호흡을 해본다.

그 어둡고 비좁은 부엌 안에서 카르멘이 점심 준비로 분주하다. 아이들은 땡글땡글한 눈으로 이방인을 보며 부엌을 떠날 줄 모른다. 이 집 아들 아메리코와 딸 일레나, 그리고 옆집 꼬마 칸카. 옆집 아이라지만 다들 친남매라 해도 믿을 만큼 닮은 꼴이다. 같은 표정의 얼굴들이 이 방인 얼굴 한 번 쳐다보고 부끄러워 웃고, 또 한 번 쳐다보고 몸을 배 배 꼰다. 하루 이틀 겪어본 것도 아닐 텐데 했는데, 카르멘 말이 그리 자주 겪는 경험은 아니란다. 아만타니 섬은 작아 보여도 꽤 많은 사람들이 살고 있고, 그래서 관광객이 묵어가는 것도 매일같이 돌아오는 일이 아니었다. 섬 주민회 같은 게 있는지 골고루 순번대로 숙박을 허락하나 보다. 그리고 그 순서는 기껏해야 한 달에 한두 번 정도라나. 아이들이 신날 만도 하다.
사실 진짜로 신난 사람은 켄지다. 너무 좋아하니까, 오히려 내가 괜히 민망하다.
"뭐가 그렇게 좋아?"
"애들이 너무 예쁘잖아."
마치 지구에서 아이라는 종족을 처음 보기라도 한 것처럼 켄지의 얼굴이 헤벌어졌다. 그리곤 나를 개인 통역사처럼 부린다.
"아오이, 얘들, 꿈이 뭔지, 갖고 싶은 게 뭔지 좀 물어봐 줘. 돈이 생기면 가장 먼저 사고 싶은 게 뭔지, 응? 빨리 좀 물어봐 줘."

가스레인지, 오븐, 싱크대
커피메이커, 식기세척기
그런 거 난 몰라
—카르멘의 부엌

하도 졸라대는 바람에 어쩔 수 없이 떠듬떠듬 통역을 한다. 아, 나 가
정법은 안 배웠는데. 옆에서 알랭이 딱한 눈으로 바라본다. 도시에서
나 어울리는 질문들, 그걸 해달란다고 고스란히 말하고 있는 자신이
한심할 지경이다. 예상대로 아이들은 질문에 한참 갸우뚱한다. 도시
애들처럼 끊임없이 뭐가 갖고 싶다, 뭘 사달라, 그런 생각만 하고 있는
아이들이 아닌 것이다. 눈치 없는 켄지는 아이들이 무슨 생각을 하건
말건 자신이 듣고 싶은 대답을 유도한다.

"노트 같은 거 안 갖고 싶냐고 물어봐. 연필 같은 거, 초콜릿 같은 건?"
아메리코가 한참을 생각하더니, 학용품이 좀 부족하긴 하다고 수줍은
듯 말을 꺼낸다. 그러자 켄지 녀석, 기다렸다는 듯이 후다닥 방으로 뛰
어가서 쓰고 있던 노트며, 펜을 몽땅 들고 와서 아이들에게 나눠준다.
이렇게 무작정 뭔가를 준다는 거, 과연 괜찮은 걸까. 나는 이러지도 저
러지도 못하다가 켄지의 성화에 못 이겨 가지고 있던 펜 몇 자루를 함
께 건네주었다.

극도의 가난이 켄지의 마음을 부자로 만든 모양이다. 늦은 저녁, 켄지가 하는 말,

"아오이, 여기 오기 정말 잘한 거 같아. 그리고 아오이를 만난 것도 너무 좋아."

"그래?"

"있잖아, 나는 여태 정말 풍족하게 살았던 거 같아. 학용품 같은 거 부모가 사주는 거 당연하다고 생각했고, 단 한 번도 부족하다는 생각을 한 적 없거든. 근데 당연하다고 생각한 게 당연한 것만은 아니란 걸 배운 거 같아."

켄지, 그런 교훈을 느끼기엔 너무 어른인 거 아니야? 그런 말이 목구멍까지 올라왔다가 내려갔다. 어쩌면 켄지는 몸만 어른이었지, 마음은 아이일지도 모르는 거니까. 여전히 부모님의 용돈으로 어려움 없이 살아온 큰 아이일지도 모르는 거니까. 사람의 환경이란 건 모두가 같지 않은 거니까.

그에 비해 알랭은 지나치게 세상을 많이 살아버린 아저씨였다. 조금 상냥하게 생긴 안소니 홉킨스랄까. 목에 건 두꺼운 안경, 물 빠진 청남방, 낡은 배낭 하나, 모든 걸 초월한 듯한 그윽한 눈빛. 어딘가 유목민의 냄새가 난다. 볼리비아에서 하비타트와 같은 빈자들을 위한 집 짓기를 삼 년 동안 했단다. 휴식이 필요할 때라는 생각에 페루로 올라와 여행을 하고 있다고. 세상엔 참 다양한 삶이 있구나, 새삼 느낀다.

 점심 메뉴는 이 동네 전통 수프라는 끼누아 수프. 끼누아는 좁쌀 같은 노르스름한 곡물 이름이다. 밭에서 금방 캐온 것 같은

감자며, 당근, 야채들은 보기만 해도 싱싱하다. 물론 그 조그만 푸릇푸릇한 것들을 손질하는 과정을 너무 열심히 쳐다보면 식욕이 떨어질 수도 있음은 감수해야 한다. 제대로 된 집기는 없다. 나무토막에 칼날 하나 덧대어 붙인 조그마한 식칼로 대충 댕강댕강 잘라서 꼬질꼬질한 통에 물 한 바가지 받아다 헹구는 게 전부다. 저 냄비는 과연 깨끗이 씻은 걸까. 저 물은 과연 마실 수 있는 식수일까. FDA 잣대로 보기 시작하면 도저히 못 먹는다. 켄지 또한 먹을 수 있는 거 맞겠지, 연신 불안해 했지만, 막상 수프를 받아 들자 "오이시이(맛있다)!"를 연발하며 숨도 쉬지 않고 흡입한다. 이렇다 할 조미료 하나 없는데, 정말로 맛있다. 감자는 안데스가 원산지라더니, 원산지에서 맛보는 감자는 쫀득쫀득 말랑말랑 질감부터 다르다. 지금까지 먹어온 감자를 부정하게 만든다.

후식으로 일레나가 아무렇게나 한 줌 뜯어온 푸성귀를 뜨거운 물컵에 담아준다. 이게 과연 마시라는 차인가, 싶었지만, 속는 셈치고 한 모금 마셔보니 그 맛이 또한 기막히다. 향긋하고도 상큼한 민트 향이 입안에서 춤을 춘다. 푸성귀의 정체는 '무냐'라 했다. 켄지는 당장 일본으로 가져가야겠다고 난리도 아니다.

아이들은 우리가 다 먹을 때까지 멀뚱하니 기다리고만 있다. 요 녀석들 자기들끼리 얘기할 땐 께추아어로만 말한다. 스페인어를 못하는 것도 아닌데, 아무래도 손님들이 알아듣는 게 편치 않나 보다. 그런데 이상하게 그렇게 해주는 게 더 고마웠다. 멕시코에서 아르헨티나까지, 브라질을 제외한 중남미 모든 나라들에 스페인어가 쳐들어와 주인 행세를 하고 있다. 물론 스페인어 하나만 공부해서 여행할 수 있다는 건 편리하다면 편리한 일이지만. 언어란 단지 의사소통의 수단이

가장 맛있는 재료는 자연이다
조미료는 원재료를 이길 수 없다
－아만타니 섬 황후의 만찬

아니라 한 나라의 문화, 역사, 정신이 녹아있는 중요한 것이니까. 께추 아어가 살아있음은 곧 잉카의 문화, 잉카의 정신이 살아있음과 같은 것이니까. 얘들아, 너희들 지금 그 언어 잊어버리면 안 된다. 끝까지 지켜주길 바라. 도통 무슨 소리를 하는 건지 알아듣지도 못하면서 얼굴은 웃고 있다. 마음은 그렇게 께추아어를 응원하고 있다.

아만타니 섬, 이 섬의 꼭대기에 있다는 잉카 유적까지 길은 오지게도 가파르다. 오르다 말고 위를 쳐다보면 곧장 하늘이 보인다. 수직에 가까운 경사다. 그렇잖아도 높은 티티카카 호수, 그곳에서 다시 섬 정상까지 오르자니 숨이 턱까지 차오른다. 밭은 숨을 몰아쉬며 한 발 한 발 가까스로 전진하고 있는데, 섬 아이들은 약해 빠진 외계 생명체를 놀리기라도 하듯 큰 소리로 목청껏 노래까지 부르며 오르락 내리락 뜀박질을 해댄다.

이따금 숨이라도 고를 겸 멈춰 서서 아래를 내려다보면 절로 입이 벌어진다. 쨍쨍한 햇볕이 양철 지붕 여럿 태운다. 실상은 저 안에 앉아 있으면 지글지글 타들어가겠지만, 원경은 은근 낭만적이기도 하다. 반짝, 햇살을 통째로 반사하는 지붕은 그 자체로 빛 조각이다. 거기에 통곡물빵 내음이라도 날 것 같은 햇볕에 구워서 만든 흙 벽돌, 아도베로 쌓아 올린 작고 특별할 것 없는 아담한 가옥. 여행이 사물에 낭만을 덧칠한다.

정상엔 파차마마(pachamama, 대지의 어머니) 신전이 덩그러니 앉아있다. 옴팡지게 나이 먹은 돌들에 이끼며 잡초들이 잔뜩 들러붙어 있다.

몇백 년을 살아온 건가. 걸쇠로 잠궈둔 신전 문턱을 서성여본다. 시선은 어느새 저 멀리 바다를 향하고 있다. 잉카 유적의 감동보다 그곳에서 바라보는 저녁하늘의 감동이 배는 되는 것 같다. 해가 질락말락 하늘은 붉게 달아오른다. 카르멘의 어린 딸 일레나가 수줍어 두 뺨을 붉히듯 그렇게 소박한 노을. 바람은 더없이 시원했고, 호수는 너무도 고요하다. 오늘이 몇 월 몇 일이었더라. 알게 뭐람. 아만타니에선 시간도 쉬어가나 보다.

 푸우 군과 무가를 다시 만나, 서로 점심으로 무얼 먹었는지 정보를 교환한다.

"뭐라고? 니네는 치즈도 먹었다고?"

"응, 수프랑 치즈랑 뭣이랑 뭣이랑……."

"우린 풀 밖에 못 먹었어."

같은 섬 민가라고 해서 다 같은 메뉴가 아닌가 보다.

"내 방엔 벽도 짓다 말았어. 무서워서 잠이나 잘까 몰라."

"내 말이, 문짝도 장난 아니야, 양철 판때기야."

푸우 군과 무가는 무슨 해괴한 소리냐며, 자신들이 묵게 된 집을 찍은 디카 사진을 보여준다. 디카 쓰는 거 하루 이틀도 아니지만 문득 세상 참 좋아졌다는 생각이 들었다. 이런 식으로 바로 확인이 되는구나. 과연 푸우 군과 무가가 묵는 집은 켄지와 내가 묵는 집보다 백 배는 좋아 보였다. 벽도 말짱했고 심지어 밝은 분홍빛으로 페인트칠까지 되어 있었다. 창문도 반듯했고, 꽃무늬 커튼도 있었다! 침대 시트도 황송할 만큼 화사했다. 처음엔 괜히 봤다, 눈 버렸다 싶었는데, 켄지도 나도 곧 기분이 좋아졌다. 푸우 군과 무가가 묵는 곳이라면 이 다음에 어디서라도 묵을 수 있는 곳이라는 생각, 그러나 지금 우리가 머물고 있는 집은 웬만해선 두 번 다시 묵기 힘들, 아만타니만의 유일한 집일 거라는 생각, 그 생각에 오히려 뿌듯해지기까지 한다.

"재밌잖아, 이것도 경험인데!"

켄지가 마침표를 찍는다.

저녁도 점심처럼 끼누아 수프였지만, 그것만으로도 든든했다. (다음 날, 푸우와 무가는 소시지도 먹었다며 자랑했다. 유치한 녀석들!) 소박하지만 따뜻한 저녁식사 후, 마을회관에서 열린다는 댄스파티에 가려고 꽃단장을 한다. 카르멘이 예의 그 새빨간 치마와 꽃무늬 자수가 들어간 까만 숄을 가져다 준다. 댄스파티에 갈 때는 전통의상을 입어야 한단다. 치마를 입는다기보다는 커다란 보자기를 대충 두르고 허리 주변을 매우 넓은 벨트로 칭칭 감는 행위에 가까웠지만. 카르멘이 있는 힘껏 칭칭 감아주는데 묘하게 기분이 좋다. 왠지 진짜 여자가 되는 기분. 모르긴 해도 비비안 리가 허리 조임을 당할 때 이런 기분이지 않았을까. 거기에 곱게 수놓인 숄까지 두르면, 없던 내숭도 절로 생길 것만 같다. 아이, 난 춤도 못 추는데, 댄스파티에 어떻게 간담. 그럼 오늘 밤 나의 파트너는 켄지가 되는 건가. 파트너가 함께 하는 댄스파티라. 내심 켄지의 변신도 기대했는데, 생각보다 너무 심플하다. 고깔모자에 판초 하나 뒤집어쓴 게 전부다. 그럼에도 싱글벙글 좋아 죽는다. 연로하신 알랭은 일찌감치 잠자리에 든 모양이다.

마을회관까지 가는 길, 정말 깜깜하다. 연극의 암전 같다. 더 나쁜 건 배우들만 아는 형광 테이프도 없다. 언덕도 사라지고, 나무도 사라지고, 집들도 모두 사라졌다. 공간 자체가 사라진 느낌이다. 완전한 암흑. 모든 게 측정불가다. 어떻게 이럴 수가 있지? 눈을 뜨고 있는 것과 감고 있는 것의 차이가 없다! 그렇다고 길이 어디 고분고분하던가. 구불구불 길 같지도 않던 논두렁 길. 그 길을 네 발 짐승처럼 더듬더듬 기어가고 있다. 오늘 밤 하늘은 달도, 별도 모두 꺼버렸다.

놀랍게도 일레나는 저만치 앞장서 신나게 걸어간다. 뭐지? 보인다는 건가? 어떻게 이 암흑을 저렇게 아무렇지 않게 걸어갈 수 있지? 어쩌면 일레나는 신체의 모든 감각기관으로 보고있는 지도 모른다. 귀로 보고, 코로 보고, 손으로 보고, 낮 동안의 기억으로 보고. 어쩌면 일레나에게 그 길은 이미 온몸에 새겨진 문신 같은 것일지도 모른다. 눈을 뜨거나 감는 것과는 상관없이 몸이 기억하는 그런 길. 거기 앞을 나아가는 데는 오로지 시각만이 필요한 전부라고 믿고 있는 옹졸한 나에게, 세상은 딱 그만큼만 보여주기를 허락하고 있는지도 모를 일이었다. 문득 내가 지금까지 내 두 눈으로 온전히 보았다고 생각했던 세상 또한 사실은 온전하지 못한 모습이었을 수도 있겠다는 생각이 들었다. 일레나가 세상을 보는 방법은 어떤 것일까, 궁금했다.

전진도 후퇴도 하지 못한 난감한 상황에서 다행히 켄지가 주머니에 넣어둔 휴대폰을 꺼내든다. 휴대폰 불빛에 기댐에도, 뒤쫓아가는 것조차 보통 일이 아니다. 녀석, 그래도 남자라고 손도 잡아준다.

"아오이, 너도 나를 만나서 좋은 거지?"

도대체 저 왕자병은 어디서 오는 건가. 사려 깊은 카르멘은, 일레나가 성큼성큼 달리다시피 멀어져 갈 동안, 엉금엉금 기어가는 우리를 위해 바로 앞에서 살펴준다. 속은 무척 답답할 것이다. 그날 밤, 아만타니에서 나는 백만 년은 퇴화한 눈 먼 종족이 되었다.

에게~, 이게 댄스파티야? 무도장은 또 왜 이래?

춤이라고 하기엔 너무도 엉성한 동작들, 마을회관이라는 건물은 전등조차 하나 없다. 그저 램프 몇 개가 서로의 얼굴을 알아볼 만큼의 빛을 뿜고 있을 뿐. 물론 싸이키 조명에 빵빵한 스피커 따윌 기대한 건 아니지만, 너무 적적해서 말똥말똥한 정신으론 도저히 아무것도 할 수가 없다. 그리고 그건 켄지도 마찬가지인 듯 했다. 그래서 또 애꿎은 쿠스케냐 맥주를 마셔주었다. 챙챙, 챙챙! 병을 몇 번 부딪히고 나니 그제서야 어둑한 램프 빛이 분위기 있는 조명으로 보이고, 마을 아이들이 부르는 전통민요가 전위적인 언더그라운드 음악으로 들리기 시작한다.

춤은 한마디로 강강수월래다. 도는 사람이 둘이 되기도 했다가, 셋이 되기도 했다가, 열댓 명으로 늘어나기도 했지만, 어쨌거나 지칠 때까지 뛰는 것이다. 맥주의 힘이 아니고서야 버티지 못할 춤. 나는 그랬다. 그 와중에 귀여운 꼬마, 칸카가 폴란드에서 온 야나스에게 함께 춤추자고 손을 내민 건 압권이었다. 둘은 정말로 최고의 커플이 되어 무도장을 몇 바퀴고 하염없이 돌고 돌았다. 아만타니 섬만의 전통적인 춤이라도 한 자락 배우는 게 아닐까 기대했었는데, 내심 아쉬운 자리였다.

무도장을 달궈주고 싶었는지, 100퍼센트 천연 사이키 조명이 하늘에

143

서 떨어진다. 5.1 채널 서라운드 입체 음향과 함께. 쏴아쏴, 천둥 번개를 동원한 장대비가 내리기 시작한 것이다. 마을회관에서도 한참 떨어진 카르멘의 집까지, 돌아가는 길이 무서워져 먼저 일어섰다. 일레나와 카르멘, 나와 켄지. 나란히 빗속을 총총 걸음으로. 여전히 깜깜한데도 넘어지지 않는 게 신기하다. 카르멘이 걸쳐준 숄 덕분에 흠뻑 젖지는 않았지만, 예쁜 숄을 다 적셔놔서 진심으로 미안했다.

비는 더욱 세차게 내렸고, 침낭에 폭 파묻혔음에도 으슬으슬 추웠다. 무섭다. 잠도 안 온다. 시끌시끌한 밤하늘 덕분에 맥주 마신 약발, 다 떨어졌다. 여차하면 빗줄기가 양철 지붕을 뚫고 돌격해올 것만 같다. 이제 그만 자야지, 이제 그만 자야지, 아침 해가 뜨는 건 보고 떠나야지. 얼마나 뒹굴었을까. 카르멘이 내어준 새 양초가 다 타들어간 무렵에야 겨우 잠이 들었다.

단 하룻밤 묵어가는 방문객에 지나지 않았음에도 안녕, 이란 인사는 여전히 쓸쓸하다. 아침이라곤 거친 빵과 따뜻한 차 한 잔이 전부였지만, 그조차도 각별해지는 순간이다. 아이들과 사진은 찍고 가야겠다고, 켄지도, 알랭도 분주하다. 카르멘이 선착장까지 우리를 데려다주었고, 아메리코와 일레나 또한 문밖에서 사라져가는 우리를 지켜봐주었다. 시간에 맞춰 배가 왔고, 그보다 조금 빨리 풋풋한 아침이 찾아왔다.

 오늘은 타킬레(Taquile) 섬을 들러 육지로 돌아간다. 새파란 하늘이 봉긋 솟은 섬을 더욱 도드라져 보이게 한다. 섬 너머

해가 뜨면 그늘도 뜬다

−음영의 극대비 강렬한 섬, 아만타니

무더운 한낮 뭉게구름이 비현실적으로 펼쳐져 있다. 갑판 위에 널브러진 여행객들. 어제의 에너지는 어디로 간 걸까. 봄날의 고양이처럼 말없이 햇살을 즐기고 있다. 푸우도, 무가도. 이제 더 이상 아침밥으로 뭘 먹었는지 묻지 않는다. 헤어질 때 얼마나 아쉬웠는지 따위도 얘기하지 않는다. 나른한 얼굴로 마냥 웃고 있다.

타킬레 섬은 얼핏 아만타니 섬과 닮은 모습이다. 흔한 전봇대 하나 없이 마냥 자연인 섬. 함석 지붕들이 눈부시다. 가파른 언덕을 올라 자그마한 학교를 방문한다. 교실 하나에 여러 학년이 섞여있다. 애초 학교 방문은 일정에도 없었는데, 아침 일찍 출발한 덕분에 겸사겸사 방문하는 거라고, 가이드의 생색이 하늘을 찌른다. 방금 전까지만 해도 우당탕탕 뛰어 놀았을 까무잡잡한 아이들, 낯선 이방인들 앞에서 약속이나 한 듯 몸을 배배 꼰다. 선생님이 먼 곳에서 온 손님들인데 께추아어로 노래 한 곡만 들려주자고 해도 부끄러워

얼굴이 바알갛게 달아오른다. 반장으로 보이는 아이가 선창을 하자 그제서야 모기만 한 목소리들이 뒤를 잇는다. 귀여운 순간이다. 투어리스트들은 감격의 순간을 놓칠세라 일제히 동영상 촬영 모드가 되고 만다.

이 교실에서 진짜 학생은 투어리스트들이다. 낯선 문화 하나 하나가 신기한 텍스트가 된다. 옷가지 하나 하나가 놀라운 과목이 된다.

이곳에서 여자들은 '뽐뽐'이라는 술을 숄에 달아 소리 없이 말한다. 밝고 화사한 뽐뽐을 달았다면 그날은 기분이 좋다는 뜻이고, 어두운 뽐뽐을 달면 우울하다는 뜻이란다. 색깔뿐 아니라 크기로도 의사소통이 가능하다고 했다. 작은 뽐뽐은 결혼했다는 뜻이고, 커다란 뽐뽐은 아직 싱글이라는 뜻이다. 그런가 하면 남자들은 모자의 색으로 미혼인지 기혼인지를 드러낸다. 뽐뽐으로, 모자로, 묻지 않아도 알 수 있게 소통하는 방식이 재미있다. 결혼한 줄 몰랐다고 오해할 일도 없겠다. 쉽게 읽히지 않는 감정의 부침에 따른 소모적인 언쟁도 없을 테고. 뭇 언어의 의뭉스러움을 걷어낸 담백한 소통이다. 외국어 수업 시간에 이런 소통법도 배워야 하는 거 아닐까 싶다.

티티카카 호수 섬 투어는 그렇게 끝이 났다. 1박2일 동안 무려 여덟 시간을 배 위에서 보내고, 투박한 음식으로 끼니를 때우고, 형광등 없는 밤을 보냈다. 단 하룻밤 문명의 갓길로 미끄러져 지낸 것뿐인데도 모두가 어딘가 꾀죄죄한 몰골이다. 자연에 대한 면역력 제로에 가까운 가장 허약한 종족의 귀가였다.

여행의
이유 1

티티카카 호수의 1박2일 여행을 마치고 돌아온 저녁, 푸노의 호스텔 '망코 카팍 인'에서 또 한 명의 일본인 여행자와 마주쳤다. 토시오(利夫)는 미술 선생님이다. 빡빡머리를 하고 해맑게 웃는 얼굴은 수도승에 가까워 보였지만, 가지고 있는 카메라라던가 펜 잡는 본새만큼은 예사롭지 않았다. 교실 안, 빈약한 교과서에 기댄 미술 수업에 답답함을 느껴 여행을 시작했다고 했다. 어느 나라 어느 화가의 작품이 어떻고 저떻고 텍스트로만 설명하는 것이 무슨 의미가 있을까. 적어도 미술을 가르치는 선생이라면 화가의 작품, 화가의 땅은 직접 보고, 듣고, 느껴야 하는 것이 아닌가. 그런 의문들이 배낭을 꾸리게 했단다. 절로 끄덕여지는 이유다. 괜히 사람이 달라 보이고, 소박한 외양까지 깊이로 느껴졌다.

자연스럽게 푸우와 무가도 자신들이 여행을 시작한 동기를 말한다. 둘은 이제 막 의대를 졸업하고, 수련의 과정을 앞둔, 말하자면 예비 의사다. 모르긴 해도 앞으로 탄탄대로의 삶이 보장되는 길을 걸어가겠지. 듣자 하니, 지금까지 걸어온 길도 그늘 하나 없는 양지 바른 길인 듯했다. 무가는 스스로 인정하기를 집안이 부유하다 했다. 그런데 그 부자 집안이라는 걸 남들이 아는 게 싫어서 일부러 값싼 티셔츠를 입고 소위 명품이라는 것에는 관심도 가지지 않았다고 했다. 앞으로 의사가 되더라도 거만해지고 싶진 않다고, 가난한 사람들도 끌어안는 의사가 되고 싶다고, 제법 기특한 말을 한다.

그러면서 덧붙이는 말이, 사실 이번 여행도 가난을 경험하고 싶어서 일부러 가난한 나라, 페루와 볼리비아를 택해서 온 거란다. 언제부터 가난이 경험하고 싶은 대상이 되었나 생각하니 문득 쓸쓸해졌다. 그것도 한 달간 돈을 내는 것 외엔 아무런 노력을 요하지 않는 온갖 관광 투어 위주로 여행하면서 무엇을 어떻게 경험하겠다는 말인지 나로선 짐작할 수도 없는 노릇이었다. 바라건대 녀석들의 남은 여정에 가이드가 함께하지 않는, 예기치 않은 고난의 일정이 함께하길. 가늠하지 못했던 기쁨과 슬픔과 희망과 좌절이 동행하길. 하여 훗날 의사가 되어 이 여행을 각별하게 회고할 수 있길.

그리고 나는 차마 아무것도 이유라 말할 수가 없었다. 이렇다 하고 이룬 것 없이 부유했던 시기였기에 어디든 뿌리를 내리고 싶다는 마음과 가장 홀가분할 때에 가장 먼 곳까지 떠내려가보는 것도 나쁘지 않겠다는 마음이 부딪힐 무렵이었다. 인생이 여기 아닌 그곳에 있을 것만 같았고, 떠나지 않으면 아무것도 얻을 수 없을 것 같은 불안이 도처에 널려있을 때였다. 내가 내뱉은 이유는 기껏해야, 그럴 수밖에 없었다, 는 운명론적인 단답이었는데, 어쨌거나 나를 문밖으로 떠민 건 가보지 않은 길에 대한 절반의 호기심과 절반의 두려움이었고, 무엇보다 그곳에 내가 밀면 언제든지 열어줄 문이 있었고, 다만 나는 손을

내밀고 있었을 뿐이었다. 맨 처음 그 문을 밀어낸 것이 나였는지, 바람
이었는지는 지금도 알 길이 없지만, 여전히 유효한 여행의 이유가 있
다면 그건 아마도 "그럴 수밖에 없다"일지도 모르겠다.

오르는 것만으로 다른 세상이다
－칠레 발파라이소, 천국 같은 계곡 또는 계단

여행의
이유 2

켄지와 각별한 사건이 있었던 것도 아닌데, 막상 헤어진다고 생각하니 여간 서운한 게 아니었다. 사람을 당황하게 만들고, 불편하게 만드는가 하면, 아이러니하게도 그래서 또 웃게 하고, 편하게 하는 재주도 가진 묘한 녀석이다. 녀석은 볼리비아로 가는 버스 시간 때문에 혼자 치킨구이집에서 이른 저녁을 먹고 떠나야겠다 했다. 배에서 내려 숙소로 돌아오는 순간에는 피곤하다는 이유로 이렇다 할 인사도 나누지 못했는데 그게 또 마음에 걸려 녀석이 있을 법한 치킨구이집을 찾아갔다. 벌써 가버린 건 아니겠지, 총총 걸음으로.

내가 황야의 무법자처럼 치킨구이집 나무 문을 활짝 열어젖히고 그를 찾아 두리번거리자 입구 쪽 계산대에 앉아있던 아주머니가 한눈에 알겠다는 표정을 짓더니 하는 말,
"이미 떠났어."
안타까운 순간이었지만, 동시에 마구 웃음이 새어 나왔다. 심지어 어쩌면 내가 기대했던 게 이런 장면이 아니었나 싶은 생각마저 드는 것

이다. 거기 게걸스럽게 닭다리를 뜯고 있는 켄지와 마주치는 것보다, 그 남자 이미 떠났어, 하는 주인 아주머니의 통명스러운 말을 기대했던 건지도 모르겠다는 그런 생각. 무엇보다 주인 아주머니가 그 말을 내가 묻기도 전에 한눈에 알아보고 해주었다는 게 마음에 드는 대목이었다. 그러니까 내 얼굴에 어떤 남자를 찾고 있어요, 가 쓰여져 있었다는 뜻이니까. 연인이건 아니건 상관없이 적어도 그 순간만큼은 얼굴 가득 그리움을 끌어안고 있었다는 뜻이니까. 그런 애틋함, 그런 엇갈림이 존재할 수 있는, 여행이 주는 선물과도 같은 순간. 그 순간이 문득 고마웠다.

여행을 떠날 수밖에 없는 이유는 그렇게 순정한 순간들에 닿고 싶은 소망으로도 존재하는 것이다.

여행의
이유 3

만약 그곳이
정말로 멋지고 아름답고 황홀한 곳이라면,
그곳을 마음 속에 담을 수 있다는 것만으로도
충분히 가치 있는 것이고,
만약 그곳이
지독히 끔찍하고 기분 나쁜 곳이어서
두 번 다시 생각하고 싶지도 않은 곳이라면,
그곳에 살지 않아도 되는,
지금 이곳의 내 삶을 더욱 감사할 수 있기에
가치 있는 것이리라.

좋으면 좋은 대로, 싫으면 싫은 대로
여행 가방을 꾸리는 일은 언제나 옳다.

예기치 않은, 그래서 신나는 여정 ✽
볼리비아 라파스, 수크레, 포토시

페루 푸노에서 볼리비아 국경을 넘는 루트는 크게 둘이 있다. 코파카
바나라는 도시를 경유하거나, 데사구아데로라는 도시를 경유하거나.
코파카바나는 볼리비아의 푸노 같은 곳이다. 티티카카 호수를 바라보
고 있어, 푸노에서 우로스 섬 등을 둘러보듯 이곳에서도 태양의 섬 등
을 둘러볼 수 있다. 그에 비해 데사구아데로는 관광지가 아닌 국경도
시일 뿐이다. 코파카바나를 경유하는 루트엔 티티카카 호수 섬마을
투어만큼이나 많은 여행사 상품이 있다. 아침에 뭘 타고 어디까지 가
서, 또 뭘 갈아타고. 차도 타고, 배도 타고. 볼리비아 라파스까지 가려
면 도중에 한참을 기다리기도 해야 한다. 주저 없이 논스톱으로 달려
가는 데사구아데로 경유 버스를 택했다.

새벽 다섯 시부터 잠을 설쳤다. 일곱 시 출발인 버스를 여유 있게 타
겠다는 생각으로 일찌감치 버스터미널까지 택시를 타고 갔다. 착한
셀레스티노가 택시를 잡아주며 가격 흥정까지 마쳐준다. 고마웠다.
내게 푸노가 좋은 기억으로 남을 수 있도록 한 일부는 셀레스티노의

공이다. 후, 이제 페루도 떠나는구나. 같은 언어를 쓰고, 엇비슷한 얼굴을 하고 있다 해도 한 나라에서 다른 나라로 이동한다는 건 역시 가슴 뛰는 일이다. 내가 탈 버스는 페루의 수도 리마에서부터 볼리비아 라파스까지, 엄청난 여정을 가는 장거리 버스. 어쩌면 출발이 늦어질지도 모르겠다. 여기서 나의 '어쩌면'은 기껏해야 이십 분의 기다림이었다.

실제로 버스는 한 시간 이십 분이 지나서야 출발하게 되었다. 리마에서 오는 길이 막혔다나. 이런 일이 처음인 것도 아닌데, 새벽부터 잠을 설친 게 억울해졌고, 소요시간을 줄여보겠다고 조금 더 비싼 데사구아데로 경유행을 택했던 것이 무의미해지게 되어 속상했다. 그러니 표정이 밝을 수가 있나. 2층 버스 창가 자리에 앉아, 꽤나 인상을 썼나 보다. 그때 한 여자분이 다가와 환한 얼굴로 괜찮냐고 물어온다. 갑자기 활짝 웃어 보인다는 게 되려 어색해 말없이 떨떠름한 미소만 지었더니, 곧바로 질문 공세가 이어진다. 혹시 머리 아픈 거 아니냐? 속이 울렁거리거나 하진 않느냐? 마치 환자를 보살피듯 세심한 관심이 쏟아졌다. 돌아서는가 싶었는데 다시 뭔가를 들고 다가온다. 따뜻한 마테차 한 잔과 '소로치(sorojchi)'라는 빨간 고산병 알약이었다. 사양하지 말고 어서 먹으라고 재촉한다. 나의 불편한 표정을 고산병으로 읽으셨나 보다. 고산병과는 무관한 기분 탓이었다고 답할 수도 있었지만 이상하게도 나는 아무런 대꾸도 못하고 순순히 약을 삼키고 차를 마셨다. 늦게 온 버스 때문에 속이 상했다는 말은 끝내 입 밖으로 나오지 못했다. 민망하고도 미안하고 또 고마웠다. 그분이 마더 테레사의 사랑의 선교 수녀회 수녀님이었다. 그리고 보니 버스 안은 유난히 들떠있다. 한 무리의 사랑의 선교 수녀님들이 버스 안을 밝히고 있었던 것이다.

국경 검문소. 일제히 버스에서 내려야 한다. 대한민국 국민인 나에게 볼리비아는 남미에서도 몇 안 되는, 비자를 받아야 들어갈 수 있는 나라이다. 다행히 나는 멕시코 체류 중 미리 비자를 받아두었고, 여권 복사본만 제출하니 무사 통과다. 떠도는 소문에 국경에서 가지고 있는 돈을 보여달라는 요구도 심심찮게 있다 했다. 만약 거액의 현금을 보이면 대놓고 갈취를 당한다고도 했다. 설마 했는데, 실제로 당했다는 여행자도 만났다. 나는 불쌍해 보였는지 돈 얘긴 아예 꺼내지도 않는다. 마약을 운반한다거나, 불법 체류를 하겠다거나, 사소한 뭐 하나 찔리는 거 없는 데도 국경이라는 곳은 사람을 바짝 긴장하게 만든다. 볼리비아의 국경은 더더욱 그랬다.

잔뜩 긴장한 내게 좀 전의 그 수녀님이 다가와 다시 안부를 묻는다. 이젠 좀 괜찮냐고. 나는 많이 좋아졌다고 실없는 웃음을 터트렸다. 아픈 적도 없었던 주제에 말이다. 괜히 멋쩍어 바보 같은 질문들을 늘어놓았다. 라파스에 왜 가는 거냐, 가족이 그립지 않냐, 한심하기 짝이 없는 질문들을.

라파스는 멕시코시티만큼 기형적인 도시였다. 헌법상의 수도는 수크레지만, 실질적인 수도는 라파스였다. 모르긴 해도 볼리비아의 수도가 라파스라고 생각하는 사람도 상당할 것이다. 그렇다 보니 사람들이 모이는 건 당연지사인데, 이제는 그 수렴이 무서울 정도라 했다. 버스가 황량한 자연을 가로지르다 어느 순간 가로등 따위가 촘촘히 나타나기 시작하더니 마침내 라파스 시내에 가까이 이르렀을 때였다. 까악! 시야로 쏟아진 다닥다닥 촘촘히 붙어있던 엄청난 집들, 일명 판자촌을 보는 순간 누구라도 분명 비명을 질렀을 것이다. 마치 하나의 물컵처럼 가파르게 움푹 패인 라파스 지형 탓에 물컵 가장자리에 버

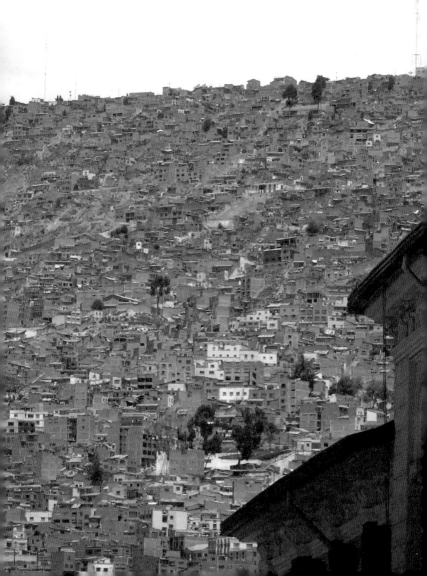

빼곡한 하루가 지나가는 곳
− 볼리비아 라파스

스가 들어섰을 때면 저절로 마주치는 풍경이다. 날마다 달마다 라파스로 모여드는 빈민들. 그 가파른 속도로 판자촌도 커져간다. 배움은 차치하고, 생계 유지조차 힘겨운 고달픈 삶들이 늘어가고 있다.

수녀님은 볼리비아에서 봉사활동을 한 지만 십 년이 넘었다 했다. 이제는 여기가 집 같다고. 가족은 그리울 때도 있지만, 걱정은 되지 않는다 했다. 신께서 지켜주고 계신데 내가 왜 걱정하겠냐며, 참으로 온화한 미소를 지어 보인다. 그 미소의 경지는 도저히 내가 다다를 수 없는 경지였다.

중남미에서 군이 가기 전에 두려웠던 나라를 꼽으라면, 볼리비아와 브라질. 브라질이 두려웠던 건 언어에 대한 두려움 때문이었던 것 같다. 중남미 모든 나라들이 스페인어를 쓰는데, 브라질만 유일하게 포르투갈어를 썼으니까. 어쨌거나 스페인어는 서바이벌 수준까지는 극복을 했으니 멕시코건 아르헨티나건 길을 잃을 염려는 없었다. 그런 내게 사람들은 얘기한다. 스페인어와 포루투갈어는 상당히 닮았다고. 닮은 건 닮았다 하더라도 다른 건 다른 거다. 스페인어로 '고맙다'는 '그라시아스'인데, 포르투갈어로는 '오브리가도'이다. 이게 어떻게 닮았단 말인가. 벙어리 여행은 여행을 빈약하게 하고, 심지어 두렵게 한다. 그렇다면 볼리비아는 왜? 사실 볼리비아는 내게 그닥 매력적으로 보이지 않았다. 내 머릿속 볼리비아는 8할이 우유니 소금 평원으로 뒤덮여있었고, 나머지 2할은 암흑과도 같았다. 그도 그럴 것이 한때 페루 쿠스코에 따라붙던 '위험하다'는 수식어가 이제는 볼리비아로 옮겨갔다는 것이다. 소매치기며 목 조르는 강도들이 쿠스코를 떠나 라파스로 이동했다는 소문까지 돌고 있었던 터였다. 심기가 여간 불편한 게 아니었다. 그리고 그 암흑의 두려움은 금세 버젓이 정체를 드러냈다.

그러니까, 나는 라파스에 도착하자마자 우유니행 야간버스부터 예매할 생각이었다. 터미널은 생각보다 꽤 넓은 편이었고, 목적지에 따라 버스회사가 다르기 때문에 눈을 크게 뜨고 살필 필요가 있었다. 그러나 내 눈에 가장 먼저 들어온 건 터미널 입구에서 이 일을 어쩐다, 하며 어두운 표정으로 모여있는 한 무리의 일본 배낭객들이었다.
'뭐지? 쟤네들도 가만 보니 우유니 갈 것처럼 생겼는데……'
나는 이제 막 도착한 볼리비아 초심자의 표정으로 혹시 우유니행 버스표 파는 곳 아냐, 는 질문으로 슬며시 그네들 곁에 다가섰다. 예상은 적중했다. 그들 또한 우유니행 버스표를 사러, 어제, 그제부터 오늘까지 삼 일째 터미널을 찾아왔단다.
'아니, 왜 삼 일째?'
버스표를 살 수 없었던 이유는 한마디로 도로 봉쇄. 라파스에서 오루로로 가는 도로가 완전히 봉쇄되어 꼼짝도 할 수 없단다. 노동자들의 파업 때문이었지만, 문제는 그 파업이 언제 끝날지 아무도 모른다는 사실. 그리고 라파스에서 어디를 가더라도 오루로를 지나지 않고서는 더 이상 남하할 수 없다는 사실. 아니, 무슨 나라가 도로가 하나밖에 없을 수가 있어? 도대체 무슨 파업을 이렇게 야비하게 하는 거야? 평화 도시잖아, 평화! (라파스(La Paz)란 '평화'라는 뜻의 스페인어였다) 물론 샛길도 있긴 있단다. 시간이 훨씬 더 걸린다는 그 길은, 터미널 인포메이션 센터 직원은 절대 가지 말라고 경고하는 길. 오로지 '버스

소음과 매연, 가난과 혼잡이 공존하는
이 도시의 이름은 '평화(la paz)'입니다
－라파스

온다, 오지 않는다, 온다, 오지 않는다 …
우유니행 버스를 기다리는 마음
세상이 다 기다리는 사람으로 보인다
　　　　　　　　　　　　　　　－라파스 거리

표만 팔면 그만'이라는 버스회사 직원만 추천하는 길. 포장도 제대로 되지 않은 데다가 지금과 같이 불안한 정국에서라면 목숨을 담보로 하고 가야 하는 길. 등골이 오싹해졌다. 유일하게 표를 파는 버스회사의 아줌마는 대수롭지 않다는 듯 시간만 조금 더 걸릴 뿐이라고 했지만, 인포메이션 직원은 나라면 가지 않겠어, 정말 저어엉~말 위험하거든, 하며 몇 번이고 손사래를 친다. 그리고 이럴 때, 오래 살고 싶은 사람은 인포메이션 센터의 권위에 기대게 된다. 왠지 버스회사 아줌마보다는 인포메이션 언니가 내 편일 거라는 믿음을 갖고서.

내가 만약 남미의 일정을 바투 잡지 않았다면, 나는 아마 하염없이 어쩌면 라파스를 사랑하게 되는 날까지 속 편하게 마냥 머물렀을지도 모른다. "오늘은 우유니 갈 수 있어요?" 매일같이 터미널에 출근하며 언제까지고 기다렸을지도 모른다. 그러나 내겐 이미 양보할 수 없는 빡빡한 여정이 기다리고 있다. 머릿속이 분주해지기 시작했다. 이건 돈으로도 바꿀 수 없는 시간의 문제니까.

얼굴에 빗금이 잔뜩 쳐진 상태에서 한숨을 쉬고 있는데, 문득 뒤통수가 따끔거리는 느낌이 들었다. 돌아보니 모범생처럼 생긴 녀석이 나를 멀뚱히 바라보고 있는 것이다. 넌 또 뭐냐? 배낭을 통째로 들고 있는 걸 보니, 우유니 가려다 좌절한 또 한 명인가 보다. 내가 버스회사 아줌마와 인포메이션 언니 사이를 오가며 씩씩거리는 장면을 아까부터 지켜본 모양이다.
"그래서, 어떻게 해야 하는 거래요?"

낸들 알겠냐? 어쨌건 숙소부터 잡아야 했기에 터미널을 나와 택시를 살피고 있는데, 녀석이 계속 따라온다.

"어디 가세요?"

"숙소 찾아봐야죠."

"시내로 가는 거죠? 택시 같이 타도 되요?"

"네? 아, 뭐, 그러시던가……."

어디까지 따라올 생각인지 알 수는 없었으나, 택시비가 절반으로 줄었으니 나로서도 거절할 이유는 없었던 것이다.

사실 나는 '산타 크루스 호스텔'을 찾아가는 중이었다. 내가 데사구아데로를 지나 볼리비아로 잽싸게 들어오는 동안, 푸우 군과 무가는 코파카바나를 경유하여 쉬엄쉬엄 볼리비아로 들어오고 있었다. 티티카카 호수가 인연이 되어 라파스에서 다시 만나자 했던 약속 때문에, 일단 만남의 장소로 숙소를 정한 것이었다.

산타 크루스 거리, 가파른 오르막에 숨어있던 호스텔. 시원시원한 볼리비아 여걸이 리셉션을 맡고 있다. 일본애들이 얼마나 오는지 기본적인 일본어 몇 마디는 척척이다. 싱글룸이 하룻밤에 3천 원도 안 한다. 다행히 방은 있었다. 그런데 이건 어째 아만타니 섬 민가보다 암울하다. 침대 벌레가 집단으로 서식하고 있을 것 같은 검은 침대, 백만 년은 쌓였을 먼지들, 과연 물이 나올까 싶은 샤워기, 잠길 것 같지도 않은 문, 퀴퀴한 불빛. 여행자가 붐비는 번화한 골목임에도 호스텔 상태는 최악이었다. 그 호스텔의 유일한 미덕은 정보노트. 오로지 정보노트 때문에 수많은 일본 배낭객들이 누추함을 견디고 잠을 잔다. 그러나 아무래도 나는 못할 것 같다. 아니, 하기가 싫다.

따라온 모범생 청년도 고개를 내젓는다. 녀석의 이름은 고이치로, 사법고시에 합격해서 연수원 과정 마치고, 한 달 쉬는 동안 남미 여행을 떠나왔단다. 이대로 변호사가 되고 나면, 다시는 한 달 휴가 같은 건 갈 수 없을 것 같아서. 이왕이면 일본에서 가장 가기 힘든 곳으로 가야 할 것 같아서. 그래서 남미까지 왔단다.

컴컴한 숙소에서 나와 다른 숙소를 찾는데, 고이치로도 은근슬쩍 내 뒤를 따라온다. 이걸 짐으로 봐야 하나, 조력자로 봐야 하나, 조금 헷 갈리긴 했지만, 차마 너 갈 길 가라는 말이 나오지 않는다. 하긴 또 모르지, 녀석은 무거운 배낭 질질 끌고 혼자서 빈방 찾아 헤매는 내가 안쓰러워 보호해 줄 생각이었는지. 그러나 그렇다고 하기에 고이치로는 너무나 아무 생각 없어 보이는 멀뚱한 표정이다. 변호사가 된 게 신기할 정도다.

세상에! 라파스 산타 크루스 거리 근처 숙소는 모조리 만원이다. 당장 오늘 밤 숙소 문제가 걸린 터라 내게는 도로 봉쇄보다 더 충격적인 비 상사태다. 혹시 다들 우유니 가려다 못 가서 체류하느라 이렇게 된 게 아닐까. 미웠다. 도로를 봉쇄한 아저씨들도, 도로를 봉쇄하게 만든 아 저씨들도. 그때 푸노의 '망코 카파 인'에서 본 정보노트가 떠올랐다. '오스트리아'라는 이름의 호스텔을 추천하는 글, 분명히 있었다. 볼리 비아 호스텔 이름이 왜 오스트리아람? 그게 도리어 눈에 거슬려 보았 던 기억이 난다. 그래, 평이 괜찮았던 것 같아.

마리스칼 산타 크루스(Mariscal Santa Cruz) 길 건너 야나코챠 (yanacocha) 길 따라 오르막을 얼마나 올랐을까. 탈진 직전에 가까스 로 도착했다. 등 뒤에는 고이치로가 여전히 붙어있다. 따라오고는 있 는데, 상당히 부실하다. 힘에 부치는지, 헉헉 숨을 몰아쉰다. 힘들면 안 따라와도 되는데. 가라고 할 수도 없고. 그렇게 이상하게 동행으로 엮여버렸다.

'호스텔 오스트리아'에는 극적으로 침대 두 개가 남아있었다. 시설은 '산타 크루스 호스텔'보다 2백만 배는 좋았다. 널찍한 거실에 TV도 있고, 뜨거운 물도 시원하게 나오고, 부엌도 나무랄 데 없었다. 작지만 빨래를 널 수 있는 공간도 있었다. 가격도 불과 35볼리비아노, 4천2백 원밖에 하지 않는다. 무엇보다 깨. 끗. 했. 다! 고이치로는 매우 흡족한 표정이다. 이로써 이제 숙소까지 같은 숙소가 되어버린 거다.

국제적으로 신용을 떨어뜨릴 순 없었다. 내 비록 위생의 문제로 '산타 크루스 호스텔'을 배신하긴 했지만, 푸우 군과 무가를 만나는 약속은 지켜야 했다. 짐을 풀고 부리나케 '산타 크루스 호스텔'로 달려갔다. 휴, 다행이다. 매우 적절한 타이밍에 푸우와 무가를 만났다. 다른 호스텔로 옮긴 자초지종을 설명했다. 푸우와 무가는 아무렇지도 않게 '산타 크루스 호스텔'에 묵기를 결심한 모양이다. 이구동성으로 말한다.

"뭐, 지저분하긴 한데, 그래도 정보노트가 있잖아!"

정보노트의 힘은 그렇게도 대단한 것이었다. 이미 쿠스코에서 정보노트의 정체를 봐버렸기에 고개가 끄덕여지기도 한다.

함께 시내라도 둘러볼 생각이었는데, 먼저 여행을 마치고 돌아가야 했던 푸우가 표를 끊어야 한다며 여행사 사무실을 찾았다. 금방이면 끝나겠지, 하고 따라 나섰는데 웬걸 마라톤 상담이 이어졌다. 라파스에서 바로 페루 리마로 돌아가는 비행기가 생각보다 비쌌던 것이다.

머리를 굴린 끝에 결론은 일단 육로로, 데사구아데로를 경유하여 볼리비아의 국경을 넘고, 거기서 가장 가까운 페루 공항 훌리아카로 간 다음, 수도 리마까지 비행기를 타는 것. 간단히 말해 A국에서 B국으로 이동할 때, 국제선 요금이 부담스러울 경우 B국 국경도시까지만 육로로 이동하고 나머지 구간을 국내선으로 이동해주는 방법. 내가 과테말라 안티구아에서 멕시코시티 갈 때 써먹었던 바로 그 방법 되겠다. 비행기 티켓만큼은 국제선과 국내선 가격 차가 엄청나니까.

한 시간이 넘도록 기다리게 한 게 미안했던지, 푸우가 저녁을 사주고 싶다 한다. 이왕이면 한국 음식점에 가보자고. 기특하기도 하지, 내가 지금 딱 한국 음식 그리울 시점인 건 또 어떻게 알았을까. 그래서 뒤졌다. 라파스 시내를 통째로. 어둑해진 뒤라 살짝 겁도 나긴 했지만, 청년 두 명을 거느리고 있으니 꽤 든든하다. 비야손(Villazon) 거리까지 내려가서야 반가운 한국 간판을 마주했다.

나는 잡채를, 푸우는 비빔밥을, 무가는 제육볶음을 시켰다. 보란 듯이 한국요리의 맛을 알리고 싶었는데 생각만큼 맛있지가 않다. 하긴 양념에 들어가는 재료부터 다를 텐데, 정통의 맛을 기대하는 게 무리일지도 모른다. 잡채는 더욱 난감했다. 퍼진 면발은 탱탱한 맛이 하나도 없다. 아, 라파스! 깜박했다. 해발 고도만 3,600미터가 넘는 라파스에서 면 요리를 시킨 내가 바보다. 2천 미터가 채 안 되는 지리산 꼭대기에서 라면을 끓여봐. 그게 쫄깃하게 삶기나. 3천 미터가 훌쩍 넘는 고지대에서 쫄깃한 면 따윈 기대하면 안 되는 거다. 아쉽다. 모처럼 먹는 한국 음식이었는데. 나는 대신 푸짐한 한국의 인심이라는 히든 카드를 꺼내 들었다.

"얘들아, 한국 식당은 말만 잘하면 밥도 공짜로 더 먹을 수 있고, 반찬도 공짜로 무한리필이란다."

시답잖은 농도 주고 받고,
하릴없이 웃기도 한다
볼리비아 경찰도 사람이다
— 라파스 무리요 광장 앞

단무지 하나도 돈을 받는 민족에게 마치 내가 베푸는 것처럼 너스레를 떤다. 그리고 밥 한 그릇을 공짜로 얻어 먹었다.

느긋하게 저녁 먹고 떠들다 보니, 벌써 열 시가 다 되어간다. 택시를 잡긴 했는데, 타고 난 다음 숙소의 위치가 다르다는 게 마음에 걸렸다. 기사 아저씨에게 사정을 해본다. 나는 어디 어디로 가서 어디 어디에서 내려주고, 얘네들은 어디 어디로 가서 어디 어디에서 내려주면 안되겠냐고. 관광객이라고 까칠하게 대할 줄 알았는데 생각보다 흔쾌히 그러마 해주신다. 푸우와 무가, 건장한 청년들이긴 했지만, 스페인어도 한마디 할 줄 모르는 게 내심 내가 더 걱정이 됐던 거다. 기사님은 반대 방향이었는데도 군소리 없이 친절히 나를 먼저 내려주신다. 택시를 기분 좋게 탄다는 것, 그 사소한 일이 이렇게 사람을 기쁘게 할 줄 예전엔 미처 몰랐었다.

 다시 아침이 밝았지만, 볼리비아의 도로 사정은 결코 밝아지지 않았다. 아침마다 터미널로 찾아가 확인하는 수고를 도대체 언제까지 해야 하나. 오늘 터미널엔 무가도 함께다. 푸노에서부터 무가는 나의 여행 루트에 호시탐탐 눈독을 들이더니, 결국 칠레 산티아고까지 따라가고 싶다고 졸라댔던 것이다. 그러니까, 페루 푸노에서 볼리비아 라파스를 들러 우유니까지 내려간다음, 칠레 아타카마 사막을 들러 산티아고까지 넘어가는 루트를 말이다. 끝나지 않은 도로 봉쇄에 낙심한 채 돌아서긴 했지만 차라리 마음은 가벼워졌다. 그래, 하루 더 기다려보자. 이왕 이렇게 된 거, 라파스도 마음껏 사랑해주자. 오늘 하루는 온전히 라파스에 쓰라는 뜻이라 해석했다.

이 도시를 비교적 안전하게 두루 즐겨주는 방법 중 하나는 단연 시티투어버스일 것이다. 하루 온종일 타는 데 6천 원. 밀도 높은 센트로는 물론 달의 계곡이 있는 남쪽 지구까지 운행한다. 볼리비아 물가에 비해 싼 가격은 아니었지만, 여태 타본 시티투어버스 중 가장 저렴한 건 확실하다. 시티투어버스는 약속이라도 한 듯 죄다 빨간색 이층 버스다. 다만 라파스의 시티투어버스가 다른 게 하나 있다. 자리에 앉아 이어폰으로 영어 해설을 들어가며 하나하나 살펴보는 건 여느 도시와 다를 바 없지만, 살고 싶다면 절대 이층 의자에서 일어나면 안 된다. 물론 이층 버스란 것이 기본적으로 언제 나타날지 모르는 나무라던가, 전선 따위 때문에 절대 일어서지 말 것을 원칙으로 하고는 있지만, 라파스의 경우는 위험 수위가 열 배는 더 높다. 골목마다 함부로 널린 전선들은 하늘을 뒤덮고도 남을 만큼 빽곡하다. 그 아래를 닿을 듯 말 듯 위태롭게 버스가 지나간다.

달의 계곡은 노곤했고, 센트로는 답답했다. 남쪽 마을이 센트로보다는 부유했고, 센트로에서 가장 갈 만한 곳은 킬리킬리 전망대(Mirador Kili Kili)였다. 라파스만큼 움푹한 분지는 처음이다. 그것도 해발 3,600미터에서. 하늘 가장 가까이 높은 산 꼭대기를 움푹 파놓은 곳이 도시다. 그 가파른 경사면을 따라 집들이 다닥다닥 붙어있는 게 신기할 정도다. 산동네, 달동네는 그대로 하늘까지 치솟을 기세다. 킬리킬리 전망대에선 만년설이 쌓인 이리마니 산이 눈높이로 다가온다. 해발 6천 미터가 넘는 엄청난 높이의 산인데도 말이다.

에르난도 실레스 스타디움 앞도 지나간다. 국제축구연맹이 해발 고도가 높아 A매치를 하게 하느니 마느니 설왕설래하고 있다는 문제의 축구장. 하긴 라파스에서 산소는 평지보다 최소 30퍼센트는 부족한 것이고, 이런 환경에서 헉헉거리며 뛰는 스포츠를 한다는 게 쉬운 일은 아닐 터이니. 환경의 차이. 그럼에도 내가 왜 페루의 고산지대 쿠스코나 라파스에서 이질감을 덜 느꼈는지도 조금은 설명이 되는 대목이다. 산소가 절대 부족한 고산에서 인간은 더 큰 심장을 가지게 되고, 상대적으로 더 작은 체구를 갖게 된다. 영양이 부족해서 키가 덜 자라는 것이 아니라 환경에 적응하느라 그런 것이다. 아메리카 대륙에 사는 외국인이지만 어딘가 우리네 산골 아저씨, 아줌마를 닮은 자그마한 체구는 그래서 더 정겹기도 하다.

박제한 야마의 태아쯤
아무렇지 않게 진열되어 있는 곳
―진기한 마법의 재료들이 발길을 붙잡는
마녀시장

그런가 하면 마녀시장 같은 곳에선 그 놀라운 정신세계에 깜짝깜짝 놀라기도 한다. 리나레스(linares) 거리를 채운 엽기적인 시장, 일명 마녀시장. 고집 센 가게 주인들은 "노 뽀또(사진은 안 돼)! 노 뽀또!"를 외치며 카메라는 아예 꺼내 들지도 못하게 한다. 태어나지도 않은 야마의 태아를 박제로 만들어 팔질 않나. 도대체 팔리기나 하는지도 의심스러운 정체 모를 가루들, 구슬들, 향초들, 부적들. 이것들은 다 어디에 쓰는 물건들일까. 사는 사람이 나타나면 물어봐야지 잠자코 기다렸는데, 아무도 사지 않는다. 전반적으로 물가는 푸노 못지 않게 저렴하다. 어느새 양손에는 쿠션 커버며, 장갑 따위가 한가득이다. 모르겠다. 이제 가방은 점점 더 뚱뚱해지고, 까짓것, 아르헨티나쯤 가서 소포 한 번 부치지 뭐.

사실 나는 누구보다 기념품 사는 것에 인색한 편이었다. 여태 줄곧 열쇠고리며 인형, 엽서라던가 어디에 쓰는 건지 정체조차 불분명한 자그마한 것들, 그 모든 것들을 단지 그딴 거 사서 뭐해? 라는 식으로 무시해버렸으니까. 그런데 어느 순간부턴가 그때 그 작은 인형, 그때 그 작은 주머니에 마음이 걸리기 시작하는 것이다. 그냥 하나 사들고 올 걸 그랬어, 하며 그게 다 아쉬움이 되고, 그리움이 되는 것이었다.

그러니까 내가 처음으로 효도라는 걸 해보겠다고 어머닐 하롱베이로 여행 보내드렸을 때의 일이다. 모든 게 포함된 효도관광이긴 했지만, 혹시 뭐라도 사고 싶으시면 사시라고, 약간의 달러를 챙겨드렸는데, 막상 어머니가 쓰고 남은 돈이라고 돌려주신 돈은 거의 쓰지도 않은 상태였다. 그때 동생도 함께 보냈더니만, 녀석이 어머니가 뭐라도 살라치면 그걸 왜 사냐는 둥 핀잔을 준 모양이었다. 여태 내가 그래왔던 것처럼 작고 사소한 것들에 대한 매우 실용적인 태도로 말이다. 어머

바다의 부재를 기념하며
─라파스 '바다의 날' 퍼레이드

니가 겨우 하나 사오신 건 베트남 모자 '논'을 쓴 호리호리한 베트남 아가씨 인형 하나. 한동안 한참을 추억하실 하롱베이가 그 작은 인형 하나에 온전히 압축되게 생겼다. 기념품만큼은 마음껏 사시게 좀 하지. 펑펑 사라고 해도 사시지도 않으실 텐데. 옆에서 타박했다는 동생이 조금은 야속해졌고, 비로소 나 또한 마음을 고쳐먹게 되었다. 추억은 실용이란 것과 나란히 견줄 수 있는 대상이 아니라는 것을 그제서야 깨달은 것이다. 나는 아직 내게 지나간 시간보다 맞이할 시간이 훨씬 많고, 여행한 곳보다 여행할 곳이 훨씬 많을 것이라는 생각만 했을 뿐, 지나온 것들을 소중하게 보듬을 생각은 미처 하지 못했던 것이다. 내가 아닌 어머니를 주어로 하자 모든 지나가는 것들의 소중함이 더욱 커졌다. 어머니여서 여행할 기회가 많지 않다는 뜻이 아니라, 내게 있을 때 너무 가까워 보이지 않았던 것이 거리를 가짐으로써 비로소 보이게 된 것이다. 그때부터 그 시간을 추억할 수 있는 기념품 수집에 조금 더 열중하게 되었다면, 나의 쇼핑에도 조금은 의미가 생긴 건가.

한차례 쇼핑을 마치고 마리스칼 산타 크루스 거리까지 내려오자 갑자기 축제의 바람이 불어온다. 둥둥둥둥~. 심장을 두드리는 북소리. 마침 대대적인 퍼레이드가 펼쳐졌다. 유럽의 그것처럼 떠들썩한 자유분방함은 없었지만, 모처럼 나타난 볼거리에 들뜬 인파는 볼리비아라고 예외는 아니었다. 퍼레이드를 위해 도로를 정비하는 경찰들, 기마병들, 군악대. 이런 장면을 목격할 때마다 행운의 여신이 함께 여행하고 있다는 착각을 하곤 한다. 거리에 모여든 사람들에게 오늘이 무슨 날이냐고 물어봐도 열에 아홉은 모른단다. 겨우 경찰 하나 붙잡고 알아낸 것이 바다의 날을 기념한 퍼레이드라나. 그리고 보니 퍼레이드의 주축이 된 무리들은 죄다 해군 복장이다. 어머 웬 바다의 날? 바다도 없는 볼리비아가.

알고 보면 볼리비아도 불쌍한 나라다. 중남미에서 완전 내륙에 폭 파묻힌 파라과이 빼고, 바다가 없는 유일한 나라다. 처음부터 바다가 없었던 것도 아니고, 불과 1백여 년 전 칠레와 전쟁을 치르며 태평양 연안의 땅을 고스란히 빼앗기고 만 것이다. 그래서 지금도 칠레와는 앙숙이다. 심지어 1900년대에는 브라질에게도 국토의 일부를 뺏기고, 그 훨씬 전에는 파라과이에게도 빼앗긴 전적이 있다. 걸핏하면 주변국에게 영토를 빼앗기고, 풍부한 광물 자원을 가지고 있음에도 여전히 가난이 지배하고 있는 박복한 나라다. 바다 없는 나라에 해군만 5천여 명, 빼앗긴 바다에 대한 열망이 오늘까지 이어진 모양이다. 도로가 봉쇄되는 불안한 상황이지만, 행사는 행사 대로 분위기를 타고 무르익어간다. 제법 차려입은 군인들이 말을 타고 지나가고, 군악대의 연주가 이어지고. 한참을 발 디딜 틈 없는 인파 속에서 서성이다 숙소로 돌아왔다.

그나저나 우유니는 도대체 언제 갈 수 있을까. 걱정이 천장까지 올라온다.

'쳇, 우유니는 왜 비행기도 가지 않는 거야! 어라, 비행기? 그래, 비행기!'
순간 한줄기 희망이 반짝 섬광처럼 스친다. 그래, 오루로만 넘으면 되는 거니까. 일단 오루로 넘어 남쪽 아무데나 비행기로 갈 수 있는 곳까지 날아가보자. 지도를 마구 뒤져본다. 공항이 있는 도시부터 찾자. 좋아, 수크레! 가는 거야. 아직 구체적인 액션엔 들어가지도 않았는데 왠지 뿌듯해진다. 왜 진작 이 생각을 못했지? 오늘 밤은 잠이 잘 올 것 같다.

고이치로와 무가. 내게 무임승차해오는 두 녀석이 달갑지만은 않았으나, 나는 최대한 긍정적인 마인드를 가지려 마음을 다잡으며, 마치 대한민국을 대표하는 대사관이라도 된 듯 외교적인 예의를 갖추어 큰 아이 둘을 끌고 다녔다.

농담인지 진담인지 일본 남자들이 이구동성으로 한국 여자들을 평가하는 말.

"つよい(츠요이=강하다)."

그도 그럴 것이 얘네들 너무 야들야들하다. 자신들은 군대를 다녀오지 않아서 그렇다며 웃어대지만. 아무리 봐도 남자로 보이지 않는다. 그냥 덩치 큰 아이 같다는 생각, 그리고 어쩌면 그들이 한국 여자가 강하다고 말한 평가가 맞을지도 모른다는 생각. 나는 이것 아니면 저것, 이 없으면 잇몸으로, 절박한 상황에서 늘 뭔가를 하는 쪽이었으니까. 물론 대부분은 위기대처 능력이라 하기에 너무나 무식하고 저돌적인 방법이었지만. 말하자면 그건 더 이상 잃을 것이 없는 약자의 간절한 용기이자 생존 본능이었다. 그리고 길 위에서 나는 그런 나의 페르소나들을 꽤 많이 마주쳤다. '잡초 같은 생활력'이란 표현이 딱 붙는 그런 여자들. 헝클어지지 않았으면서도 거친, 그럼에도 부드러운 그네들을.

당장 택시를 잡아타고 아에로수르(AeroSur) 항공사 사무실을 찾아갔다. 비행기 가격은 70불, 오늘 비행기는 이미 떠나고 없고, 내일 아침 비행기뿐이란다. 좋아요. 나는 당당히 신용카드를 내밀었다. 볼리비아 물가, 하루 생활비, 이것저것 생각하면 저렴한 비용은 아니었지만, 그래, 일단 가는 거야. 티켓 같지도 않은 엉성한 티켓을 (심지어 그녀는 내 이름조차 절반만 기재했다. 물론 신분증도 확인하지 않는 국내선이긴 했지만) 받아 들고 나는 마치 승리자라도 된 듯한 기쁨에 들떴다. 바로 옆에선 무가라는 아이가 같은 표정을 하고서.

칠칠치 못한 무가는 전날 밤 돈지갑을 함부로 내버려둔 대가로 거액을 통째로 잃어버렸다. 사실 '산타 크루스 호스텔'쯤 되면 거의 일본 민박이나 다름없는데, 아무리 도난사고 없다는 일본인 숙소라지만, 문도 잠그지 않고, 버젓이 현금이 보이게 지갑을 둔 건 전적으로 무가의 잘못이었다. 큰 돈을 잃어버리면 여행의 의욕이 순식간에 사라지는 게 보통이긴 한데 녀석, 의외로 냉정하다. 돈은 다시 생길 수 있는 거지만, 이 여행은 두 번 다시 오지 않는 시간이기 때문에 잃어버린 돈에는 연연하지 않겠다나. 그래서 잃어버린 만큼의 거액을 푸우에게 빌렸단다. 그리고 내가 비행기 값 70불에 살짝 고민할 동안에도 녀석의 결정은 생각보다 빨랐다. 이유인즉 비용 생각하고 목숨을 걸고 야간버스를 탈 수도 있겠지만, 자신의 목숨은 자신의 것만이 아니라 부모의 것이기도 하기에 함부로 위험에 자신을 노출시켜서는 안 된다나. 듣고 보니 꽤 일리 있는 말이다.

비행기 티켓을 손에 넣고 나자 묵은 체증이 내려가듯 후련해졌다. 무서웠던 라파스도 한결 친근해지고, 다시 또 여행의 의욕이 살아났다. 걸음은 절로 숙소 북쪽 하엔(Jaen) 거리를 향했다. 어젯밤 나가시마(中島) 군은 하엔 거리 근처 카지노에서 돈을 좀 땄다고 했다. 같은 방을 쓰고 있는 나가시마는 모르는 사람이 보면 현지인이라고 해도 믿을 만큼 볼리비아에 적응한 상태였다. 얼굴은 원주민 수준으로 검게 탔고, 밤마다 무섭지도 않은지 곧잘 뛰쳐

보고자 하면 반드시 보인다
아름다운 골목, 아름다운 풍경
ー라파스 하엔 거리

하엔 거리에 숨어있는 작은 카페
또는 온전히 누리는 충만한 오후

나가 새벽이 되어야 겨우 돌아오는 식이었다. 카지노가 아니어도 하엔 거리는 아기자기한 맛이 있어 놀기 좋다 했다. 그리고 그건 사실이었다. 멕시코 과나후아토의 골목들과 견주어도 좋을 고운 색들의 조화. 맑은 파스텔 컬러들이 골목을 따뜻하게 감싸 안았다. 그 안에도 어김없이 지키고 선 경찰들이 이곳이 볼리비아임을 잊지 않게 해주긴 했지만. 아닌 게 아니라 무리요 광장에라도 갈라치면 정말이지 이 나라 인구의 절반은 경찰이 아닐까 싶을 정도로, 마주치는 열에 다섯은 경찰이다. 처음엔 대대적인 시위라도 하는 줄 알았다. 하나같이 방패를 들고 심각한 표정으로 서있으니 말이다. 그런데 매일같이 밤낮으로 그러고 서있는 걸 보니 이제는 그러려니 하게 된다.

하엔 거리 안에 숨어있는 작은 카페를 발견했다. 간판 하나 제대로 달려있지 않은 조그마한 카페. 아니 카페라기보다는 그냥 가정집 마당에 테이블 하나 펼쳐놓은 것 같은 곳. 주인은 장사에 통 관심도 없어 보인다. 손님도 없다. 오디오 스피커만이 귀찮다는 듯 연거푸 음악을 토해낸다. 따뜻한 햇살이 꼬물꼬물 손등을 타고 논다. 널브러져 뒹굴기 좋은 날씨. 혹은 그리운 이에게 엽서 쓰기 좋은 날씨. 이런 카페라면 아지트 삼아 매일 같이 들러도 좋을 텐데, 아쉽게도 내일이면 라파스도 안녕이다. 아쉽다, 이제서야 발견한 귀여운 아지트.

 비행기는 생각보다 정확했다. 이토록 시간을 정확히 지킨 비행기는 손에 꼽아둘 정도이다. 수크레 공항까지 무사히 도착이다. 그러나 진짜 여정은 이제부터 시작이다. 여기서 일단 수크레 버스터미널을 찾아간 다음, 우유니행 버스가 있는지, 없다면 다른 도시를 경유해서라도, 어쨌거나 우유니까지 가야 한다는 것. 이론은 간단하지만, 실전은 가혹하다.

수크레 공항에서 버스터미널까지 버스가 없을 리가 없을 텐데, 공항 직원도, 경찰도, 택시 기사들도 하나 같이 택시 밖에 교통수단이 없다고 한다. 몇 명을 붙잡고 물어봐도 대답은 한결같다. 설마 하면서도 나는 또 그 말을 곧이곧대로 듣고 있다. 이번엔 웬일인지 무가가 발끈하며 절대 그럴 리 없다고, 분명 버스가 있다고 앞장을 선다. 그러던 찰나에, 마침 이곳에 장기체류 중인 일본인과 마주쳤다. 그가 하는 말이 공항 밖으로 백 미터쯤 걸어나가면 버스가 다닌다는 것이다.

"네? 버스가 있다구요?"

이럴 수가. 경찰도, 공항 직원도 분명 없다고 했는데. 갑자기 배신감이 끓어오른다. 너무하잖아. 경찰마저, 공항 직원마저. 도대체 그럼 누굴 믿어야 하는 거야? 무가와 고이치로는 별 거 아니라는 식으로 대수롭지 않게 넘어갔지만, 나는 그렇게 쉽게 아무렇지 않게 넘길 수가 없었다. 더구나 무가의 이해방식은 얘들은 전부 믿으면 안 돼, 하는 극도의 배타주의였으니까. 적어도 이곳에 사는 사람, 누군가는 믿고 싶었는데. 이만저만 실망이 아니다. 헛헛한 마음으로 배낭을 질질 끌고 공항 밖을 나서는데, 경찰 아저씨 한 명이 거기까지 쫓아오면서 하는 말.

"그러지 말고, 택시 타고 가지. 내가 싸게 잘 말해줄게."

"아니, 됐어. 이제는 너도 못 믿겠다."

나는 쳐다보지도 않고 돌아섰다.

속는 거 한두 번도 아니지만, 이번엔 타격이 크다. 멕시코 이남으로 내려오면서, 소위 가난이 시작된다는 과테말라 아래, 그래도 사람들은 참 맑구나, 감사하고 있었던 터였다. 혼자만의 착각이었던 걸까. 결국 나는 이 땅에서 돈이나 쓰고 가야 할 관광객 이상도 이하도 아닌 것인가. 내게 그 안에 사는 사람들과 같이 버스 타는 일상은 허락되지 않는 것인가. 어쩌면 무가나 고이치로의 말처럼 별것 아닌 해프닝에 그칠 일일 수도 있는 건데도 이상하게 아프고 서운했다. 아냐, 좋은 사람이 더 많을 거야. 사실 마음을 닫아버리기엔 미련이 더 많았다.

먼지 폴폴 날리면서 승합차를 개조한 버스는 잘도 다닌다. 요금은 단돈 1볼리비아노(약 120원). 택시 기사들이 불렀던 25볼리비아노(약 3천 원)에 비하면 공짜나 다름없다. 수크레를 한바퀴 다 돌고 나서야 터미널 근처로 가는 모양이었는데, 오히려 그게 더 좋았다. 창밖을 통해서이긴 하지만, 그래도 수크레라는 동네도 한 바퀴 돌아보는 거니까. 생각보다 말쑥한 수크레 시가지가 기분을 달래주었다. 숨막히는 라파스와 달리 수크레에는 여유가 보였다. 어쨌거나 헌법상으로 볼리비아의 수도는 수크레다.

수크레 시내를 지나 버스터미널 근처로 왔다. 물어 물어 터미널을 찾아 거기서 다시 포토시로 가는 버스를 탄다. 이제 포토시에 도착하면 거기서 다시 우유니행 버스를 타면 된다. 수크레에서 포토시 가는 길, 지루할 뻔한 시간을 창밖 풍경이 보상해준다. 그래봤자 산이고 그래봤자 들이지만, 참으로 놀랍게도 나라마다, 지역마다 산과 들의 표정은 닮은 듯 다르다. 이곳의 산야는 끝없이 메마른 얼굴이지만 그럼에도 어딘가 힘이 느껴지는 표정을 하고 있다. 바닥까지 죄다 드러낸 바싹 마른 강줄기가 끝도 없이 이어지자 가슴이 다 서늘해진다. 그럼에

산, 들, 나무
단 세 단어가 만드는 풍경의
경우의 수는 끝도 없다
—포토시 가는 길

도 나무들은 푸른 빛을 잃지 않고 늠름하게 뻗어간다. 페루의 기차여행을 재연하기라도 하듯 나는 다시 껌이 되어 창문에 붙어있다. 이따금 옆자리에서 고이치로가 한국에 대해 아는 척을 한다. 우리나라 대통령도 알고, 정치인 이름도 몇몇 알고, 우리네 사법고시 행태도 알고 있다. 짜식, 아는 척은. 함부로 아는 척할 수 없는 대자연 앞에서 그런 이야기들은 귓바퀴에도 들어오지 않는다.

엿보는 삶은 아무것도 말해주지 않는다
보는 사람 마음대로 평화라고 우길 뿐
-포토시 가는 길

네 시간쯤 달렸을까, 포토시에 도착하자 허기가 진다. 해발 4천 미터가 넘는 높이의 도시라 오후가 되자 쌀쌀하다.

일단 포토시 버스터미널에서 우유니행 버스표를 사고, 저녁이라도 먹어 두는 게 낫겠다 싶어 잠시 버스회사 사무실에 가방을 맡겨 두었다. 어차피 자물쇠로 잠근 거니까. 아무 버스나 잡아타고 중앙시장으로 간다. 시장 근처엔 먹거리가 반드시 존재하는 법이니. 어디가 중심가냐고 물어보지 않아도 여기가 중심가구나 싶은 느낌이 오는 곳, 그리고 그곳이 정말로 중심가인 곳. 포토시가 그랬다. 중심가이긴 했지만, 그래서 엄청난 사람들로 붐비긴 했지만, 외국인은 좀처럼 찾아보기 힘들다. 포토시는 발 아래 은이며 주석, 텅스텐 등 엄청난 자원이 있어 볼리비아에서는 꽤 의미 있는 도시이긴 하지만, 딱히 관광 도시로서의 매력은 없는 곳이었다. 이따금 호기심으로 똘똘 뭉친 여행자나 한 번쯤 광산투어를 목적으로 찾아올까, 웬만해선 루트에 집어넣지 않게 되는 그런 도시.

저녁을 먹고 다시 터미널로 돌아오기 무섭게 해가 떨어졌다. 음, 가방은 멀쩡히 잘 있군. 나는 오히려 치킨버스 위로 짐을 싣는 순간이 더 염려스러웠다. 소문에 의하면 짐을 버스 지붕에 싣는 시늉을 하면서 간혹 버스 반대편으로 가방을 던지는 방법으로 짐이 사라지는 수도 있으니 반드시 자신의 짐이 버스 지붕 위에 제대로 칭칭 감기는지 감시하는 게 중요하다 했다. 배낭이 묶이는 순간까지 두 눈 부릅뜨고 주시한다. 가방은 안전하게 포박당했다.

쳇, 여섯 시 반 출발한다고 여섯 시까지 오라더니, 일곱 시 반이 넘어서야 출발이다. 가만, 다섯 시간이 걸린다면 우유니에 도착하는 게 열두 시 반이 되는 거고, 근데 그 시각에 숙소는 있나? 내가 투덜투덜 시간을 계산하고 있는 동안, 뜻밖에도 무가와 고이치로는 바들바들 떨고 있다. 추위가 아닌 두려움에. 사실 더럽게 춥기도 했다. 우유니 가는 야간버스를 탈 생각이라면, 죽을 것 같은 추위에 단단히 각오해야 한다나. 그런 이야기들이 정보노트에 난무했다.

무가는 정말이지 발작 수준이다. 사내 녀석이 무섭긴 뭐가 무섭다고. 하긴 온실에서 곱게 자랐다면 무서울 만도 하다. 그렇다고 내가 황무지에서 거칠게 자랐다는 말은 아니다. 솔직히 이 버스, 굴러나 갈까 의심스럽다. 의자는 딱딱하고, 쿠션은 다 뒤집어졌고, 창문 틈 사이로 바람이 숭숭 들어온다. 쾌쾌한 냄새에 실내등마저 끄면 공포의 유령버스가 따로 없다. 그런 데다 외국인은 우리 셋이 전부다. 한두 명의 현지인은 무시했던 무가도 다수의 현지인 사이에 싸여있다 보니 무서운가 보다. 통째로 납치당하면 어떡하지, 초긴장 상태다. 어두워지는 포토시를 뒤로 하고 드디어 버스가 달리기 시작한다. 가긴 가는구나. 어두우니 보이는 풍경도 없고 재미없다. 하암, 잠깐 잠이 들었나 보다. 깨어서 주위를 살피는데, 무가의 눈이 말똥말똥하다. 이 상황에서 잠을 자는 내가 신기하다나. 이 상황이 뭐 어떻길래? 나는 잠을 안 자는 네가 더 신기하고만.

그렇게 무가와 고이치로가 뜬눈으로 버스와 함께 달리고 있는 동안 나는 단잠을 청했다. 얼마나 달렸을까. 시계를 보니 벌써 자정이 지났다. 뭐야? 아직도 계속 달리는 중이야? 도대체 언제 도착하는 거야. 다섯 시간이면 간다며? 또 속았어, 또! 마침 기사 아저씨도 피곤했는지, 십 분간 휴식이라며 버스가 멈췄다. 온몸이 뻐근하다. 스트레칭이라도 할 겸 밖으로 나왔는데……

이건 분명 꿈일 꺼야. 내 두 눈으로 똑똑히 올려다보고 있으면서도 도

무지 믿기지가 않았다. 누군가 천장에 대형 스크린을 걸어놓고, 성능 좋은 빔프로젝터로 별자리 사진을 쏘아 올린 거다. 이건 무슨 별자리고, 이건 무슨 별자리고. 브리태니커 백과사전 별자리 페이지에서나 볼 법한 쨍한 사진들. 현실에서는 보기 힘든 또렷한 밤하늘. 근데 그게 지금 내 눈앞에 있다. 꿈결 같은 은하수도 함께 말이다. 게다가 이곳은 엄연한 남반구. 북반구에서 보아왔던 밤하늘과는 전혀 다른 모습이다. 북극성이니, 북두칠성이니, 북씨네 별은 당연히 보이지도 않는다. 버스가 시동을 끄자, 세상은 소리를 잃는다. 여긴 어딜까. 청량한 공기를 깊이 들이마셔본다. 머릿속까지 맑아진다. 뇌 세척이라도 한 기분이다. 어둠은 이다지도 칠흑 같을 수 있는지, 별은 이다지도 반짝일 수 있는지. 그 흔한 가로등 하나 없이, 포장된 도로도 아니고, 길인지 아닌지 분간도 쉽지 않은 이 깜깜한 길을 버스가 달린다는 게 신기하다. 문득 국경 검문소에서 보았던 포스터들이 떠올랐다. '세상에서 가장 깨끗한 하늘을 가진 나라.' 그때 나는 그 슬로건에 피식 웃었던 것도 같다. 얼마나 내세울 게 없으면 하늘을 내세울까? 그러나 막상 볼리비아의 밤하늘을 보자, 정말이구나, 정말 가장 맑고 순수한 하늘을 가졌구나, 인정하게 된다. 그리고 감히 말할 수 있을 것 같았다. 나는 보았다, 시간도 잠든 밤의 한가운데를. 바람과 별만이 도란도란 우주를 이야기하는 진짜 밤을.

버스는 달리고 또 달려 결국 새벽 네 시가 되어 우유니에 도착했다. 피곤하다는 생각보다 드디어 우유니에 왔다는 감격에 벅차오른 순간이었다. 어제 아침 라파스에서 공항 가겠다고 여섯 시부터 일어나 준비를 했으니 꼬박 스물두 시간이 걸렸다. 그러나 감격도 잠시, 여긴 또 어딘가? 버스가 우리를 짐짝처럼 무심히 던져놓은 곳은 마을이라고 하기도 뭣한, 그저 빈 공간이었다. 도무지 불빛이라고는 보이지도 않는다. 이쯤 되면 지도는 아무짝에도 쓸모가 없다. 어디든 좋으니 일단 드러눕고 싶은 마음만 간절했다. 딱 그 순간, 극적으로 숙소를 안내하겠다는 남녀가 나타났다. 이 우주적인 시간에 이들은 도대체 어디서 튀어나온 걸까. 새벽 네 시에 눈 먼 세 여행객이 도착할 테니 냉큼 데려가라는 지령이라도 받고 온 것처럼 매우 적절한 타이밍에 나타난 이들은, 분명 모종의 계약을 맺은 숙소로 안내한 후 약간의 돈을 떼어먹을 의도겠지만, 그 상황에선 모든 게 용서가 되고, 심지어 고맙기까지 했다. 제발 저희를 끌고 가주세요. 더운 물은 나와요? 따위의 배부른 질문은 꺼내지도 않고 얌전히 지프에 올라타 어디로 가는지도 모른 채 또 한참을 달렸다. 같은 골목을 맴도는 분위기였지만, 어쨌거나 처음 찾아간 숙소엔 방이 없었다. 긴장되는 순간이었다. 이 시각에 모든 숙소가 만실이라면 어떡하란 말인가. 그러나 다행히 다음으로 찾아간 곳에 방이 있었고, 숙소의 상태고 뭐고 살필 에너지조차 남지 않은 우리는 그저 빈방이 있다는 사실에 감사했다. 방문을 열자마자 백만 마리의 파리가 환영인사를 해주긴 했지만, 선택의 여지가 없었다. 다행히 파리들은 나라는 인간 따위엔 관심도 주지 않고 긴급 회의라도 하듯 새하얀 천장의 형광등을 중심으로 얌전히 붙어있었다. 불을 끄기라도 하면 행여 나를 덮치지나 않을까 파리떼의 눈치를 살피며 침낭 속에 머리를 파묻고 잠을 청했다.

늦은 아침, 정신을 차리고 보니, 배낭이 어딘가 허전하다. 그러고 보니 어제 저녁부터 그랬다. 왜 허전한 거지? 가만히 살펴보니, 이름표가 사라졌다. 여행 전 설지현이 챙겨준 소중한 이름표. 그걸 떼어간 거다. 별로 쓸모도 없었을 텐데. 내 이름이랑 내 주소가 궁금했나? 편지라도 보내려고? 별걸 다 가져갔네. 그러자 퍼뜩 가방 맨 앞주머니가 불안해졌다. 다른 곳은 모두 자물쇠를 채웠지만, 가방 앞주머니는 그냥 지퍼로만 닫아두었기 때문이다. 물론 중요한 건 하나도 들어있지 않았지만. 푸하하하하! 티슈 뭉치와 신라면 두 봉지가 들어있었는데, 하나가 개봉 상태다. 필시 그 정체가 궁금해서 뜯어보았으리라. 기껏 열었더니 밀가루 면이라서 실망도 컸겠지. 고스란히 다시 집어넣은 게 더 웃겼다. 이걸 당했다고 해야 하나, 말아야 하나. 그렇게 중남미 여행 처음이자 마지막 도난 사건이 지나갔다.

끝에서 시작한다
2박3일 우유니 여정
─우유니, 기차들의 무덤

두 개의 하늘, 두 개의 세상 ✽
볼리비아 우유니 소금평원

65불! 60불! 55불!!

2박3일 우유니 투어 가격이 순식간에 요동을 친다. 여기저기서 서로 잘해주겠다고 난리도 아니다. 그러다 50불까지 내려간다. 대개 투어는 오전 열한 시경 출발하는데, 우리가 여행사 거리를 어슬렁거린 게 열 시 반이었으니 나름 마지막 손님을 끌어들이기 위한 호객행위가 절정을 치달을 무렵이었다. 머리가 지끈 아파왔다. 가격 내려가는 것까진 이해를 하겠는데, 이분들이 글쎄 서로 대놓고 헐뜯기 시작하는 거다.

"쟤네는 진짜 소금호텔에서 숙박하는 게 아니다."

"쟤네는 차가 안 좋다."

"저 여자는 거짓말쟁이다. 나쁜 ×다."

내가 머리가 터질 것 같다는 인상을 쓰고 있자, 무가와 고이치로가 한다는 충고.

"제니, 사람들 말을 너무 진지하게 듣지 마. 그걸 다 귀담아 들으려고 하니까 골치가 아픈 거야."

좀 어이없었지만, 단 1볼리비아노에도 인색했던 녀석들이 그래도 너무 싼 건 못 미덥다며 60불짜리 투어로 하자고 합의를 본다. 글쎄, 내 생각엔 그 투어가 그 투어 같은데. 두 명이 그렇게 나오니까, 별 수 없이 60불을 불렀던 아줌마에게로 다시 찾아가 투어를 신청했다.

돈을 내고, 최신형이라는 지프가 올 때까지 기다리는 동안, 나는 다시 한 번 아줌마에게 이것저것 확인을 했다.

"최신형 지프 맞죠?"

"글쎄, 그건 와봐야 알지."

"!!!"

그새 말이 바뀌신다.

"저, 가이드 겸 운전사는 영어도 잘하는 거 맞죠?"

"무슨 소리야? 여기 영어 할 줄 아는 운전사 없어."

"아니, 아까 그렇다고 했잖아요?"

"내가 언제? 다른 데 가도 다 똑같애. 우유니에서 영어 하는 가이드, 아직 못 봤거덩."

환장할 노릇이다. 불과 오 분 전에 했던 말을 부침개 뒤집듯 말끔히 뒤집어주시는 이 뻔뻔함은 어디서 나오는 것인가. 돈은 이미 받았겠다, 이제라도 솔직히 말해주는 걸 감사하다고 해야 하는 건가. 아무도 믿을 수 없다는 생각, 이런 식으로 확인시켜주지 않아도 되는데. 속상했다. 영어 못 하는 가이드라서, 낡은 지프라서 속상한 게 아니라 그렇게 속인 마음이, 그리고 그걸 아무렇지 않게 여기는 마음이.

몇십만 킬로는 달렸을 것 같은 낡은 지프가 등장하고, 그보다 더 낡은 추리닝을 입고 나타난 운전사 겸 가이드. 어쨌거나 이 차로 2박3일을 달려야 한다. 여기저기 여행사에서 모인 5인의 투어리스트들과 함

소금 길 따위 겁낼쏘냐
거친 길 따위 피할쏘냐

께. 서로 다른 감언이설에 혹하여 서로 다른 금액을 지불하고 결국은 한 차에 타는 운명, 그것이 우유니 투어의 실체였다. 그래서 여행 선배들은 최대한 가격 흥정을 하라고 조언을 한 것도 같다. 어차피 여행의 묘미는 함께 엮인 멤버들에 의해, 혹은 인솔하는 운전사 겸 가이드의 성격에 의해 좌우되는 것이라고. 뭐, 구성원이라고 해보았자, 어딘가 도도해 보이는 에콰도르 부부와 마냥 사람 좋아 보이는 프랑스 아저씨, 거기에 무가와 고이치로가 다였지만. 게다가 운전사 겸 가이드라는 윌리라는 녀석, 무진장 무뚝뚝하다. 최대한 긍정적인 에너지를 짜내어 마음을 가다듬어본다. 그래, 아직 상처받을 수 있다는 것 또한 감사한 일이야. 아직 세상에 믿음을 갖고 있다는 뜻이니까.

2박3일, 우유니 투어의 개요는 대략 이 모양이다. 첫째 날, 기차 무덤과 소금사막 입구, 뮤지엄 및 노점을 방문하고, 곧장 소금사막을 달린다. 평생 보고도 남을 소금밭을 끝도 없이 달리고 또 달리고, 그러다 어부의 섬으로 가서 한 바퀴 둘러보고 점심 먹고, 소금사막 한 가운데 위치한 소금호텔도 잠시 둘러본 후, 다시 또 소금밭을 죽도록 달린 다음 소금사막 끝자락에 붙은 소금호텔에 짐을 풀고 저녁 먹고 잔다. 둘째 날, 역시 종일 달린다. 다만 소금기 없는 산길을 계속 달린다. 그러다 호수나 화산, 돌의 나무 따위가 나오면 한 번씩 쉬어주고, 먼발치에서 플라밍고 무리도 감상해준다. 오프로드 질주의 극한을 본다고 생각해도 좋을 만큼 산길, 자갈길, 초원 따위를 끝없이 달린다. 셋째 날, 이른 새벽 간헐천을 보고, 따뜻한 온천수에 원한다면 입수도 할 수 있다. 호수 몇 개 더 본 다음 칠레 국경으로 넘어간다.

일정은 거의 완벽하게 지켜졌다. 사실 그것 밖에 할 게 없기 때문에 변경이라던가 옵션 투어라던가 따위는 상상도 할 수 없다. 이따금 지프가 멈추는 바람에 내려서 밀어야 한다거나, 윌리 녀석이 보닛을 열고 수리하는 것을 기다려야 한다거나 하는 변수가 있는 정도. 맨 처음 차가 멈췄을 땐 무척 당혹스러웠다. 이래서 과연 2박3일 일정을 무사히 마칠 수나 있을까, 걱정부터 앞섰지만, 그런 차들이 한둘이 아닌 것을 목격하고 나자 놀랍게도 금세 적응이 되었다. 나만 그런 게 아니라 남들도 그렇다는 동병상련이 주는 놀라운 위안. 그도 그럴 것이 죽어라 소금밭을 달리다 보면 그 어떤 고철덩이 자동차라도 멀쩡할리 없다. 더욱이 지금은 우기의 끝자락. 소금평원 전체에 빗물이 고여 있다. 세상에서 가장 얇은 바다가 펼쳐져 있다. 드넓은 소금물을 가르며 지프가 달린다. 소금물이 튀어 바퀴며 차체며 창문까지 덮친다. 꺼억 꺽, 여기저기 성한 데가 없다.

차는 저 혼자 쿨럭쿨럭 앓는 소리를 냈지만, 정작 꽉 찬 7인승 지프 실내는 생각보다 조용하다. 스페인어 밖에 할 줄 모르는 가이드 겸 드라이버 윌리와 영어는 전혀 못 하는 에콰도르 부부, 스페인어라곤 전혀 모르는 프랑스 아저씨 루이스와 일본어 밖에 못 하는 변호사 고이치로와 의대 졸업생 무가가 멤버였으니, 대화라는 게 애당초 불가능해 보인다. 졸지에 내가 통역사가 되어야 했던 신기한 조합. 그래 봤자 여기서 몇 분 있다가 출발한다, 점심은 언제 먹는다, 뭐 그런 서바이벌 스페니쉬의 통역에 불과하긴 했지만. 너무 조용해서 졸음이 밀려올라 치면 윌리가 음악을 틀어놓곤 한다. 수만 번은 들었을 법한 다 늘어진 카세트 테이프를. 쿵작쿵작, 제법 신이 나는 멜로디다. 어쨌거나 나는

문득 포레스트 검프가 생각났어

영화에서 이런 대사가 나오지

"포레스트, 베트남에서 무서웠어?"

"음…… 잘 모르겠어

어떨 땐, 오래 내리던 비가 멈추고 별이 나타났어

그리고, 정말 멋있었어

해가 지기 전에 바유라바트로도 멋있었어

항상 물이 햇빛을 받아 반짝였어

산에 있는 호수도 멋졌어

너무나 맑았어, 제니

꼭대기에서는 마치 하늘이 두 개가 있는 것 같았어

그리고, 사막에서는 태양이 뜰 때,

천국이 끝나고 세상이 나타나는 것처럼 보여

너무 아름답지

너랑 같이 있었더라면 좋았을 텐데"

"같이 있었어……"

-마치 하늘이 두 개가 있는 것 같았던 그 꼭대기에서

생전 처음 듣는 노래니까, 테이프가 늘어지기 전 원곡도 모르는 상태
니까, 나름 들어줄 만은 하다.

마추픽추만큼이나 오고 싶었던 곳, 우유니 소금평원. 지
구엔 말이야, 해발 3,600미터가 넘는 높은 곳에 제주도
의 여섯 배도 넘는 드넓은 곳이 온통 소금인 평원이 있
대. 새파란 하늘 바로 아래 새하얀 소금밭이 쫘아악 펼쳐져 있다는 얘
기지. 거기에 말이야, 비가 오는 우기가 되면 그 드넓은 땅 전체에 무
릎 언저리까지 물이 차오른다는 거지. 그게 바로 하늘을 비추는 거대
한 거울이 되는 거야. 어디가 하늘이고 어디가 땅인지도 헷갈리게 돼.
하늘에 떠있는 구름이 하늘에만 있는 게 아니라 소금평원을 채운 물
위에도 그대로 비춰져 데칼코마니처럼 보이는 거야. 밤도 그래. 수많
은 별들이 땅 위에도 고스란히 빛나고 있는 거야. 처음 우유니 소금평
원의 존재를 알게 되었을 때, 그때의 그 신선한 충격. 정말 그런 곳이
있단 말이지. 보이는 거라곤 오로지 끝없이 펼쳐진 소금평원. 그런 곳
이라면 정말로 신나게 달릴 맛이 나겠구나. 그런 곳이 지구에 있다면
살아 생전 한 번은 밟아보고 싶구나. 그런 욕심이 마구 샘솟았던 것이
다. 그리고 그곳에 마침내 와버린 것이다.

달려도 달려도 끝없이 하얀 눈부신 소금밭. 가끔씩 화들짝 놀라는 건
달리는 자동차 사이드 미러에 보이는 풍경과 눈 앞에 보이는 전경이
똑같다는 것! 달려온 길도, 달려갈 길도 같은 표정인, 어디를 봐도 새
하얀 평원. 너무나도 눈이 부셔 눈조차 제대로 뜰 수 없었지만 그래도
좋아서 마냥 신이 난다. 게다가 지금은 우기의 막바지, 아직 빗물이 고

여있는 평원은 그대로 하늘의 거울이 된다. 어디가 하늘이고 어디가 땅인지 헷갈린다는 장면이 그대로 눈앞에 펼쳐진다. 하늘과 땅의 구별이 무의미해지는 순간이다. 내 생애 가장 눈부신 드라이브가 시작된 것이다.

"옛날엔 여기가 바다였던 거야?"
나의 순진한 질문에 윌리는 전설을 들려준다.
"옛날 옛날에 마추픽추 왕에게 시집간 어린 여자가 있었어. 아이도 낳고 살았지만, 너무 어린 나이에 시집을 가서 고향으로 계속 돌아오고 싶어 했지. 그러다 결국은 아이도 다 빼앗기고 쫓겨나버렸어. 어린 엄마의 슬픔은 너무나도 컸던 거야. 날이면 날마다 슬픔에 울고 또 울고, 아이들이 보고 싶어서, 아이들이 배고프다고 우는 것 같아서 젖도 멈추지 않았어. 그렇게 흘린 눈물이며 젖이 결국엔 이렇게 소금사막을 만든 거야."
"말도 안 돼."
윌리의 대답을 웃어넘기긴 했지만, 마음 한 켠이 울컥하긴 했다. 이야기가 슬퍼서라기보다 녀석 온종일 뚱하다가 이야기를 하는 동안만큼은 꽤 진지했었으니까. 정말로 전설을 믿기라도 하듯이 말이다. 우유니 소금평원의 탄생을 두고 매우 서정적이고도 서사적인 전설과 달리 지리학의 설명은 심플하다. 지각변동으로 솟아올랐던 바다가 빙하기를 거쳐 소금 결정만 남긴 분지형 지역을 남긴 것이라고. 그것이 지금의 염화나트륨, 즉 소금이라는 광물질을 상당히 보유한 암염이 된 것이라고. 여태 소금은 바다에서만 나는 줄 알았는데 오히려 천연으로 나는 암염 쪽이 순도도 더 높다고 한다. 페루 푸노의 어느 기념품 가게에서 보았던 살리나스(Salinas) 지역의 엽서가 생각난다. 고산지대에 계단식 논밭처럼 켜켜이 층이 난 네모들, 그게 다 소금밭이었던 풍경. 얼핏 보면 모로코 페스 염색공장의 화이트 버전. 얼핏 보면 산 위에 펼쳐진 하얀 팔레트. '소금은 무조건 바다에서 만들어지는 것이다.' 이 얼마나 단순한 고정관념이었던가. 그렇게 내 굳은 머리를 때려주었던 한 장의 사진이 문득 뇌리를 스쳤다. 거기도 가볼 걸 그랬다. 마땅한 교통편을 찾지 못해 아쉬워만 하다가 떠나온 땅이 지금에 와서 다시 그리워진다. 여행을 하면서도 여행하고 싶은 욕심은 끝도 없다. 누구 페루 갈 사람, 나 대신 살리나스 좀 다녀와줘. 가서 카메라에도 실컷 담고, 이야기 주머니에도 실컷 담아 내 앞에서 좀 풀어줘.

점심 무렵 도착한 '어부의 섬'. 말이 섬이지, 그렇다고 진짜 섬처럼 호수나 바다 가운데 둥실 떠있는 육지는 아니고, 새하얀 소금평원 한가운데 기이하게도 선인장들이 무수히 자라난 땅덩어리다. 그러나 실제로 비가 많은 우기에는 어부의 섬 주위로 빗물이 고여, 정말로 섬처럼 고립된 땅으로 존재하기도 한단다. 혹자는 그 선인장 자란 땅 모양새가 물고기 모양과 닮았다고도 하고. 이름의 유래야 어찌되었건 이 커다란 선인장 화단은 사막 한가운데 오아시스나 다름 없다. 지루할 뻔한 새하얀 드라이브에 따끔한 선인장이 주는 포인트라면 포인트.

어부의 섬을 한 바퀴 돌아보고 내려오니 단백질 구워지는 고소한 향이 코끝을 자극한다. 그새 점심이 준비된 거다. 엇비슷하게 출발하는 우유니 투어 차량들. 그래서 어부의 섬에 정차한 7인승 지프만도 한

눈밭 또는 하얀 백사장

-우유니 소금평원, 어부의 섬

두 대가 아니다. 그 차들이 죄다 이곳에서 점심을 먹나 보다. 어디서 무슨 도구를 어떻게 구해서 어떻게 손질하여 준비했는지 과정 따윈 안중에도 없다. 그저 고소한 고기 냄새에 즐거울 따름이다. 자연 안에선 인간도 단순해지나 보다.

에콰도르 부부만은 시큰둥해서 과일만 우적우적 씹는다.

"방금 니네들이 뭘 먹은지 아니?"

"스테이크 먹은 거요?"

"아니, 그 스테이크가 무슨 고기로 만든 건 줄 아냐고?"

"그…… 글쎄, 뭔데요?"

"알파카를 먹은 거야."

"네?"

사실은 "그래서 뭐가 어쨌다는 거죠?"라고 말을 이을 생각이었지만, 단박에 그럴 필요도 없다는 걸 아줌마의 표정 하나만으로 알 수 있었다. 그녀의 얼굴엔 '어떻게 감히 알파카를 먹을 수 있어?'하는, 말하자면 경멸의 표정이 가득했으니까.

알파카(alpaca). 대략 생김새는 낙타네 집안과 연루되어 있어 보이는 녀석으로 안데스에선 흔히 볼 수 있는 동물 중 하나다. 닮은 듯 다른 삼형제에 야마(llama), 과나코(guanaco), 비꾸냐(vicuña)가 있다. 분명 서로 다른 특징이 있다고 하나, 누가 누군지 구별이 쉽지 않다. 중남미 여행 중엔 주로 목도리나 털장갑 따위에서 자주 마주치는 이름들이다. "이 목도리는 알파카 100퍼센트라서 무척 따뜻하다" 뭐 이런식. 그런데 유독 볼리비아에선 이 알파카를 많이들 먹나 보다. 믿거나 말거나지만, 에콰도르 아줌마 말에 따르면, 볼리비아에서 먹는 고기의 80퍼센트가 알파카란다. 먹으면 안 되는 고기인 건가? 판단이 서지 않는다. 알파카가 꾸이(페루에서 통째 구워 먹는 일종의 쥐)처럼 귀엽게 생겼다면야 마음이 동했을까. 확실한 건 나는 배가 고팠고, 고기는 맛있었다는 것. 내가 크게 동요하지 않자 그녀는 적잖이 실망한 눈치다.

달리고 또 달려서 소금평원 한가운데 위치한 소금호텔도 방문한다. 멀리서 보면 온통 하얀 소금밭 가운데 단 한 채의 집이 있다는 게 마치 신기루처럼 보이지만, 정말로 그곳에 소금호텔이 존재하고 있었다. 굴곡 없는 소금평원 한가운데, 벽도, 천장도, 바닥도 모두 소금으로 지어진 호텔. 말이 호텔이지 시설은 열악하기 짝이 없다. 그럼에도 마음은 《헨젤과 그레텔》에 나오는 과자의 집이라도 온 듯 마냥 즐겁다. 이 호텔에서 바라보는 노을, 일몰과 일출만큼은 그 어떤 장관보다도 아름다울 것임은 의심의 여지가 없다. 아쉽게도 우유니 투어에서 묵는 소금호텔은 이곳이 아니다. 대개는 소금평원이 거의 끝나는 지점, 물론 소금으로 지어진 호텔에서 묵는다. 그래야 다음날 일정도 무리가 없다. 물론 변두리 호텔이 더 저렴한 것 또한 사실이다. 무가는 아쉬워 죽는다. 여기서 자면 진짜 좋겠다, 푸념이 끝나지 않는다. 바로 이때부터 무가의 어리광이 본색을 드러낸 것 같다.

관광용 소금호텔에서 숙박용 소금호텔로 가는 길. 어찌된 영문인지 이즈음 빗물은 바다처럼 흥건히 고여, 드라이브는 홍해를 가르는 기적에 가까웠다. 지프가 달리는 길만이 살포시 드러나 있을 뿐, 길 양옆은 바다라고 해도 무방할 만큼 말이다. 이토록 맑은 하늘, 이토록 맑은 물이라면 한밤중 또한 아름다울 터였다. 이미 볼리비아의 빛나는 밤하늘의 정체를 봐버린 후라 상상은 어렵지 않았다. 그 아름다운 별들이 하늘에 한가득, 소금평원 위로 한가득, 두 배로 펼쳐진단 말이렷다. 해 뜨는 아침 또한 분명 그러할 테지. 그걸 다 볼 수 있다면 더 바

그냥 호텔 벽 "낙서 하지 마시오"
소금 호텔 벽 "핥지 마시오"

−소금으로 지어진 우유니 소금호텔

눈부신 소금평원
선글라스는 패션 아이템이 아닌 생필품이 된다

랄 것도 없겠지만, 숙박용 소금호텔에 도착한 다음 다시 예까지 나올 수는 없을 것이다. 괜히 아쉬워진다. 내가 그렇게 아쉬움으로 마음을 달래고 있을 때, 무가의 마음은 아쉬움이란 단어 따위는 용서할 수 없다는 태도로 타오르고 있었다.

산 후안(San Juan)의 숙박용 소금호텔에 도착했을 땐 이미 해가 뉘엿뉘엿 지고 있을 무렵이었다. 소금평원의 가장자리에 있다 뿐이지, 이곳 또한 엄연한 소금호텔. 바닥도, 벽도, 천장도 모두 소금이다. 심지어 침대에 누워있다 보면 천장에서 굵은 소금이 툭툭 떨어지기도 한다. 이곳엔 우리네 지프 외에도 이미 여러 대의 지프가 와있었다. 그럼에도 더 이상의 동양인은 보이지 않았다. 점심식사보다는 훨씬 잘 차려진 저녁을 먹고 제한된 샤워시간에 맞춰 순서를 기다려가며 샤워를 한다. 전기가 귀해서 불도 밤이 되어야만 들어오고, 뜨거운 물 샤워시간도 정해져 있다. 결코 안락한 시설은 아니었지만 십분 고개가 끄덕여졌다. 배부르게 저녁 먹고, 뜨거운 물로 샤워까지 하고 나자 그걸로 충분히 감사했다. 차에 앉아 달려온 것밖에 없는데 피곤한 하루다.

내가 다른 지프로 온 배낭객들과 차 한 잔 마시며 담소를 나누고 있을 때, 무가가 펄쩍펄쩍 뛴다.

"제니, 운전기사한테 말 좀 해줘."

"뭘?"

"좀 있다가 밤 되면, 아까 우리가 들렀던 소금호텔 쪽으로 차 좀 태워달라고."

이건 또 무슨 소린가?

"거기 밤에 가서 보면 진짜 멋있을 거 아니야."

"그거야 그렇겠지만, 윌리도 쉬어야지. 오늘 일정은 이미 끝난 거야.

월리가 우리를 위해서 오늘 할 일은 끝난 거라구."

그러나 무가는 통 막무가내였다.

"아니야. 쟤네 내가 말하니까 일부로 못 알아듣는 척 하는 거 같아."

무가의 짧은 영어와 그보다 더 짧은 월리의 영어가 통했을 리 만무한
데, 도대체 이 녀석 어디서 이런 오기가 생긴 것일까. 결국 녀석의 고
집에 못 이겨 밖으로 나와보니, 월리는 지프 보닛 속에 머리를 박고
열심히 자동차 수리 중이다.

"저기 있잖아, 무가. 너도 보면 알겠지만, 지금 차 수리 중이잖니. 이
차가 내일 달릴 수 있을지 없을지도 모르는 상황인데, 너 밤하늘 보겠
다고 드라이브 시켜달라는 얘기, 나 못 하겠어."

나는 정말로 무가가 알아들을 줄 알았다. 그런데 녀석 한다는 소리가,

"아니야. 돈 준다고 하면 할지도 몰라. 돈 준다고 안 해서 그래. 돈 준
다고 얘기 좀 해줘."

"!!!"

머릿속까지 아득해졌다. 도대체 녀석 머리가 어떻게 된 거 아니야? 일
정에도 없는 걸 순전히 제 욕심대로 조르는 걸 당연하게 생각하다니.
정말로 돈이면 다 된다고 생각하는 건가? 완전 무가의 응석에 질려버
렸다. 여행자의 관용을 넘어서는 수준이다.

무가(無我), 내가 없다. 마치 불교에서의 해탈의 경지라도 말하듯 무가
의 이름은 가히 철학적이기까지 하다. 그러나 지금 내게 드러난 무가
군은 자기 자신 밖에 없는 철없는 아이, 타인을 배려한다거나 타인의
입장이 되어보는 여유조차 갖지 못한 작은 인간. 이름이 아깝다.

아침이 불을 켰다
―우유니 소금평원의 아침

소금 또는 눈. 새초롬한 늦겨울 아침, 간밤에 서리와 함께 논둑에 희끗하게 내려앉은 싸라기눈. 2월 말께 전등사 아침이라면 그런 풍경이겠지. 죽림다원 뜨뜻한 사랑채에 방석 깔고 앉아 조용히 맑게 우려낸 세작 한 잔 마시면 얼마나 좋을까. 모네의 〈까치〉를 마주하는 기분이다. 아무리 봐도 이 드넓은 평원이 소금이라는 게 믿기지 않는다.

인간은 자신이 보고 싶은 대로 보고, 자신의 인식 영역 안에서 사물을 해석하는 경향이 강하다. 내 눈에는 온통 눈으로 보이는 소금. 어쩌면 나는 소금 천지가 아니라 끝없는 눈밭이 보고 싶었는지도 모르겠다. 겨울 동유럽의 열차 창밖을 넋 놓고 바라보던, 그때의 나로 돌아가고 싶었는지도 모르겠다. 그래서 다시 가슴이 뛰었다. 아메리카 대륙의 저 아래, 아르헨티나 우수아이아까지 내려갈 생각을 하니, 거기 엘칼라파테의 모레노 빙하며, 눈 덮인 피츠로이를 생각하니. 여름에 태어난 나는, 어쩌면 가지지 못한 겨울을 언제까지고 그리워할지도 모르겠다.

어쩐지 아침부터 무가가 보이지 않는다 싶었는데, 새벽부터 일어나 혼자 꾸역꾸역 걸어서 물 고인 소금평원에 일출을 보러 갔단다. 고이치로도 혀를 내두른다. 지난밤에는 둘이 랜턴을 들고 그 길을 다녀왔다고 한다. 다시는 와볼 수 없는 곳일지도 모른다는, 생에 단 한 번의 경험이라는 것이 무가를 불태웠겠지. 그래, 이게 어떻게 온 건데. 지금 하지 않으면 다시는 할 수 없어. 분명 그렇게 생각했겠지. 순간순간을 다시는 오지 않을 것처럼 소중히 산다는 것. 분명 배울 점이다. 단, 타인에게 피해를 주지 않는다는 전제하에서.

이른 아침을 먹고 다시 길을 떠나려던 찰나, 정말로 차는 멈춰버렸다.

결국 다른 차와 바꾸어 가까스로 출발은 했지만, 어제 타고 왔던 차는 더 이상 손을 쓸 수가 없는 상태가 되어버린 것이다. 뭐든 하고 싶은 건 다 하고 말겠다는 쪽으로 완전히 마음을 굳힌 무가는, 차에 오르기 무섭게 한마디 한다.

"제니, 오늘은 내가 운전석 옆에 앉아도 되지?"

"어? 어. 뭐, 그러던지."

어제 내가 앉았던 조수석 자리가 내심 탐이 났나 보다. 그러니까 어제의 7인승 지프의 구성은 일단 운전석에 윌리가, 그 옆에 내가, 가운데에 무가와 고이치로, 그리고 루이스가, 맨 뒷자리에 에콰도르 부부가 앉는 식이었는데, 녀석은 그게 못마땅했던 거다. 그렇게 앉는 게 가장 합리적인 배치라 생각했건만. 여자라는 이유로 대접받아야 한다는 생각 따위 하는 편도 아니지만, 막상 무가가 그렇게 나오니 괜히 빈정상한다.

기어이 녀석은 조수석에 앉았고, 레이디 퍼스트 마인드로 충만한 프랑스 아저씨는 내내 나에게 앞에 앉으라고, 왜 가운데 앉았냐 하신다. 지나고 보면 별것도 아닌 일들에 신경을 쓰고, 괜히 속상해하고, 투덜거리게 되는 것. 사람도 별 수 없는 존재인가 보다. 어쨌거나 조수석에 앉은 무가는, 그러나 조수석이기 때문에 지켜야 할 가장 기본적인 예의(아무리 졸려도 절대 잠들지 말 것!)조차 가뿐히 어겨주시고, 결국엔 윌리가 입을 열었다. 나도 잠 오고 힘든데 니네들이 다 자버리면 더 졸리지 않냐고, 옆자리만큼은 깨어있어 달라고. 물론 윌리의 그 스페인어 푸넘을 무가는 못 알아듣는다는 게 문제였지만. 해서 또 내가 얄미운 시누이처럼 그대로 통역을 해줄 수밖에.

그도 그럴 것이 오늘도 무지하게 마냥 달린다. 졸리지 않는다는 게 이

대체 어디서 날아온
플라밍고들일까
생명체와의 조우가
신기했던 긴 침묵의 땅
−우유니 소금평원 투어 2일째

바람이 만든 달리의 조각
-'돌의 나무(arbol de piedra)', 우유니

상할 만큼 무조건 달리기만 한다. 길이 편한 것도 아니다. 덜컹덜컹. 마치 요람에서 흔들리듯 그래서 잠이 더 잘 오는 걸까. 오프로드 질주의 모든 걸 경험한다 해도 과언이 아닐 정도로. 달리다 보면 먼발치 산에서 하얀 증기 따위가 몽글몽글 솟아나는데, 그런 것들이 화산이고, 또 달리다 보면 파란 조각이 나타나는데, 그런 것들이 드넓은 호수인 식이다. 정비되어 있는 도로라곤 눈 씻고 봐도 없고, 오로지 황무지일 뿐이다. 화산 오야게(Volcan Ollague), 호수 카냐파(Laguna Cañapa), 호수 에디온다(Laguna Hedionda), 호수 온다(Laguna Honda), 호수 시알코타(Laguna Shiarkota). 이런 이름들을 심심하면 한 번씩 마주칠 수 있다. 이렇다 할 생명체라곤 보이지도 않는 불모지이건만, 호수만 나오면 신기하게도 플라밍고들이 나타난다. 거의 유일한 생명체처럼 보이는 플라밍고들. 물고기를 잡아먹는 게 아니라 물고기가 먹는 걸 먹고 살기에, 경쟁할 물고기 한 마리 살지 않는 호수는 최고의 펜트하우스가 된다. 적당한 간격으로 적절히 모여있는 플라밍고들은 본성부터 매우 사회적인 종족이다. 어쩌면 가지런히 배열을 맞추는 데만 하루를 쏟고도 남을 것이다. 멀리서 바라보면 빼알간 플라밍고 무리는 호수에 점점이 박힌 분홍 진주알 같다. 진주 목걸이를 두른 신비한 호수들. 지구 아닌 다른 별을 찾아온 기분이다.

낯선 별에 착륙한 듯한 이질감은 이게 다가 아니다. 볕은 자외선 소독기에라도 들어간 것처럼 따가웠지만, 바람은 잔혹하리만큼 매섭다. 날씨조차 낯설다. 사막과 다름없는 황망한 불모지에 초현실적인 포즈로 서있는 돌이 있다. 아니 나무가 있다. 사람들은 이 돌을 '아르볼 데 라 피에드라(Arbol de la Piedra)', 즉 '돌의 나무'라 불렀다. 서있기

조차 힘든 매서운 바람이 돌을 깎고, 또 깎아 오늘의 모양을 다듬어낸 거라 한다. 암만 봐도 이건 바람이 만든 달리의 그림이었다. 마치 살바도르 달리가 이곳에 와 바람에게 주문이라도 한 것처럼. 그 돌나무 주위로 크고 작은 바위들 또한 조금씩 형태를 잡아가며 꿈틀거리고 있다. 바람과 돌의 대화는 절대 끝날 것 같지 않아 보인다.

그 와중에도 화장실 없다고 투덜거리는 에콰도르 아줌마. 여긴 자연밖에 없다는 윌리. 볼일을 보고 싶으면 알아서 보라는 식이다. 젠장, 그 에콰도르 아줌마는 에콰도르 아저씨가 망도 봐주니까 볼일 보기도 쉽지. 나는 어쩌라고. 그렇다고 고이치로에게 말을 하겠는가, 무가에게 말을 하겠는가. 그래서 이 악물고 참았다. 물은 절대 마시지도 않고.

티라미수 케이크처럼 빠알간 호수 콜로라다(Laguna Colorada)에 이르러서야 간신히 건물이 나타났다. 오늘밤 묵어갈 숙소라 했다. 그런데 이 건물, 상태가 장난이 아니다. 이건 페루 티티카카 호수의 민가보다 더하면 더했지, 결코 덜하지 않다. 침실도, 화장실도 참혹하다. 과연 잠을 잘 수 있을지 대략 난감한 상황이다. 잔뜩 부은 에콰도르 부부가 윌리에게 뭐라뭐라 한다. 뭐지? 모르긴 해도 강력한 항의조다. 열변을 토하더니 뭔가 통했는지 다시 모두 차에 타란다. 결국 에콰도르 부부의 항의로 더 나은 숙소를 찾아 떠나기로 한 것이다. 대신 내일은 새벽 다섯 시에 출발한다는 조건하에. 새벽 다섯 시라……. 장난아니다.

얼마나 더 달렸을까. 다시 나타난 건물은 다행히 조금 더 상태가 나았다. 긴 직사각형 구조의 건물. 방들이 나란히 줄지어 있고, 그 방 앞 긴

복도를 따라 테이블이 나란히 줄지어 있다. 거기서 저녁도 먹고, 카드판도 벌어지고, 이야기꽃이 피어난다. 사이사이 난로가 자석처럼 사람들을 모은다. 아마 난로 때문에 이 숙소가 더 나아 보인 건지도 모르겠다. 난로가 있는 풍경. 오들오들 떨면서도 난로 주위로 모인 사람들의 모습이 어딘가 낭만적이란 생각도 해본다. 모두들 귀까지 털모자를 푸욱 눌러쓰고, 목도리를 칭칭 감고도 지금 이 순간, 이곳에 있기를 오랫동안 기다려왔던 것이다. 결코 편안한 여정도 아니지만, 누가 억지로 가라고 해서 온 게 아니라 정말로 스스로 원하여 떠나온 길인 것이다.

잠자리라곤 난방시설 하나 없는 방, 무심하게 놓인 여섯 개의 침대가 전부였는데, 무가와 고이치로가 제일 먼저 냉큼 달려가더니 가장 안쪽 침대를 도맡는다. 얼떨결에 내 위치가 애매해졌다. 에콰도르 아줌마, 바로 교통정리 들어가신다.

"어이, 청년들. 니네는 남자니까 안쪽 침대는 제니에게 양보하고, 제니 옆엔 내가, 그 옆엔 우리 신랑이 이렇게 자야 하는 거야. 알겠지?"

브라보! 에콰도르 아줌마의 존재가 이토록 고마울 줄은 미처 몰랐다. 어서 맘 편하게 뜨거운 물에 샤워하고, 따뜻한 침대에 느긋하게 뒹굴 수 있는 싱글룸으로 가고 싶다. 무엇보다 침대 자리 하나로도 신경전을 벌이는 이 유치한 상황으로부터 벗어나고 싶어졌다.

그나저나 진짜 더럽게 춥다. 낮은 한여름, 밤은 한겨울. 침낭이 없었다면 난 아마 동사했을지도 모른다. 방안엔 그 흔한 형광등 하나 달려있지 않다. 어둠이 자장가가 되어 어떻게 잠이 들었는지도 모르게 잠이 들었다.

새벽이 되자, 윌리가 문을 두드린다. 대단한 녀석. 세수고 뭐고 아무것도 없다. 그저 졸린 눈 비비며 일어나, 까치집이 된 머리를 슥슥 빗어 모자 속으로 집어넣으면 그만이다. 해가 뜨기 무섭게 초강력 자외선이 공격해오는 땅에서 이토록 무심한 관리라면 얼굴에 잡티는 분명 더 늘어날 것이다. 그러거나 말거나, 침낭을 돌돌 말아 배낭에 질끈 묶고 밖으로 기어 나왔더니…….

꺄악!

볼리비아의 밤은 언제나 나를 놀라게 한다. 다시 머리 위로 찬란한 별천지가 펼쳐진 것이다. 이 미치도록 눈부신 밤하늘을 어떻게 좀 할 수 없을까. 저 은하수, 저 별들. 이걸 두고 어떻게 떠나란 말인지. 내일이면 칠레에서 아침을 맞을 생각을 하니 여간 아쉬운 게 아니다. 나로서는 오늘 새벽에 일어나게 된 일정을 감사할 밖에. 한 번이라도 더 이 멋진 밤의 향연을 맛볼 수 있게 됨을 감사할 밖에.

뼛속까지 관통할 것만 같은 바람. 몹시 추웠지만, 덕분에 정신은 번쩍 뜨인다. 이른 새벽부터 달려서 간 곳은 화산 지대. 새벽이라고는 하지만, 동이 트려면 아직 한참이나 남았기에 시야는 밤의 그것과 다를 바 없다. 그 검은 자연 속에 드라이아이스 무대라도 펼쳐진 듯 슝- 슝- 솟구쳐 오르는 증기 기둥이 신비롭기만 하다. 가이세르(Geiser), 이걸 지구과학에서는 간헐천이라고 부르지. 뿜어져 나오는 증기에는 유황 따위도 섞여있는지 냄새도 고약하다. 온도도 무척 높아 가까이 다가갔다가 죽은 관광객도 몇 있다며, 윌리 녀석 대수롭지 않게 말한다. 다가가서 보고 싶은 마음이 싹 사라진다.

돈은 있고 철은 없는 관광객들 사이에서 오늘따라 유난히 지쳐 보이는 월리. 이른 새벽 용감무쌍한 투어메이트들이 모두 어슴푸레한 화산 주위를 서성이는 동안, 나는 추위를 핑계로 차 안에 남았다.

"피곤하죠?"

어색한 침묵이 싫어 무심코 던진 말에 월리의 대답이 자못 진지하다.

"일본애들 정말 나빠, 한국애들도 나빠. 그리고 미안하지만, 이번 그룹의 에콰도르 부부도 나빠."

무엇에 상처를 받았는지, 툴툴거리는 목소리에 감정이 실려있다.

"그러면 안 되는 거야, 그러면 안 되는 거야."

이유를 물어보진 않았지만, 왠지 알 것도 같았다. 에콰도르 부부는 유독 월리를 무시했고, 좀 심하게 말해 하인 부리듯 했으니까. 무가 녀석은 소금호텔에서 차 수리 중인 월리 곁을 맴돌며 계속 칭얼거렸으니까. 그런 관광객들이 어디 한둘이었겠는가. 바람보다 더 빨리 스쳐가는 많은 관광객들이 함부로 볼리비아를, 볼리비아 사람을 평가한다. 그러나 동시에 이들도 똑같이 그렇게 스쳐가는 관광객들을 평가한다. 누가 도마 위에 오르고, 누가 칼자루를 쥐고 있느냐는 정해져 있는 것이 아니었다.

2박3일 투어의 마지막 날, 아침식사 겸 온천욕을 위해 조금 더 달린다. 말이 온천욕이지 화산 지대에서 흘러나온 뜨거운 물줄기 어느 즈음 조그마한 웅덩이에 살포시 발 담가주는 정도 되겠다. 김이 모락모락 나는 따끈한 온천에 닿았을 무렵, 두 눈을 의심하지 않을 수 없었다. 여전히 찬 바람 쌩쌩 부는 이른 아침, 해가 이제

찬바람으로 내쫓다가도
따뜻이 품어주기도 한다
– 우유니 소금평원 투어 3일째, 아침의 온천

막 떠오를락 말락 할 즈음, 늘씬한 언니들이 삼삼오오 비키니 차림으로 허리 높이의 온천에 몸을 담근다. 모름지기 즐기려면 이 정도는 해야 한다. 한겨울 날씨에 노천욕을 위해 과감히 비키니를 입어주는 센스, 대단해! 그걸 또 캠코더로 찍고 있는 일본인 아저씨. 내겐 비키니들 위로 떠오르는 아침 해가 더욱 장관이었지만. 따끈한 커피 한 잔 들고 거친 빵 조각 조금씩 베어 물고 천천히 곡물의 맛을 음미하며 시작하는 아침. 그렇게 또 근사한 아침을 맞이한다.

칠레 국경에 이르기 전, 우유니 투어의 마지막 행선지는 초록 호수(laguna Verde, 라구나 베르데)와 하얀 호수(laguna Blanca, 라구나 블랑카)다. 생명을 다한 사화산 리칸카부르(licancabur) 아래 두 호수가 나란히 누워있다. 해발 5,960미터라 했다. 여기까지 달려온 내가 스스로도 대견해지는 묘한 순간이다.

지프가 시동을 끄자, 밀려오는 엄청난 정적. 드넓은 호수를 카메라 앵글 안에 담아내기 위해 투어리스트들은 죄다 멀찌감치 멀어진 터였다. 자그락자그락, 내가 투어리스트들의 흐름에 역류하여 오히려 한 발 한 발 호수에 가까이 다가갈수록 작은 돌들이 몸을 뒤척였다. 여느 때 같았으면 더없이 정겹다 느꼈을 발자국 소리도 미안해졌다. 여기 움직이는 건 아무것도 없다. 소리도 없다. 들릴 듯 말 듯 희미한 바람의 노래에 쫑긋 귀를 세워본다. 가만히 눈을 감아본다. 우주는 이런 모습일까? 꽁꽁 언 마음을 오롯이 떠있는 태양이 녹여주었다. 따뜻했다. 고마웠어, 윌리. 지구라기보다 우주를 달렸다고 해야 할 것만 같은 멋진 드라이브였어.

국경은 멀지 않았고, 이별은 덤덤했다. 볼리비아에서부터 달려온 지프가 여행객을 토해내면, 칠레에서 모시러 나온 밴이 입을 벌리고 냉큼 받아간다. 다시 또 올 수 있을까? 감상에 빠질 새도 없이 전혀 다른 세상이 펼쳐진다. 칠레가 시작되었다.

국경 하나의 차이
덜컹이는 비포장 돌길과
미끈한 아스팔트 도로의 차이
창문조차 열기 힘들었던 낡은 도요타와
에어컨 빵빵한 벤츠의 차이
무뚝뚝한 윌리와 넉살 좋은 헨리의 차이
볼리비아와 칠레의 차이
  - 칠레와 볼리비아의 경계에서

세상에서 가장 긴 나라 🌸
칠레 아타카마, 산티아고, 발파라이소

산 페드로 데 아타카마(San Pedro de Atacama), 보통들 줄여서 '아타카마'라고만 부른다. 우유니 투어를 통해 칠레로 미끄러져 내려오는 여행객들이 덤핑으로 짐을 푸는 곳. '음식물 반입 절대 불가'를 철칙으로 배낭을 통째로 완전 해부당하는 까탈스럽기 짝이 없는 입국 심사대를 통과하고 나면 그야말로 진이 다 빠져 아타카마에 도착하자마자 에너지부터 채워야겠다는 생각만 든다. 여전히 멀뚱멀뚱한 고이치로와 응석받이 무가와 함께 일단 숙소부터 찾고 보자 나서서 짐을 푼 곳은 '까사 코르바치(Casa Corvatsch)'. 드디어 싱글룸이다! 그것도 아늑한 다락방. 빨간 침대 시트와 머리맡 작은 창문이 다락방을 더욱 아늑하게 만들어준다. 비록 방안에 전기 콘센트 하나 없고, 인터넷도 쓸 수 없지만, 단 하룻밤이라도 그저 따뜻한 나만의 공간이 있다는 것이 몹시도 고마웠다.

하룻밤에 9천 원. 볼리비아와 비교하면 무려 세 배다. 물론 볼리비아보다 시설이 좋은 건 사실이다. 비단 물가뿐 아니라 모든 것에 있어 칠레와 볼리비아의 차이는 국경 하나의 차이라고 하기엔 너무도 크다. 거칠고 메마른 땅이기는 아타카마도 마찬가지인데, 무엇이 이러한 차이를 만드는 걸까.

사람들은 칠레를 남미의 신흥경제대국이라 한다. 급부상하는 나라. 내가 아는 칠레는 고작해야 와인으로 유명한 나라. 언제부턴가 서울에도 와인 바가 눈에 띄게 늘어나더니, 이제는 친구와 만날 때도 서슴없이 와인 바를 찾게 된다. 모르긴 해도 와인 몇 번 마셔본 사람 중에 칠레 와인 한 번 안 마셔본 사람은 없을 것이다. 나는 정말 칠레가 와인을 엄청나게 많이 생산하는 나라인 줄로만 알았다. 물론 칠레는 대표적인 와인 생산국 중 하나다. 여기서 포인트는 바로 옆 아르헨티나의 경우 칠레의 몇 배나 되는 와인을 만들어내면서도 우리에게 칠레만큼 알려지지는 않았다는 사실. 즉 아르헨티나는 세계에서 다섯 손가락 안에 꼽히는 와인 생산국이지만, 또 그만큼 자기네들끼리 마셔버리는 통에 수출은 10퍼센트도 안 된다는 것이다. 반면 칠레는 국내에선 별로 마셔주지 않는, 수출 위주의 국가. 마시지도 않을 와인을 왜 그렇게 만들어내나. 바로 그것이 칠레 경제의 비책 중 하나다. 어쨌거나 칠레는 와인 생산 최적의 기후조건을 갖추었고, 그래서 뭐 하나를 키워서 팔더라도 돈 되는 쪽에 힘을 실어주자는 국가정책의 일환으로 와인이 선택된 것이다. 고립된 자연환경이 물 건너 들어오는 병충해 걱정 없이 좋은 포도나무를 지키게 했고, 고온 건조한 낮과 쌀쌀한 밤 덕분에 포도의 산도도 풍부해졌다. 선택과 집중. 그것이 칠레를 잘살게 만드는 키워드였던 것이다. 게다가 칠레는 전세계 구리 생산의 40퍼센트를 차지하는 최대 구리 생산국이다. 금이며 은, 리튬 어쩌고 하는 광물도 엄청나다.

잘산다는 것. 그건 바로 여유다. 물론 가난하게 산다고 여유가 없다는 뜻은 아니다. 가난한 삶 또한 충분히 여유로울 수 있다. 문제는 가난한 삶이 스스로를 잘살고 있지 못하다고 생각하는 순간, 물질적 잣대를 들이대는 순간이다. 내가 볼리비아의 곳곳에서 느낀 까닭 모를 불편함은 그런 데서 기인한 건지도 모른다. 가난하지만 행복하게 사는, 물질적 잣대에 얽매이지 않은 진짜 산골로 들어갔다면 느끼지 못했을 테지. 그래서인지 이 편리한 칠레로 와서도 마음이 편치만은 않다.

아타카마 사람들은 한결 표정이 밝다. 물론 아타카마에서 마주치는 사람 중 열에 여덟은 여행객이지만. 정말이지 아타카마는 아무리 봐도 여행자를 위해 존재하는 마을이다. 손톱 만한 동네에 넘쳐나는 건 환전소와 여행사, 카페, 바, 숙소들. 골목이란 골목은 늘 어디선가에서 도착하는 여행자와 어디론가로 떠나는 여행자의 발걸음으로 분주하다.

《론니플래닛》은 지구에서 가장 건조한 사막으로 아타카마의 사막을 꼽았다. 백 년이 넘도록 비 한 방울 내린 적이 없다고 했다. 그 사막에서 보는 일몰 또한 무엇과도 견줄 수 없는 장관이라고. 그래서 비록 몸은 노곤했지만, 해지기 전 사막 투어를 나서겠다고 다시 한 번 신발끈을 질끈 동여맸다. 내일 아침이면 '칼라마(Calama)'라는 인근 도시에서 칠레의 수도, '산티아고(Santiago)'행 비행기를 타야 한다. 안전하게 비행기 시간을 맞추기 위해 원래는 오늘 저녁 칼라마로 가서 눈을 붙이고, 내일 아침 칼라마 공항에서 비행기를 탈 생각이었다. 그렇게 되면 아타카마 사막은 아쉽지만, 포기인 것이다. 그러나 정말 다행으로 아타카마에서 칼라마 공항까지 아침 일찍 비행기 시간에 맞춰 운행하는 택시 '콜렉티보'가 있었던 거다. 물론 로컬버스보다는 비싸지만, 사막의 석양을 마주할 기회란 값으로도 매길 수 없는 거니까.

2박3일 우유니 투어가 끝나기 무섭게 삼일 째 되는 오후, 칠레의 사막 투어를 하고, 다음 날 아침 꼭두새벽부터 일어나 산티아고로 날아간다. 완벽한 시테크다. 산티아고까지 따라붙기로 한 무가가 더 좋아한다. 스물 몇 시간짜리 버스를 타고 아르헨티나의 살타(Salta)로 넘어갈 계획이었던 고이치로는 체력 비축을 위해 숙소에 남아 쉬기로 하고, 결국 나와 무가만 사막 투어에 나서게 되었다.

에어컨 빵빵한 메르세데스 벤츠에 여행객들이 가득 실렸다. 운전석 옆 조수석은 또 다시 나의 단골석. 가이드 겸 운전사인 헨리라는 녀석, 내가 어설프지만 스페인어를 한다는 사실에 들떠서 더 신이 났다. 아타카마 사막 투어에서 앞자리는 앉을 만한 가치가 충분히 있었다. '달의 계곡(Valle de la luna)'으로 가는 길은 장관이다. 막힘 없이 시야로 들어오는 우주의 계곡. 스타워즈 우주선을 타고 낯선 별을 비행하는 기분이랄까. 며칠 못 봤다고 미끈하게 뻗은 아스팔트 도로마저 낯설기까지 하다.

볼리비아 라파스에도 '달의 계곡'이 있더니, 여기 아타카마에도 '달의 계곡'이 있다. 척박한 자연 속에 기괴한 암석들이 마치 달 표면을 연상케 한다나. 다른 건 몰라도 '달의 계곡'은 라파스보다 아타카마 쪽이 훨씬 근사하다.

"이야, 이거 진짜 달이잖아!"

가본 적도 없으면서, 왠지 정말 달의 표면은 이런 모습이겠거니 짐작이 간다. 발 아래 낭떠러지로 펼쳐진 기암괴석의 평원은 아찔할 정도

사막의 노래를 들어본 적 있는가
바싹 마른 돌들끼리 돌아눕는 소리를
들어본 적 있는가
우주의 배열을 재단하는 바람의 소리를
들어본 적 있는가

―아타카마 달의 계곡

로 매력적이다.

능글맞기까지 한 헨리는, 투어 무리에서 유일한 동양 여자인 나에게 무척 신사적이다. 혹은 '늑대'적이다.

"나 친구들이랑 와인 마실려구 하는데, 뭐가 맛있어? 분위기 좋은 바도 추천해주면 좋구."

녀석은 기다렸다는 듯이 약도까지 그려가며 싸고 맛있다는 가게를 찍어준다. 와인에 대한 추천은 심플하다.

"이건 농담이 아니라, 와인은 비쌀수록 좋은 와인이야."

"쳇, 그러지 말고, 적정 가격에서 추천해줄 만한 와인 하나만 골라줘 봐."

"오케이, 그럼 나의 추천은 '미시오네스 데 렝고(Misiones de Rengo)'."

"그라시아스!"

모든 걸 다 몸소 체험하지 못한다면, 현지인의 추천을 받는 것만큼 좋은 방법도 없다. 대개 가장 우호적인 추천인은 호스텔 직원, 관광안내소 직원. '가이드북에 나오는 그런 거 말고, 니가 정말로 개인적으로 좋아하는 것 중에서 추천해주고 싶은 것'이 뭐냐고 묻는다. 웬만해선 실패하지 않는다.

헨리는 윌리에 비하면 거의 놀고 먹는 가이드나 다름없다. 여행객들을 차에 실어 A 지점에 떨어뜨려놓고는 알아서 감상하며 길 따라 쭈욱 걸어오세요, 그러면 그 길 끝 B 지점에 자기가 차를 가지고 기다리고 있을 거라는 식이다. 무더운 사막을 본인은 아니 걸으시겠다는 얘기다. 하긴 사막에서는 이렇다 할 설명을 들을 일도, 길을 잃어버릴 염려 또한 없긴 하다.

사막은 과연 사막답다. 너무 덥고, 너무 목마르다. 길게 뻗은 한 줄기 길은 마치 고행의 길처럼 보인다. 걸을 때마다 풀풀 날리는 먼지. 멀리

낙타 소리라도 들려올 것만 같다. 그 와중에도 무가는 눈에 띄는 여행객들마다 사진을 찍어달라고 민폐를 끼치고 있다. 무가가 무가의 길을 가고, 다른 여행자들이 그들의 길을 가고, 가이드는 차로 가버렸고. 이 얼마나 완벽한 조건이던가. 혼자 조용히 통째로 즐기는 사막.

어느 굽은 길, 또 다른 한 무리의 사람들이 숨을 죽인 채 조용히 귀 기울이고 있다. 호기심이 발동한 나는 일행에서 뒤처지거나 말거나 그 무리에 섞여 자연에 귀를 맡겨본다.

"꾸륵꾸륵 꾸꾸꾸륵⋯⋯."

그건 분명 사막에서 들려오는 소리였다. 바싹 마른 돌들이 부르는 노래였다. 마치 한겨울 이른 아침 자동차 시동을 켜면, 자동차가 기지개를 펴듯 꾸륵꾸륵 하던 그 소리처럼, 사막도 바람이 불어올 때마다 꾸륵꾸륵 소리를 내고 있었다. 생명 없는 것들이라 생각했던 것에서부터 전해 듣는 속삭임. 닫힌 귀가 열린 기분이다. 무한한 정적과 그 무한한 정적을 헤집는 자연의 낮은 속삭임.

'오길 잘했어.'

마치 순례의 길이라도 가듯 초승달처럼 굽은 모래언덕을 한 줄로 길게 늘어서서 걸어간다. 푹푹 발이 빠지는 사막. 모두들 한 손으론 벗어든 신발을 들고, 다른 손으론 쏟아지는 햇살을 가리며. 태양이 어깨높이까지 내려오자 모래언덕의 음영이 더욱 또렷해진다. 엽서에서나 보던 클래식한 사막의 모습. 사람들은 저마다 일몰을 감상하기에 명당이다 싶은 자리를 잡고 하염없이 해가 지는 쪽을 바라보며 기다리고 있다.

무가를 일찌감치 내버려둔 나는 스위스에서 왔다는 산드라와 이곳에서 가이드 일을 한다는 안드레아와 나란히 앉아 일몰을 기다린다. 신

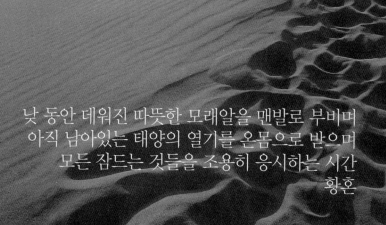

낮 동안 데워진 따뜻한 모래알을 맨발로 부비며
아직 남아있는 태양의 열기를 온몸으로 받으며
모든 잠드는 것들을 조용히 응시하는 시간
황혼

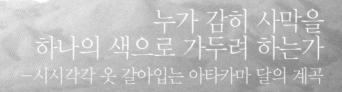

누가 감히 사막을
하나의 색으로 가두려 하는가
─시시각각 옷 갈아입는 아타카마 달의 계곡

발은 이미 벗어 던진 지 오래. 맨발로 뜨거운 낮 동안 데워진 따뜻한 모래를 부비면서. 피부에 닿는 감촉, 기대 이상으로 보드랍다.

귀여운 안드레아. 뽀글뽀글 파마머리에 가무잡잡한 피부, 목소리도 너무 귀여워 통통한 인형 같다. 내가 그녀에게 "안드레아, 너 목소리 정말 좋다" 하자, 그녀는 "어머, 우린 안 돼, 날 사랑하지 말아줘~" 이런 식이다. 재치도 보통이 아니다.

크리스마스 날 태어났다는 안드레아, 그래서 자신은 세상에 선물과 같은 존재라나. 긍정적 에너지가 충만하다. 이런 사람들은 곁에 있는 것만으로도 즐거워진다. 누군가에게 존재만으로도 기쁨을 줄 수 있다는 것, 멋진 일이다. 심지어 산드라는 어제도 이곳에 왔었지만, 오늘 또 온 이유는 순전히 안드레아를 다시 만나기 위해서라고. 안드레아는 특유의 발랄함으로 멋진 일출을 더 근사하게 만들었다.

"잘 봐봐. 이제 조금 있으면, 사막이 마술을 부려. 오렌지 빛 케이크가 되었다가, 보랏빛 커튼이 되었다가, 초콜릿 빛 쿠키로 변하거든."

케이크나 커튼, 쿠키 따위로의 변신은 없었지만 과연 해질 무렵 사막은 시시각각 그 빛을 달리 하고 있었다. 오렌지가 되었다가, 바이올렛이 되었다가, 초콜릿이 되는. 혼자 보기 아까울 만큼 낭만적이다. 매우 서사적으로 해는 모래언덕 뒤로 사라졌고, 해가 지기 무섭게 공기는 놀랍도록 싸늘해진다. 기다렸다는 듯이 매섭게 부는 바람. 정말 냉정한 걸, 낮과 밤의 경계란 것.

 일본에도 칠레 와인이 꽤 유명하긴 한가 보다. 무가도, 고이치로도 칠레에 왔으니 칠레 와인을 마셔보겠다고 단단히 벼른다. 그래, 와인만큼은 여럿이 마셔야지. 다른 나라도 아니고 칠레라면 더더욱. 내일이면 고이치로와도 안녕이다. 무가 또한 (칼라마의 공항까지는 동행하지만, 비행기가 다르니) 거의 안녕 하는 거나 다름없다. 페루에서부터 볼리비아, 칠레까지. 꽤 먼 길을 함께 달려왔다. 볼리비아 즈음에서 헤어졌더라면 딱 좋은 기억만 안고 헤어질수도 있었는데. 그런 얌체 같은 생각이 불쑥 비집고 나온다.

사람들은 말한다. 아무리 친한 친구라도 함께 여행을 떠나면 반드시 싸우게 된다고. 그런가 하면 평소 같으면 말도 걸지 않을 낯선 사람이라도, 여행지에서 만나게 되면 금세 죽고 못 사는 사이가 된다고. 그러나, 어느 쪽이건 함께 여행하는 공유의 시간이 길어지면 길어질수록 한 번쯤 틀어지는 건 어쩔 수 없나 보다. 나는 이미 무가에게 단단히 틀어졌고, 어쩌면 무가도 마찬가지일지도 모를 일이다. 그깟 사진 몇 장 찍어주는 거에 생색을 내다니, 그깟 통역 좀 해주는 거에 비싸게 굴다니, 라는 불평쯤은 수도 없이 했겠지.

신기하게도 막상 또 헤어진다 생각하니 벌써부터 허전해진다. 마지막 만찬은 그래서 더욱 근사한 곳을 찾아 먹기로 마음먹었다. 헨리의 추천에 힘입어 아늑한 바로 들어간다. 서로 다른 요리를 시키고, 그가 추천해준 와인 '미시오네스 데 렝고'도 시키고. 요리는 기대 이상으로 훌륭했고, 사실 너무 배가 고파 맛을 음미하기는커녕 비어있는 위 속으로 밀어 넣기 바빴지만, 와인 또한 적당히 드라이하고, 적당히 무거워 다시 한 번 칠레 와인에 후한 별을 주게 되었다. 맛있는 요리와 달큰한 와인, 얼마만의 호사인지 모르겠다.

심지어 와인 바 구석엔 어울리지도 않게 인터넷을 쓸 수 있는 컴퓨터도 있었는데, 혹시나 하는 마음에 메일을 체크해본다. 역시 한글은 전

혀 읽을 수 없었지만, 새 메일이 세 통. 한글은 제대로 깨져 모든 글자가 네모가 되었다. 네모네모네모뿐인 메일을 열어놓고 웃고 있다.
나도 당신을 네모네모네모해. 알죠?

 사막을 떠나 도시를 향해 날아간다. 안락한 란(LAN) 기내에서 오랜만에 잡지란 것을 본다. 부에노스 아이레스에 새로 오픈했다는 커피숍 기사를 읽는데 왜 이렇게 기분이 좋아지는 걸까. 리마의 디자인숍 정보도 꼼꼼히 메모해둔다. 메모를 하다 말고 이걸 몰래 찢어 말어? 한 삼십 초쯤 극심한 내적 갈등으로 괴로워하는데, 표지에 적혀있기를, 이 잡지는 네 것이다, 원하면 집에 가져가도 된다! 모든 도시적인 것들을 말아 넣은 '잡지'를 손에 넣고 나자 뿌듯해지기까지 한다. 어제 오후까지만 해도 사막에서 지는 해를 보며 대자연의 낭만 운운하던 내가 벌써 도시의 거리들에 콩닥거리고 있다. 기억 세포들이 단명하고 있음이 틀림없다. 어쨌거나 신난다. 불과 삼십 분 후면 산티아고에 사뿐히 내려앉는 것이다.

다시 혼자가 되어 산티아고 공항에 떨어졌다. 혼자라서 막막하기보다는 오랜만에 혼자라서 홀가분한 기분. 좋아, 번화가까지 가는 버스가 있다니까 그걸 타고 아르마스 광장 근처로 가서 숙소를 잡자. 딱 거기까지는 좋았다. 그러니까 버스 정류장 앞에서 지갑을 열기 전까지.
지난 밤 만찬으로 환전한 페소를 모두 써버린 걸 잊고 있었다. 해서 다시 배낭을 돌돌돌 끌고 공항 환전소로 가서 움켜쥐고 있던 달러를 환전하려고 보니, 이런 치사한 자식들, 환전 창구마다 '환전은 최소 10달러부터, 환전수수료는 1.5달러'라는 문구가 대문짝만하게 붙어있는 것이다. 만 원 바꾸는데 천오백 원을 수수료로 내라니! 그것도 손바닥만한 마을, 아타카마보다 후하지도 않은 환율을 가지고서. 딱 시내까지 가는 버스비만 바꾸면 되는데. 버스비보다 비싼 수수료를 낸다는 건 가당치도 않은 소리다. 괘씸하다는 생각이 들자 과격해진다. 이게 말이 된다고 생각하냐? 어설픈 스페인어로 따지기까지 하고 있다.

씩씩거리면서 공항을 다 뒤졌건만, 환전소란 환전소는 다 한통속이었다. 수수료가 아깝다기보다는(솔직히 수수료는 아까웠다) 그런 불합리한 환전 방식에 화가 났다. 아니 우울했다. 수중에 있는 얼마 남지 않은 페소를 만지작거리며 차라리 버스 기사에게 깎아달라고 졸라볼까, 별의별 궁상맞은 생각까지 떠오를 지경이다. 공항 터미널 앞에는 관광객보다 많은 택시 기사들이 "택시?" "택시?" 호객행위에 열을 올리고 있었고, 나는 대꾸하기도 귀찮아, 고개만 내젓고 있었다.

그때 머리 희끗한 작달막한 택시 기사 아저씨가 다가오더니, "아이고, 귀여운 아가씨, 무슨 문제라도 생긴 거야?" 마치 통통 부은 손녀딸을 어르는 인자한 할아버지처럼 물어보신다. 택시는 안 탄다고 했음에도 자꾸 물어보는 통에 숨도 안 쉬고 쏟아부었다. 도대체가 말이 되냐 쫑알쫑알, 고작 요거 환전하는데 쫑알쫑알, 수수료가 쫑알쫑알. 아저씨는 빙긋 웃어 보이더니, "그럼 나한테 10불을 줘봐. 내가 환전해줄게. 칠레 사람들이 환전하면 수수료를 안 받거든. 그건 외국인한테만 받는 거야."

"아, 그런 거였군요."

순간 과연 이 아저씨에게 10불을 줘도 되는 걸까, 혹시 10불을 가지고 사라져버리는 건 아니겠지, 오만 생각이 다 들었지만, 별 수 없이

10불을 꺼내어 건네주었다. 10불을 받아 든 아저씨는 심지어 외국인인 내가 곁에 붙어있으면 괜한 의심만 살 뿐이라고 따라오지 말고 가만히 기다리고 있으라 한다. 그리고 곧장 모퉁이로 사라진다. 어머, 아저씨, 정말로 사라지는 건 아니겠지. 몹시 심장이 뛰긴 했지만 꾸욱 참고 기다리기로 했다. 그리고 한 시간 같았던 일 분 후, 다시 백발의 아저씨가 빙그레 웃으며 다가온다.

"거봐, 내 말이 맞지? 칠레 사람은 수수료를 안 문다니까."

고스란히 손에 쥐어주는 칠레 페소. 받을 것을 기대하고 부탁한 것이면서도 막상 부탁한 대로 이루어지니까 기분이 묘하다. 내 안에서 부글부글 끓어올랐던 의심을 어디다 버려야 할지 몰라 얼굴까지 화끈거렸다.

"고…… 고맙습니다."

꾸벅. 고개를 숙이고 버스 정류장으로 걸어간다. 아, 헷갈려. 젠장 도움을 받긴 받았는데 기분이 왜 이 모양이지. 이건 아마 현기증. 내게 기대기만 했던 철없는 동행자들과 믿을 만하다고 생각했는데 믿을 수 없었던 현지인들과 믿을 수 없다고 생각했는데도 뜻밖의 친절을 베풀어준 사람들 사이에서 느끼는 멀미 같은 것. 한 발 한 발 넘어지지 않게 조심해서 걸어야 했다.

아르마스 광장이 한눈에 내려다보이는 전망, 마음에 든다. 지난밤 바비큐를 구워낼 때부터 내리던 빗줄기는 아침까지도 그칠 줄 모른다. 거의 사그라지고는 있지만, 하늘은 여전히 새하얀 시폰 케이크처럼 부풀어 있다. 조금만 더 분발하면 눈이라도 한바

PLAZA DE AR

아르마스 광장의
다양한 표정들
-칠레 산티아고

'영광과 죽음의 연맹(unidos en la gloria y en la muerte)'이 문 앞을 지키고 있는 미술관
－산티아고 국립미술관(museo de bellas artes)

탕 토해낼 것처럼. 그리고 보니 정말로 겨울의 아침과도 닮은 표정이다. 겨울, 2006년과 2007년 사이의 겨울을 교묘히 피해온 탓인지 괜히 더 아득하게 느껴진다. 그새 또 감상에 빠져 창가에 선 채로 굳어버리고 만다.

세계에서 가장 긴 나라 칠레. 가장 꼭대기 바싹 마른 사막부터 가장 아래쪽 꽁꽁 언 빙하까지, 사회과부도에나 나옴직한 지형 샘플처럼 자연의 모든 형태를 차곡차곡 쌓아둔 나라. 볼 게 너무 많아서 오히려 수도인 산티아고 따위는 찬밥 신세가 되고 마는 나라. 그래서인지 고작 4박5일 이 도시에 머무는 내가 장기체류자처럼 되어버렸다.
"네 밤쯤 자고 갈 것 같은데."
'아르마스 광장 호스텔(Hostel Plaza de Armas)'을 지키는 여자아이가 놀라는 눈치다. 가만 보아하니 다른 친구들은 고작 하룻밤, 길어야 2박3일을 머무르는 식이다. 메뚜기처럼 하루 건너 또 하루 새로운 잠자리로 마구 뛰었더니 며칠이라도 내 침대다, 싶은 곳에 머물고 싶다는 마음도 한몫 했을지 모르겠다. 통유리 창가에 탁탁탁 배낭을 푼다. 네 밤을 자고 나면 다시 돌돌돌 싸 담을 짐들을 마치 평생 눌러살 것처럼 매우 안정적이고도 가정적인 배치로 늘어놓는다. 일단은 슈퍼에 가서 물을 사고, 과일을 사고, 야채를 사고, 고기를 사고, 그것들에 이름을 붙여서 냉장고에 넣어두고, 이단은 관광안내소를 습격하여 정보란 정보는 다 긁어모으고, 삼단은 돌아와 따뜻한 밥 한 솥 지어서 먹어주는 것. 운이 좋으면 사단으로 유쾌한 친구들과 어울려 맥주 한 잔 하며 밤거릴 누빌 수도 있는 거다. 계획은 그랬는데, 운이 비상하게 좋았는지 호스텔에서 바비큐 파티를 한다 하여 삼단부터 계획을 수정하여 바비큐 파티에 올인.

"오늘 바비큐 파티 할 건데, 같이 할 사람~~!"

시작은 소소하였으나, 어느덧 사람들이 꽤 모였다.

7천 원씩 갹출한 돈으로 장을 보러 가서, 고기며 야채를 잔뜩 산다. 와인도 산다. '콘차 이 토로', '팔토알토', '미시오네스 데 렝고', '토레 델 푸에고'…… 이름만 들어도 설레는 와인들이 절대 만 원을 넘는 법이 없다. 4~5천 원으로 충분히 좋은 와인을 마실 수 있다. 자칭 와인 킬러라는 데이빗이 카르메네르를 집어 들었다. 산미가 적고 부드러워 옛 프랑스의 우아한 맛을 느낄 수 있다나. 녀석의 말이 떨어지기 무섭게 모두들 야유를 퍼부었다.

"왜 연필심 냄새는 나지 않아?"

"흙 맛이 나는 걸 고르지 그래?"

"난 타이티 여인의 뒷모습 같은 맛을 원해!"

내친 김에 중앙시장까지 올라가 새우도 한 바구니 샀다. 남미에서도 가장 오래된 시장은, 그 존재감부터 예사롭지 않다. 무엇보다 해산물은 중앙시장의 자랑이다. 비릿한 생선 냄새와 컬컬한 상인들의 소리로 범벅이 된 수산시장은 한걸음 내딛기도 힘들다.

"방금 잡아온 거야."

"싸게 줄게."

"런치세트 먹고 가."

어느 나라건 시장은 삶의 에너지로 넘친다. 바비큐 파티도 기대되지만, 준비하는 과정만으로도 충분히 즐거운 상태다.

열 명쯤 모였을까. 미국에서 내려온 마냥 명랑한 두 소녀, 영국에서 왔다는 시니컬한 소녀, 프랑스에서 온 어버버한 두 청년(이들의 영어는 정말이지 들어주기 힘든 수준이었다), 스페인에서 온 섹시한 언니(추워 죽겠는데 혼자 슬리브리스 원피스 차림으로 어깨를 훤히 드러낸 채 꿋꿋이 창문 앞에서 담배를 피워댔다), 가까운 아르헨티나에서 온 두 청년, 거기에 호스텔 알바생의 친구들까지. 고로 나는 아시아 대표 선수인 것이다. 호스텔 알바생이 한두 번 해본 것 같지 않은 능숙한 솜씨로 샐러드를 만들고, 그녀의 친구들이 바비큐 솥에 불을 지핀다. 대충 썰어놓은 양파며 토마토, 바질 등등이 올리브오일 따위와 버무려져 환상의 샐러드가 되었다. 부위별로 솔솔 냄새를 풍겨가며 익어가는 고기의 맛은 말할 필요도 없지. 대부분은 맨발이거나, 크리스마스 트리에나 걸 법한 늘어진 양말 차림이다. 마구 헝클어진 머리는 기본, 인도 풍의 넓은 통바지는 옵션, 손가락 사이에 담배 하나 끼는 순간 비로소 여행자 패션은 완성된다. 난 여전히 범생 같고, 얌전히 양말에 신발까지 챙겨 신고, 여전히 멋있는 것과는 거리가 멀다. 담배와도 가까운 사이가 아니고, 섹시함과도 친하지 않다. 그래서 더 열심히 수다를 떨고, 와인을 즐겨주었다. 다섯 잔째 와인을 마실 즈음에는 나도 좀 멋있어진 것 같은 기분이 들었다. 왜냐면 그때 딱 보슬보슬 밤비가 내렸으니까. 비와 내가 건배를 했으니까.

"푸른 밤과 비, 그리고 당신을 위해 건배!"

척박한 땅이었고, 가난한 나라였다. 지구상에서 가장 좁고 긴 모양의 나라, 칠레가 찾은 자구책은 와인. 안데스 산맥과 태평양으로 격리된 지형이며 큰 일교차는 와인을 위한 최상의 조건들이었다. 적어도 칠레에 왔다면 와이너리 방문은 예의인 것이다. 고심 끝에 향한 곳은 '콘차 이 토로'. 포도밭은 끝없이 펼쳐져 있었고,

널린 게 와인이고, 깔린 게 해산물이다
먹고, 마시며 즐길 일만 남았다
─칠레 산티아고 중앙시장

여기저기 장미가 흐드러지게 피어있었다. 와이너리에서 장미는 병충해에 가장 약하다는 이유로, 포도밭의 건강을 체크하는 신호등으로 일한다. 대중적인 와인에서 값비싼 와인까지 다양한 와인의 시음은 물론, 방문객을 위해 따지 않고 남겨둔 포도송이들도 하나 둘 먹어본다. 수확기를 지난 포도알에는 단맛이 단단하게 응축되고 있는 중이었다. 콘차 이 토로의 대표 와인, '까시예로 델 디아블로(Casillero del Diablo, 직역하면 악마의 저장고)' – 산티아고 와이너리에서도 이 와인은 간판 스타인데, 이름에 얽힌 이야기도 재미있다. 오래 전 와인 창고지기들이 와인이 맛있어 주인 몰래 마셔놓고는 들킬까 지어낸 말이 "악마가 와서 마신다"였던 것. 그래서 이름도 악마의 저장고가 되었다. 저장고 안을 돌아나올 쯤 갑자기 암전이 되더니 한쪽 벽면에 악마의 그림자가 뜨는 귀여운 이벤트는 깜짝 선물처럼 반가웠다.

발파라이소행 버스에 오르기 무섭게 버스는 초록 사이를 달린다. 정확히 말하자면 포도밭 사이를 미끄러져 간다. 기다란 포도주 병이라도 닮은 듯 길게 펼쳐진 나라, 칠레. 가지런히 늘어선 포도 넝쿨 사이로 햇살이 넘실거린다. 가을이다. 다시 하늘은 맑아지고, 여행의 바람이 불기 시작했다. 여행은 무릇 어느 계절이어도 즐겁지만, 한 번쯤은 가슴 시린 가을날 여행하고 싶었는데, 유럽의 가을 혹은 뉴욕의 가을을 하릴없이 거닐어보고 싶었는데, 그나마 여름휴가에 감사하며 살아가는 직장인에게 가을은 벼 베고 추수해야 하는 바쁜 계절이다. 트렌치코트 깃 세워가며 낭만 찾아 유랑하는 가을여행은 영화에서나 가능할 뿐이다. 3월, 얼핏 유럽을 닮은 듯도 한 칠레

아폴론이 지배하는 일상일수록
디오니소스의 일탈이 필요하기 마련
하여 여행과 술은 필연의 연합
게다가 와인의 나라, 칠레
와이너리 방문은 여행에 대한 예의다
－칠레 산티아고, '콘차 이 토로'

발파라이소는 2층 마을
1층과 2층 사이 부지런히 오가는 아센소르

에서 남반구의 가을을 걷고 있다. 드디어 가을을 여행하는구나. 그것만으로도 이미 즐거워진다.

산티아고의 남쪽마을, '이슬라 네그라(Isla Negra)'로 갈까, 서북쪽의 '비냐 델 마르(Viña del Mar)'로 갈까. 아니면 조금 더 올라가 '발파라이소(Valparaiso)'로 갈까. 주사위를 굴리다 발파라이소를 향한다. 이슬라 네그라엔 노벨문학상 받은 시인, 파블로 네루다의 집이 있고, 비냐 델 마르에는 해변가 새하얀 백사장이 펼쳐지는 리조트 도시의 화려함이 있고, 발파라이소엔 서민들의 평범한 어촌마을이 있다. 물론 비냐 델 마르에서 발파라이소는 이십 분이면 오갈 수 있어 여차하면 두 곳을 둘러볼 수도 있었지만, 이미 나의 일과는 하루 한 곳! 더 많은 곳을 봐야 한다는 욕심은 접은 지 오래다. 무엇보다 '발파라이소'라는 단어, '천국 같은 계곡'이라는 뜻에 끌렸던 터였기에.

발파라이소는 2층 마을. 1층 평지는 다소 복잡하고, 어지럽고, 지저분해 보이기까지 하더니 불과 5분 언덕, 2층부터는 전혀 다른 세상, 동화의 마을이 전개된다. 집들은 하나같이 고운 옷을 입고, 개 중에는 온 벽을 그림으로 가득 채운 집들도 무수하다. 마을 전체가 갤러리다. 유머와 재치가 가득 담긴 감탄을 자아내는 벽화들. 달을 품은 벽이 있고, 바다를 품은 벽이 있다. 실컷 웃게 만든 건 계단이 있는 벽의 그림. 긴 머리 소녀가 코끼리 다리를 하고선 정말로 계단을 오르듯 걷고 있다. 나도 한땐 새다리였단 말이지. 매일 같이 이 계단을 오르내리기 전까진 말야. 계단을 오르는 노동이 그림 하나로 웃어넘기는 유희로 전이된다. 그곳에 있다는 이유로 더 아름다운 그림들. 마음 같아선 모든 벽화를 찾아 골목골목 샅샅이 훑고 싶어진다. 언덕길에는 발파라이소의 거의 모든 벽화를 자석으로 만들어 파는 상인도 있다. 내가 본 그림은

발파라이소 스트리트 갤러리

그 자석들의 절반에도 못 미치는 양이었다. 나는 괜히 계단을 타고, 혹은 아센소르를 타고, 평지에서 언덕으로, 언덕에서 평지로 오르락내리락 숨바꼭질하듯 이 마을을 누비고 있다.

'아센소르(Ascensor, 뜻은 '엘리베이터'이나 실제 모양은 케이블카에 가깝다)'는 발파라이소의 심볼과도 같은 존재다. 이 작은 마을에 얼추 스무 곳은 된다. '엘 페랄(El Peral)' 같은 일반 아센소르가 2백 원 정도 받는 데 비해, 이름깨나 알려진 '콘셉씨온(Concepcion)' 같은 '관광객용' 아센소르는 9백 원이나 받는다. 스위스나 오스트리아 산간 마을에서 타던 케이블카를 떠올리면 터무니없이 낮은 언덕을 오르는 작은 케이블카에 불과하지만, 발파라이소에 왔다면 한번쯤은 타주어야 한다. 일단 언덕으로 올라왔다면 다음은 기쁜 마음으로 길을 잃어주면 그만이다. 이 골목들은 반듯하지도 않은 데다 고갯길처럼 구불구불하여 지도를 보는 게 무색해진다. 솔직히 내겐 지도도 없다. 길을 잃더라도 아센소르 '엘 페랄'에서 그 왼편 '콘셉씨온'까지의 거리만큼은 놓치지 말 것. 아센소르 '엘 페랄'에서 내리면 푸른 바다와 함께 고풍스런 이탈리아식 건물인 '바부리차 궁전(Palacio Baburizza)'이 불쑥 튀어나와 이방인을 맞이한다.

꼬깃꼬깃 메모해온 레스토랑 하나 찾겠다고 더 헤매게 생겼다. 산티아고도 아닌 이 작은 발파라이소에서 맛집 검색이라니. 시작은 심플하다. 순전히 칠레 잡지에서 본 독자 추천 레스토랑 기사에 끌린 거다. 말하자면 단 한 장의 사진과 단 한 토막의 글이 이끈 걸음. 광고하는 사람들이 가장 쉽게 광고에 현혹된다더니 그 작은 추천글에 현혹이 되어 골목을 뒤지고 있는 셈이다. 잡지에서 말하길, 에두아르도 이

한때 부유한 자를 위한 집이었다가
이제 모두를 위한 미술관이 되었다
— 발파라이소, 바부리차 궁전

달고(Eduardo Hidalgo) 씨 커플이 이 레스토랑에서 완벽한 저녁을 보냈단다. 따뜻한 분위기와 아름다운 인테리어, 훌륭한 음식, 무엇보다 정원에서 바라보는 전망이 환상이라는데 가보고 싶어졌다. 파푸도(Papudo) 거리 541번지. 기어이 찾았다. 찾아내고 말았다. 그러나 우주는 내 편이 아니었다. 콧대 높은 레스토랑은 요일에 따라 점심시간 두어 시간만 영업을 하고 문을 닫아버린다. 문틈으로 식당 안을 오 분간 노려보다 돌아서 바다가 내려다보이는 카페에 앉아 시간을 잠시 놓아주었다. 허탈한 마음으로 올려다본 언덕 저편에는 따닥따닥 붙어

있는 주택가와 그보다 더 따닥따닥 붙어있는 공동묘지가 나란히 앉아 있다. 바다를 마주한 앞쪽이 공동묘지고, 뒷산 언덕이 주택가다. 죽음이 삶보다 선행하는 걸까. 주택가는 알록달록 총천연색이고 공동묘지는 온통 화이트다. 오직 햇살만이 편견 없이 산 자나 죽은 자 모두에게 골고루 나뉘어지고 있다.

발파라이소
2층에 오르면

좋으면 좋은 대로

싫으면 싫은 대로

여행 가방을 꾸리는 일은 언제나 옳다

이곳은 집
후지여관에서
세상의 끝까지

아르헨티나 엘칼라파테, 엘찰텐,
바릴로체, 부에노스 아이레스, 우수아이아까지

엘칼라파테를 찾아올 여행자라면 한 번쯤 들어보았을 숙소, 후지여관. 나 또한 인터넷에 떠도는 정보와 토모 군의 팁까지 보태어 대안 따윈 생각지도 않고 너무나 당연하게 후지여관을 찾아왔다. 비행기가 연착하는 바람에 엘칼라파테 공항에 예정보다 두 시간이나 늦게 도착했다. 시내까지 버스도 없어 후지여관 아주머니께 공항 픽업을 부탁했다. 택시보다는 저렴했지만, 하루 숙박비에 맞먹는 돈이라 생각하니 잠시 고민도 되었다. 언제부턴가 내겐 그렇게 이 돈이면 뭘 하겠다며 머릿속으로 계산하는 버릇이 생겼다. 나라가 바뀔 때마다 물가에 대한 감각도 함께 바뀌어야 하는데 그게 생각만큼 쉽지가 않다. 처음엔 좋았다. 비싼 서유럽을 돌다가 멕시코, 과테말라, 페루, 볼리비아 내려올 때만 하더라도. 그러던 것이 다시 칠레, 아르헨티나로 넘어오며 벌벌 떨게 된다. 이런 것도 관성의 법칙이 적용되는 걸까. 가장 낮은 수준의 물가가 몸에 남아 좀처럼 돈 쓰는 일이 달갑지 않아진 것이다. 중남미에서 서유럽으로 가지 않은 게 그나마 다행이다. 만약 중남미 여행을 마치고, 유럽으로 날아갔다면 아마 난 굶어 죽었을지도 모른다. 유럽에서 일 주일 살 돈이면, 중남미에선 한 달은 산다던 말은 결코 틀린 말이 아니었으니까.

그나마 후지여관까지 픽업 서비스를 이용한 건 잘한 일이었다. 혼자 찾아왔더라면 한참은 헤맸을 애매한 위치다. 대로변도 아닌 언덕길, 그것도 호스텔이라기보다는 가정집에 가까운, 절대 눈에 띄지 않는 건물. 이곳은 일본 아저씨 후지시마 상과 한국 아줌마 부부가 경영하는 작은 민박이다. 애초에 일본 배낭객을 상대할 생각으로 이름도 후지여관으로 지었다는데, 지금은 한국 배낭객도 늘어나 이름을 바꿔야겠다 하신다. 재미있을 것 같다. 후지여관에선 일본어를 한다는 티는 내지 말아야지. 한국사람들도 많을 텐데. 그러나 내가 그렇게 생각을 하거나 말거나 결국 나는 첫마디부터 일본어를 내뱉을 수밖에 없었다.

현관을 열고 들어갔을 때, 거기 미사꼬와 눈이 마주쳤던 것이다.

"나니, 미사꼬! 도오시떼 고코니?(아니, 미사꼬! 어째서 여기에?)"

두 달 전 멕시코시티에서 만났던 미사꼬와 극적 상봉한 것이다. 이렇게 여행 중에 누군가와 뜻하지 않은 곳에서 재회하게 되면 뭐랄까, 여행자만의 길이 있긴 있구나, 세상 참 좁구나, 얘랑 나랑 인연이 있는 건가, 별의별 생각들이 다 스친다. 그리고 놀랍게도 다시 만나게 되면 우정은 늘 배로 불어난다. 마치 우주가 배열해놓은 숙명적 만남을 이루기라도 한 듯한 충만한 기쁨에.

후지여관의 첫날은 일본 배낭객이 대세였다. 내가 미사꼬와 껴안고 호들갑을 떠는 동안 유난히 어색해하는 두 명. 한국인임에 틀림없다. 내가 한국인이라고 실토를 하자마자 붙임성 좋은 박이 대뜸 하는 말,

"언니, 밥 먹어요, 밥. 닭볶음탕도 있어."

서울 같았으면 '날 언제 봤다구 언니래?' 했을 것을 길 위에서만큼은

너그러워진다. 되려 그렇게 친근하게 언니라고 불러주는 게 반가웠다. 물론 밥과 닭볶음탕이라는 말이 더욱 반가웠지만. 또 한 명의 한국인, 유와 함께 둘이서 뚝딱뚝딱 만들었다는데 솜씨가 보통이 아니다. 배가 고픈 것도 아니었는데, 잘 들어간다. 박은 친동생처럼 내가 먹는 걸 내내 지켜봐 준다.

"으이구, 밥 먹으라고 안 했으면 어쩔 뻔 했어. 언니, 밥 더 줘요?"

나이는 한참 어린데, 말하는 건 꼭 언니 같다.

나는 밥도 먹었겠다 신이 나서 박과 유, 두 사람과 오랜만에 수다를 펼쳤고, 그 동안 TV가 있는 거실은 아무도 없는 것처럼 고요했다. 분명 일본 애들도 많았는데, 다들 어디 갔나?

"언니, 쟤네들 진짜 대단해. 오늘 하루 종일 꼼짝도 않고 영화만 내리 일곱 편을 보더라니까. 밥도 안 먹고. 화장실도 안 가나 봐. 자리도 그대로야."

오타쿠의 나라답다. 앉은 자리에서 일곱 편! 미사꼬에게 재밌냐고 지나가는 소리로 물었더니, 재밌단다. 봤던 건데도 재밌다며, 배도 안 고프단다. 무서운 애들이다.

거기 또 한 명의 일본 여자아이가 나를 빤히 보더니 어디서 본 것 같다며 기억을 더듬는다. 그러고 보니 나도 낯이 익긴 하다. 캐고 캐고 캐다 보니, 과테말라 안티구아에서 마주친 인연이었다. 무섭다. 인연의 끈은 거기서 다가 아니었다. 수학 선생이라는 마사히로 군과 얘기를 하다 토모 군이 등장한 것이다.

"학교 선생님이 어떻게 중남미까지 여행을 왔어?"

"어, 휴직하고 왔지."

"하긴, 그렇겠다. 나도 휴직하고 거의 2년 동안 세계여행 하는 일본인 교사 만난 적 있었으니까."

"혹시, 토모 아니야?"

"!!!"

기가 막힐 노릇이다.

"너두 토모 알아?"

사람들과의 인연이 이런 식으로 겹쳐지자, 처음엔 오싹하던 게 이제는 재미있다. 진짜 착하게 살긴 살아야겠구나. 초고속으로 소문이 도는 광고 바닥에서도 느꼈지만, 아무도 나를 모르니까, 하고 떠나온 길 또한 예외가 될 수 없음을 새삼 느낀다.

광고대행사를 다닌다는 것. 수많은 사람들과 그보다 더 많은 말에 묻혀 산다는 것. 이 회사에서 저 회사로 옮기고 또 옮기며 돌고 도는 풍문에 휩싸여 산다는 것. 모르는 사람이 들으면, 성격에 문제가 있는 게 아닌가 하고 의심하지만, 실제로 광고계는 유난히 이직률이 높다. A라는 회사를 다니던 사람이 B회사로 옮기는 것은 물론 심지어 B회사로 옮겼다가 다시 A회사로 돌아오는 일까지 비일비재하며, 그것이 결코 흉이 되지 않는다. 일이란 것도 광고대행사 단독으로만 완성되는 것이 아니라, 녹음실, 편집실, 프로덕션, 스튜디오, 모델 에이전시 등 관련업이 그물망으로 펼쳐지다 보니 소문은 늘 눈덩이처럼 살을 붙여가며 순식간에 굴러가게 마련이다. 오늘 누가 누구랑 손잡고 다닌 사건 하나가 내일은 키스로, 모레는 한 살림 차린 것으로 급발전한다. 도마에 오르기 싫어서라도 착하게 살아야 하는 바닥.

예전에는 여행에서 만난 사람들과 연락을 주고받는다는 게 말처럼 쉽지 않았지만, 요즘은 인터넷 덕에 생각보다 연이 오래 간다. 사실 여행하며 만난 사람들 가운데는 일상에서는 만나기 힘든 매력적인 인물들이 정말 많은데, 늘 언제고 연락할 것처럼 연락처를 주고 받지만, 막상

구름에 달 가듯
흐르는 여행
－엘칼라파테 가는 길

돌아오면 정신 없이 돌아가는 일상에 쫓겨 기억 속에나 묻어두기 일쑤인데, 먼저 연락 한 번 하는 것에도 인색한, 나 같은 게으른 생활자에게 개인 홈페이지나 블로그는 매우 기특한 존재다. 아주 가끔 망각의 강이 역류할 때가 있다.

"오랜만이에요. 저 작년에 어디어디에서 본 누구누구라고 하는데요, 기억하시겠어요?"

"아, 그럼 기억하고 말구요."

그래서 우리는 다시 추억의 파편을 끄집어낸다. 여기, 아르헨티나의 작은 마을에서 엄청난 확률로 만나게 된 이 사람들과는 앞으로 또 얼마나 오래 서로를 기억하며 살아갈까. 결코 아무것도 단언할 순 없다. 자정이 넘어서야 기적적으로 남았다는 마지막 침대에 저녁 달과 함께 쓰러졌다.

길 위의 집 ✿
엘칼라파테 후지여관

엘칼라파테에 오는 사람 열에 아홉은 빙하를 보러 오는 것이고, 그 중 다섯은 네 시간 떨어진 엘찰텐이라는 마을의 피츠로이 산까지 덤으로 오르기 위해서란다. 가끔 특이하게 송어낚시 하러 오는 사람도 있다는데, 내가 그 송어를 잡으러 가게 될 줄은 정말 생각지도 못했다. 나 또한 당연히 거대한 자연의 신비, 모레노 빙하 한 번 보아주고, 컨디션 좋으면 엘찰텐까지 달려가 피츠로이를 지긋이 밟아주리라 생각했었는데, 어젯밤 너무 늦게 도착하는 바람에 모레노 빙하 아이스트래킹 투어 신청을 놓쳐버린 것이다. 대개 사람들은 모레노 빙하행 왕복버스 티켓을 끊고 빙하 앞 전망대에서 절경을 감상하고 돌아온다는데, 나는 왠지 빙하에 눈도장 찍는 것만으로는 성이 차지 않을 것 같아 (물론 값은 몇 배나 더했지만) 발도장을 찍어야겠다 결심했던 것이다. 일곱 시간에서 여덟 시간 얼음 위를 걷는다는 본격 트래킹까지는 차마 엄두가 나지 않아 약식 미니 트래킹으로 마음을 정하긴 했지만. 그런데 그 트래킹이라는 것이 최소한 하루 전 늦어도 저녁 여덟 시 반까지는 예약을 해야 하는 것인데, 그 시간에 나는 구름 위에 있었으니,

이 동네에서
제일 번화한 곳
―아르헨티나 엘칼라파테

오늘 하루가 통으로 비어버린 거다.

엘칼라파테에 없는 건 없었지만, 그렇다고 볼거리가 많은 곳은 절대
아니다. 마을 끝에서 끝까지 걸어갈 수 있을 만큼 작은 마을. 길을 잃
기도 힘든 마을. 거대한 호숫가에서 느긋한 산책을 할 수도 있지만, 엘
칼라파테를 찾아온 마음은 좀 더 익사이팅한 이벤트를 꿈꾸는 마음에
가깝다. 빙하 트래킹 같은 그런 것들.

마침 아주머니로부터 송어낚시에 대한 이야기를 들었다. 꽤 여러 해
를 엘칼라파테에서 보내면서도 워낙 낚시에는 취미가 없었던 터라 거
들떠보지도 않았는데, 얼마 전 한 일본인 커플이 다녀간 후로 송어낚
시에 재미를 들이셨단다. 그 일본인 커플은 공교롭게도 둘 다 광고회

사에 다니고 있었고, 매일 같이 산더미 같은 일에 쫓겨 자신들의 생활을 찾고자 함께 회사를 그만두고 여행을 시작했단다. 한국이나 일본이나 광고회사는 어쩔 수 없나 보다. 물론 같은 업계에 종사했다고는 하지만 대책 없이 떠나온 나 같은 사람이 있는가 하면, 대책을 세우고 떠나온 일본 커플과 같은 사람도 있긴 했다.

부부는 둘 다 낚시를 좋아했고, 그래서 낚시라는 테마로 여행을 다니기로 계획했다. 고기 좀 낚는다 하는 사람들이 성지처럼 여기는 세계 도처의 물 좋은 낚시터만 골라 다니는 이른바 낚시 세계 일주. 그들이 가지고 다니는 장비만 해도 장난이 아니라 했다. 그런 그들이 여기 엘칼라파테에 온 것이다. 낚시꾼들이 오고 싶어 안달하는 곳만 간다는 그들이 선택한 땅. 엘칼라파테에는 한 시간 이내의 거리에 군데군데 엄청나게 넓은 호수들이 자리한다. 비행기에서 바라볼 땐 끝도 없는 평원에 구멍이라도 숭숭 뚫린 듯 보였던 것들이 모두 호수였던 거다. 말은 호수지만 실제로 보면 바다 같다. 공기가 나빠질 이유도 없는 자연 속에서 이곳의 호수는 말 그대로 청정구역. 맑은 물에서만 산다는 송어들이 차고 넘친다 하니, 낚시꾼들이 군침을 흘릴 만도 하다. 다만 그 좋은 낚시터가 너무나 막강한 상대, 빙하와 피츠로이에 가려져 빛을 보고 있지 못했을 뿐. 일본 커플들은 환호하며, 동시에 그 무명세를 안타까워했단다. 그래서 전수했다지. 초보자도 쉽게 할 수 있는 루어 낚시를.

그런 연유로 후지여관에는 송어낚시 투어가 생겼다. 낚시에 관심 없던 사람들도 한 번 다녀오게 되면 너무 좋아한단다. 초심자의 운이라고, 낚시질 한 번 해보지 못한 사람들이 꼭 대어를 낚더라는 말도 잊지 않으신다. 그때 박이 자신의 사진을 보여준다. 90cm 송어! 정말 크다. 그저게 낚시하러 갔다가 잡았다며, 뿌듯해한다. 자랑할 만하다.

아무것도 아닌 것이
아무것도 없다
아무것도 아닌 풍경에도
마음을 빼앗기는 여행 또는 사랑
–아르헨티나 엘칼라파테

설령 한 마리도 못 잡더라도, 그저 주위 경치를 보는 것만으로도 기분이 좋아진다고. 그리고 투어 후엔 입안에서 살살 녹아 없어지는 송어회와 특제 얼큰개운 매운탕도 있다고. 단, 루어 많이 잃어버리지 않게 조심하란다. 그나저나 루어는 또 뭐야? 낚싯대 한번 제대로 잡아본 적 없는 나는 솔직히 허탕만 치고 올 것 같은 불길한 예감이 들었으나, 송어회와 매운탕이라는 말에 낚여, 투어에 나섰다. 물론 물귀신 작전도 썼다. 혼자 가면 심심하니까. 유를 끌어들이고, 유우키 커플을 꼬드겼다. 후지시마 아저씨 부부와 함께 6인조가 완성되었다.

소풍. 이것은 낚시라기보다 소풍에 가깝다. 집을 나와 가까운 빵집에서 도시락 겸 간식으로 먹을 빵을 잔뜩 산다. 부지런한 아주머니는 언제 준비하셨는지 커피를 패트 병에 담아 오셨다. 아, 달콤하다. 얼마만에 맛보는 커피믹스인가. 커피와 설탕, 크림이 만들 수 있는 달콤함의 황금비율. 세상이 칭찬하는 멕시코 치아파스 커피와 과테말라 안티구아 커피도 감히 비교할 수 없는 맛이다.

투어는 100페소. 빵을 두 달은 먹을 수 있는 가격이었지만, 송어회와 매운탕만 생각하기로 했다. 그건 여기서 사먹고 싶다고 해서 사먹을 수 있는 것도 아니니까. 중요한 건 물 맑고 경치 좋은 아르헨티나에서 낚시를 해본다는 경험이니까. 송어가 잘 잡힌다는 라고 아르헨티노 (Lago Argentino, 아르헨티노 호수)까지 차로 약 한 시간.

서로의 여행 이야기를 하다 보니, 유와도 교차점이 발견된다. 내가 볼리비아의 우유니 소금평원에서 소금호텔 안을 서성였을 때, 3일의 시간차를 두고 유도 같은 자리를 서성이고 있었던 것이다. 그때 나는 놀랍도록 크고(다른 국기들에 비해 1.5배는 컸다) 깨끗한 태극기를 보고 반가워서 셔터를 눌러댔었는데, 그 태극기, 유 일행이 다녀가면서

꽂아둔 거란다. 어쩐지 너무 새것 같더라. 다른 나라 국기들이 펄럭이고 있을 때 태극기만 없었다면 무척 서운했었을 텐데. 고마웠다, 먼저 다녀간 이의 선행.

그러니까 유 일행에 해병대 출신의 애국 청년이 있었는데, 일찍이 우유니 소금호텔 앞 만국기 사이에 태극기가 없다는 걸 어떻게 알고, 애국심으로 커다란 태극기 한 장 챙겨서 여행을 떠나왔단다. 막상 소금호텔에 와보니, 태극기를 걸 만한 깃대가 없어 고심하다가 소금호텔 아저씨께 사정하자, 화끈한 아저씨, 낡은 타국의 국기를 떼어내 버리고, 그 깃대를 태극기에 내어주었단다. 순간 어느 나라 국기인지도 모르는 그 나라에 대해 미안한 마음도 들긴 했었다고. 나오면 누구나 애국자 된다더니. 그렇잖아도 누구의 선행인가 했던 그 장본인 일당을 만나니 놀랍다. 이렇게 만나지는구나, 사람이라는 거.

함께 동승한, 이름도 비슷한 유우키와 유키코는 초등학교 동창이라 했다. 일본 애니메이션에서나 보던 소년 소녀 이미지. 유키코는 어딘가 섬 소녀 같은 느낌이다. 화장기 없는 맑은 볼이 빨갛게 텄다. 시골 꼬마들이 바람 찬데 하루 종일 뛰어 놀고 나면 볼이 땡땡해지는 것처럼 딱 그렇게. 알록달록한 털모자까지 쓰고 있으니 여자인 내가 봐도 너무 사랑스러워 보였다. 연인 사이는 아니라 했지만, 유키코의 말에 유우키는 꼼짝 못한다.

아르헨티노 호수, 크다. 다른 말이 필요 없다. 좋아, 한 마리 잡아보지 뭐. 후지시마 아저씨의 5분 특강과 시범을 보고, 우리는 내기라도 하듯 낚싯대를 던져댔다. 낚싯줄을 던지는 폼부터 엉성하기 짝이 없었지만, 던지자마자 팽팽한 느낌이 든다. 뭐야, 이렇게 금방 걸리는 거야? 어림없는 착각도 잠시. 호수 바닥은 온통 자갈이라 후크 선장의

자연이 준 맛있는 저녁
재미는 덤이다
- 아르헨티노 호수의 송어 낚시

바늘 코를 가진 루어가 돌부리에 걸리고, 제대로 걸렸다가는 낚싯줄을 끊어서라도 루어를 버려야 하는 불상사가 생기는 것이다. 박이, "나랑 같이 갔던 오빠는 루어 여섯 개 잃어버렸잖아" 했던 말이 남 얘기가 아니었다.

던지고, 또 던지고, 또 다시 던져도 내게 눈이 멀어 잡히는 송어는 한 마리도 없었다. 나야 그렇다 치지만, 낚시가 취미라는 유우키 군의 체면이 말이 아니다. 그때 유키코가 한 마리 낚았다. 우리 중 가장 자세도 엉성했던 그녀가 가장 먼저 잡은 것이다. 뛸 듯이 기뻐한다. 유 또한 한국의 자존심 어쩌고 하면서 팔이 부러져라 던져댔지만, 결국 셋은 빈손으로 돌아와야 했다. 역시 후지시마 아저씨는 우리를 실망시키지 않았다. 심지어 내게 그렇게 하지 말고, 이렇게 한 번 해봐, 하며 내 낚싯대를 들고 시범을 보여주는 와중에 또 한 마리 낚으셨으니까. 송어가 사람 차별하는 게 틀림없다. 아주머니 또한 보통이 아니시다.

"아, 이번 고기는 정말 재미있었어."

"네? 어떻게 잡으셨길래요?"

"난 고기가 안 물어서 그냥 줄을 감고 있는데, 뭔가 하얀 게 따라오더라구. 그래서 감는 속도를 살살살 늦췄더니 얘가 탁 물더라고. 아주 재미있었어."

이런 게 꾼들의 재미라는 건가. 낚시 투어를 하면 여행객들도 좋아하지만 실제로는 아줌마 아저씨가 더 즐거워하시는 것 같다. 나는 애꿎은 루어 네 개만 호수에 남겨두고, 그래도 후지시마 아저씨와 아줌마가 잡은 송어들을 보며 이 정도면 회와 매운탕은 충분히 먹고도 남겠다며 노래를 불렀다. 이렇게 매일 잡아 올려도 여전히 또 잡힌다는 게 신기하다. 모르긴 해도 엘칼라파테엔 사람보다 송어가 더 많으리라. 그리고 저녁, 입에 넣으면 정말로 살살 녹아 없어지는 송어회와 맛깔스런 매운탕으로 오랜만에 배 터지도록 미련하게 포식했다. 집에 온 것만 같은 느낌. 이곳은 어디일까.

그날 밤, 후지시마 아저씨가 기타를 잡으셨다. 어라? 이거 최진희 노래잖아. 백만 년 만에 들어보는 '사랑의 미로'다. 신형원의 '개똥벌레'까지, 아저씨의 한국 가요 레퍼토리는 제법 길었다. 이제 후지여관은 미사리 통기타 카페다. 그런데 아저씨, 하실 줄 아는 우리말이라곤 "안녕하세요" "반갑습니다"가 전부였던 것 같은데, 언제 이런 곡들을 다 배우셨을까. 가만히 악보인양 펼쳐놓은 노트를 보니, 거기 우리말 대신 일어가 빼곡하다. 뜻은 아시냐고 물으니, 모르신단다. 그냥 멜로디가 너무 좋아서, 카세트 테이프 틀어놓고 들리는 대로 발음만 받아 적은 거란다. "그대 작은 가슴에~ ♪" 부분에선 '작은(자근)'을 '작은(작은)'으로 너무도 또박또박 부르는 바람에 당혹스럽기도 했지만. 문득 어렸을 때 뜻도 모르는 팝송을 들리는 대로 따라 적어놓고 흥얼거리던 게 생각나서 피식 웃음이 새어 나왔다. 타임머신이라도 탄 것만 같은 기분. 여행은 물리적인 공간만의 이동이 아니었다.

거대한 화이트블루가 눈을 찌른다. 수십 배로 줄어드는 특수축소광선을 맞고 개미만한 사이즈가 되어 아이스바가 잔뜩 꽂힌 냉동실로 들어간다. 모레노 빙하에 닿았을 때 정말로 나는 샤베트 천국을 누비는 소인이 되어있었다. 우와, 우와, 우와, 우와~! 입이 다물어지지 않는다. 놀랍게도 설마 하던 광경이 눈앞에 펼쳐진 순간, 감당할 수 없을 만큼 가슴이 벅차오를 줄 알았는데, 이상하게도 구멍이라도 뚫린 것처럼 휑해지는 서늘함을 느꼈다. 이 엄청난 자연 앞에서의 까닭 모를 상실감, 어떻게 설명할 수 있을까.

4월, 엘칼라파테의 해는 겨울 해처럼 짧다. 아침 일곱 시에도 세상은 온통 암흑이다. 거대한 조명등처럼 아침까지도 여전히 하늘을 지키고 있는 보름달이 기이했다. 일곱 시에 문을 연다는 빵집에 들러 이제 막 구운 따끈따끈한 빵을 사 들고 모레노로 향한다. 드디어 밟는다, 빙하라는 것. 얼마나 달렸을까. 지평선 너머 조금씩 설산이 보이기 시작한다. 어쩜 이렇게 땅덩어리가 넓을 수 있단 말인가. 어쩜 이렇게 넓은 땅덩어리가 평평하게 펼쳐져 있을 수 있단 말인가. 팜파스, 지리 교과

창틀은 프레임, 풍경은 예술작품
사방이 갤러리다
− 모레노 빙하 가는 길

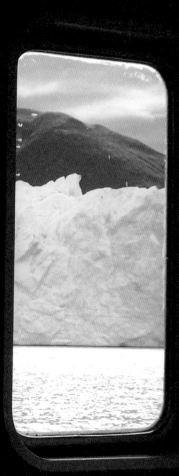

서에나 묻어두기에는 아까운 단어다. 이런 곳은 직접 달려줘야 한다. 눈이 시릴 정도다. 산 많은 경상도에서 나고 자라, 스무 살이 되어서야 전라도 땅 밟은 때의 충격이 되살아난다. 나는 기차를 타면 무조건 삼십 분이 멀다 하고 터널이 나오는 게 당연하다 생각했는데, 호남선을 타보니 그 많던 산들이 도통 보이지도 않는 게 신기하기만 했던 거다. 아르헨티나 팜파스의 드넓은 평야에서야 오죽하겠는가. 이곳은 지구의 반들반들한 뺨 언저리가 틀림없다. 보이지 않는 저 끝에는 안데스라는 오뚝한 콧날이 뻗어있을 터다.

모레노 빙하 트래킹, 생각만 해도 짜릿하다. 거대한 얼음 산을 올라타기 위해 빙하 앞 드넓은 호수를 배로 건넌다. 빙하가 다가올수록 카메라 셔터를 눌러대는 여행자들의 손이 분주해진다. 모두들 종군기자 되어 처절하게 목을 빼고 빙하를 향해 찰칵찰칵. 마치 지금 찍지 않으면 영원히 빙하가 사라져버리기라도 할 것처럼.

배에서 내려 목조가옥에 짐을 보관하고 간단한 교육을 받는다. 스페인어 가이드, 영어 가이드. 미처 준비하지 못한 사람들을 위해 구비해놓은 목장갑들. 잘 고안된 프로그램이다. 볼리비아 우유니 투어와 비교하면 초호화 투어다. 국립공원의 푸른 숲 너머 하얀 빙하가 인상적이다. 불과 몇 미터 앞에서 초록이 싱그럽게 자라고 있는데, 얼음 산이 버젓이 존재한다는 게 신기하다. 빙하의 표면은 생각보다 지저분했다. 곳곳에 흙먼지들이 내려앉아, 투명한 빙하를 상상했던 마음에 그늘이 드리워졌다. 한편으론 진짜 빙하에 올라가보면 말이야, 흙먼지들이 뒤덮은 부분도 있다고, 겪어본 사람만이 이야기할 수 있는 리얼 스토리를 얻은 게 뿌듯하기도 했다. 두 발에 아이젠을 채우고, 한 발 한 발 차곡차곡 빙하를 오른다. 앞사람이 완전히 지나간 다음 지나갈

거대한 샤베트 왕국으로 미끄러져 가는 기분
끝장이지
- 모레노 빙하 가는 길

다 이룬 것 같아도
결국 빙산의 일각

－모레노 빙하

것, 반드시 한 발 한 발 힘주어 수직으로 콱콱 밟아나갈 것. 내심 좀 더 익사이팅한 트래킹을 기대했었는데, 안전제일주의 트래킹에서 그런 건 함부로 시도해선 안 될 일이었다. 파울리나와 엘레나, 두 명의 가이드가 앞뒤로 달라붙어 시종일관 일행을 살핀다. 빙하의 경사가 가파르다 싶으면 거침 없이 망치질을 해 얼음계단을 만들어버린다. 오랜만의 과잉보호다.

미니 트래킹임에도 장관은 장관이다. 게다가 오늘은 날씨도 청명하다. 바람은 잠들었고, 햇살은 투명하다. 며칠 전만 해도 시야를 가리는 매서운 바람이 빙하를 뒤덮었다 했다. 행운은 이번에도 동행해주었다. 빙하에 햇살이 부딪혀 반짝반짝 빛이 난다. 곳곳에 끝도 보이지 않는 낭떠러지가 있다. 얼음기둥 사이 가늘지만 깊게 패인 빈 공간 혹은 균열, 크레바스. 투명한 얼음은 깊이를 얻자 푸른 빛을 띤다. 파랑 본연의 파랑, 개념으로서 존재할 법한 가장 이상적인 파랑. 이따금 얕은 골 사이로는 졸졸졸 물도 흐른다. 진짜 빙수다. 까끌까끌 거친 느낌의 얼음 자갈도 밟힌다. 이 거대한 빙하가 물 위에 떠 있다는 사실이 믿겨지지 않는다. 확인이라도 시켜줄 것처럼 군데군데 매우 긴 막대가 바닥까지 깊숙이 꽂혀 있다. 이것은 원래 빙하의 움직임을 관찰할 목적으로 꽂아두는 측량용 막대다. 빙하는 거기 가만히 서 있는 것이 아니라 계절이 바뀔 때마다, 시간이 흐를 때마다 조금씩 모습을 달리한다. 한창 녹아 내리는 계절이 있는가 하면 다시 원상태로 복원되는 계절이 있다. 지구의 변화를 관찰하는 노력은 꼼꼼하기도 하다.

친절한 파울리나 씨는 어떻게 이런 빙하가 생겨 났나, 자세하게도 설명해준다. 궁금했던 건 사실이지만, 과학적인 차가운 설명을 듣고 나자 모호했지만 따뜻한 환상들이 다 죽어버려 여간 서운한 게 아니다.

환상의 실체는 간단했다. 적어도 이론상으로는. 태평양의 물기 잔뜩 머금은 바람이 안데스의 급경사를 타고 올라오면서 죄다 얼음덩이로 변해버린 거다. 그렇게 내린 눈들이 녹는 양보다 쌓이는 게 많아지자 그게 오늘의 빙하가 된 거다.

이 어마어마한 모레노 빙하는 사실 아르헨티나 빙하의 일부에 지나지 않는다 했다. 더 정확히 말해 남극과 그린란드 다음으로 큰 파타고니아 빙하의 일부. 그럼에도 유명세를 치르고 있는 건 어디까지나 완벽한 접근성 때문이라고. 다른 빙하들은 좀처럼 인간들의 방문을 쉽게 허락하지 않는다. 인간의 세계와 자연의 세계는 노는 영역부터 다르구나. 여기 몸소 인간의 마을까지 흘러 내려와준 모레노 빙하가 고맙기까지 하다.

미니 트래킹을 마치고 돌아오는 길, 낡은 나무 탁자 하나가 오롯이 놓여있다. 스코틀랜드산 위스키와 함께. 아카이브 잡지에서나 보던 위스키 광고의 연출샷 같다. 그 자리에서 바로 바닥의 얼음을 캐내어 컵에 담아 즉석 언더락을 만들어 마신다. 맛있다. 안주는 초콜릿. 에너지가 솟는다.

빙하는 시도 때도 없이 쩌억 쩍 천둥소리 같은 괴성을 지르며 몸을 뒤튼다. 그때마다 크고 작은 얼음 기둥들이 뚜두두둑 물 속으로 떨어져 나간다. 사람들은 마치 어린 아이의 걸음마를 재촉하듯 안테나를 세우고 빙하의 기지개를 기다린다. 제법 큰 기둥이 떨어져나가면 아낌없는 박수와 갈채도 보낸다. 개미떼 같은 관광객들이 줄지어 난간에 달라붙어 있다. 끝도 보이지 않는 아스라한 빙하 앞에서 모두들 살아가면서 결코 잊지 못할 풍경을 담고 있겠지. 과테말라 안티구아의 용암 흐르는 후끈한 활화산 위를 걸었던 게 아직도 생생한데, 오늘은 발가락까지 시려오는 빙하를 걷고. 이렇게 다이나믹한 모험을 연달아

모레노 빙하,
아르헨티나 국기의 컬러에 영감을 주다

해도 되는 건가. 눈이 아프도록 투명한 하늘, 투명한 빙하, 그 빛을 그대로 깃발에 옮겨놓은 아르헨티나 국기가 말없이 펄럭이고 있다.

 늦은 저녁, 아저씨가 사 들고 온 믹서기 하나. 객들이 더욱 좋아한다.

"이걸로 주스 해 마시면 되겠다."

"그래, 멜론 주스."

"나는 바나나랑 우유랑 섞어서 갈아 마실 거야."

마치 이 집에서 영원히 살기라도 할 것처럼 모두들 호들갑이다. 후지시마 아저씨가 아버지라면 조잘거리는 객들은 아이와 같다. 아버지가 사온 믹서기 하나에 온 가족이 행복해한다. 누가 봐도 아이 많은 여느 가정집 풍경이다. 민박집 주인이 객들과 함께 살기에 가능한 풍경이겠지. 같은 부엌을 쓰고, 같은 거실을 쓰니 가능한 풍경. 처음엔 아주머니도 스트레스 깨나 받으셨다 했다. 내 집 아니라고, 혹은 내 집이라 해도 함부로 처신하는 사람들이 한둘이 아닐 테니. 부엌 쓰고 치우지 않고 내버려두기, 화장실 지저분하게 쓰기, 세탁기 망가뜨려놓기. 나라면 민박은 절대 못 할 거 같다. 아마 사람 여럿 잡았을 거다. 자기가 먹고도 치우지 않는 걸 당연하게 알고 자라온 철없는 인간들은 응징받아 마땅하다.

모든 관계는 주관적이다. 내가 좋을 때만 좋은 것이고 나에게 좋은 사람만 좋은 사람인 거다. 길 위에서 만나는 인연은 스치듯 오가는 바람 같아서 마음 다칠 여력조차 없지만. 체류가 길어지고, 여행이 길어질수록 관계에 대해 깊이 돌아보게 된다. 어떻게 보면 여행의 낭만이 란 지극히 이기적인 속성을 품을 수밖에 없는 것 같다. 행복하기로 작정을 하고 떠나온 사람들과 와인 잔을 부딪히며 웃고 있는데, 마음 한 켠은 쓸쓸해지려 한다. 부디 이 따뜻한 집의 온기가 오래오래 계속되길 바라며, 남반구의 가을을 향해 건배.

피츠로이네 놀다 올게요 🌸
엘찰텐

오로지 엘칼라파테에서만 갈 수 있고, 엘칼라파테로 돌아올 수밖에 없는 작은 마을, 엘찰텐. 낮은 언덕에 올라서면 한눈에 들어오는 초미니 사이즈 마을. 1박2일의 여정으로 엘찰텐행 버스에 오른다. 아침 일찍 출발하니 낮에는 도착할 수 있을 것이다. 오늘은 라구나 토레(laguna Torre)를, 내일은 피츠로이를, 그리고 내일 저녁 다시 엘칼라파테로 돌아오면 되는 것이다.

버스가 엘찰텐에 도착하자마자 내린 방문객 센터에선 오리엔테이션이 진행되었다. 어디서부터 어디는 뭐가 많이 살고, 어디서부터 어디는 경사가 심하고, 날씨 변덕이 심하니 조심 또 조심하라고. 국립공원 내 흐르는 물, 호수에 뭔가를 씻거나 오염시키는 행위는 절대금지라고 신신당부다. 뷰 포인트까지 나와있는 지도도 나누어준다. 모레노 빙하 트래킹에서도 느꼈지만 아르헨티나의 관광자원에 대한 정성은 상상 이상으로 지극하다. 우수아이아의 티에라 델 푸에고 국립공원도, 엘칼라파테의 빙하들도 소정의 입장료를 받는 것에 비해 이곳 엘찰텐에선 그런 비용이 하나도 들지 않는다는 데 더욱 감동받긴 했지만. '란초 그란데 호스텔(Albergue Rancho Grande, 큰 농장)'. 여기 온 90퍼센트 이상의 배낭객들은 옷차림만 봐도 트래킹 하러 온 사람들이었다. 모자부터 신발까지, 심지어 양말 하나까지 준비된 자들이다. 그런가 하면 나는 동네 만화방 가는 차림이다. 밑단이 넓어지는 청바지에 어깨선이 내려온 점퍼라니.

방문객 센터에서 예상은 했지만, 과연 표지판부터 치밀하고 친절하다. 절대 길 잃을 염려는 없겠다. 설마 야생동물이 튀어나오진 않겠지. 괜히 흥얼흥얼거리며 산길을 휘젓는다. 하늘은 너무 파래서 오히려 비현실적이다. 노랗게 물이 든 키 작은 나무들은 봄의 개나리를 닮았다. 부주의한 여행객의 실수로 하얗게 타버린 고목마저 멋있어 보인다. 억새는 가을 햇살을 담뿍 담아 보들보들 솜사탕처럼 부풀어올랐다. 영화 〈엘비라 마디간〉을 채우던 빛의 초원을 보는 듯 하다. 물론 식스틴처럼 멋진 장교도 없고, 모차르트의 교향곡 21번 따위도 흐르지 않았지만, 그저 이 길을 걷고 있다는 게 즐거웠다. 저만치 멀리 보이는 쎄로 쏠로(Cerro Solo, 솔로봉)만이 한 마리 독수리처럼 나뭇가지에 올라앉아 고고한 외로움을 달래고 있다.

달력 사진 속으로 얼마나 걸었을까. 아직도 사람 하나 못 봤다. 여행객들은 많아 보이던데 이렇게 사람이 없나. 그때 저만치서 웃통을 벗어 던진 청년이 머리에 풀잎 왕관을 쓰고 길다란 나무 뿌리를 지팡이 삼아 성큼성큼 걸어온다. "안녕!" "아, 안녕" 깜짝이야. 영화 〈로빈슨 크루소〉의 프라이데이라도 본 기분이다. 토레 호수가 가까워지자 사람들도 함께 늘어났다. 이리저리 가지를 친 길들이 어느 순간 하나의 길이 되었다. 날씨는 맑았다 흐렸다의 반복이다. 새파랗던 하늘에 금세

카를로스 집에서 무슨 요리를 먹는지
안드레아 집에 누가 찾아왔는지
한눈에 다 보이는 작고 작은 마을

－엘찰텐

천지가 길인데 굳이 좁은 길 만든다
−라구나 토레 가는 길

비구름이 모여 빗방울이 듣는가 하면 돌아설까 망설일 즈음에는 다시 개고 만다. 빙하가 보이고, 찬 바람이 느껴진다. 콸콸콸 우윳빛 강물이 마법의 강인 양 신비한 분위기를 풍긴다. 강줄기를 따라 조금 더 올라가니 거기 드넓은 호수, 라구나 토레와 함께 그란데 빙하(Glaciar Grande)가 하얀 이를 드러내고 있었다. 사진 한 장 찍을 여유도 주지 않고 금세 안개 속으로 사라진다. 비바람이 제대로 퍼붓기 시작한다. 이러다간 날아갈 수도 있겠다. 두 발에 힘을 꽉 주고 돌아선다. 세 시간이나 걸어왔는데. 비록 사진은 남기지 못했지만 찰나일지언정 두 눈으로 본 게 어디야. 듣자 하니 어제는 산 전체가 안개 속에 묻혀 트래킹 자체가 불가능하다 했다. 나는 운이 좋은 편이었다.

가슴 가득 새하얀 풍경을 품고 의기양양하게 걷고 있는데 누군가 나를 부른다. "안녕!" 거기 칠레 아타카마에서 만났던 세 아일랜드 친구들이 한 줄로 나란히 웃고 있었다. 칠레 다음은 아르헨티나, 다들 그렇게 내려오나 보다. 설령 그렇다 해도 이런 곳에서 다시 마주치다니 놀랍고도 반갑다. 아타카마 사막 투어에서 마주치며 몇 마디 나눌까 말까 한 사이였는데, 다시 또 길에서 우연히 마주치니 막역한 친구처럼 반갑다.

그러고 보니 페루 나스카에서도 비슷한 경험이 있었다. 경비행기에서 죽다 살아난 나는 뭐라도 먹고 기운이라도 내려고 슈퍼마켓을 찾아 걷고 있었다. 그러다 어떤 백인 부부와 마주쳤는데, 퉁퉁한 아저씨가 나를 보더니 환하게 웃으며 대뜸 말을 걸어오는 것이다. 나는 본능적으로 몸을 피하며 뒤로 물러났다. 이 아저씨가 무슨 의도로 말을 거는 걸까, 지레 겁부터 먹었던 거다. 그러나 나의 오해는 금세 풀렸다. "혹시 너 며칠 전에 피스코에 있지 않았니? 왜 그때 바다에서 도중에 엔

아침 해와 함께 산을 올랐어
빛의 산책이란 이런 길을 두고 하는 말이겠지
내딛는 걸음마다 빛으로 가득한 눈부신 아침

−피츠로이 가는 길

버스도 없고, 시장도 없고, 고층건물도 없지만
빙하가 있고, 피츠로이가 있고, 호수가 있고, 강이 있고,
새파랗게 질릴 것 같은 절벽이 있고, 푸근한 초원이 있어
빛을 가득 머금은 풀밭, 그 앞에서
마냥 좋다고 웃고 있는 내가 있어

-피츠로이 가는 길

진이 고장 나서 멈췄던 배, 거기서 본 거 같은데?" 놀랍게도 같은 배를 탄 인연이었다. 피스코에서 만난 사람을 나스카에서 또 만난 거다. 동네 친구 마주치듯 아무렇지 않게 마주치는 것, 그런 게 남미에서도 가능한 일이었다.

종아리라도 당기면 어떡하나, 침대 벌레라도 물리면 어떡하나, 내심 걱정했는데, 자고 일어난 아침, 사지는 멀쩡했다. 숙소의 난방은 한증막 수준으로 빵빵했고, 모처럼 땀까지 빼며 달게 잤다. 오늘은 피츠로이 정복하러 가야지. 구름이 피츠로이를 범하기 전에 발걸음을 서둘렀다.

아침, 구름은 이제 막 핑크 빛 볼터치를 하고 외출 준비를 끝냈다. 그리고 나는 아침 해와 함께 산을 오른다. 겨우 한 사람 지나갈까 말까 한 좁은 오솔길, 양 옆으로 곱게 물든 가을 나무들이 끝도 없이 이어져있다. 아직 여름을 살고 있는 초록과 이미 가을 한가운데로 달려간 주홍의 공존. 이제 막 떠오르기 시작한 태양이 작은 잎들을 하나하나 닦아내며 나무 그림자를 길게 빗어낸다. 빛의 산책. 내딛는 걸음마다 빛으로 가득한 눈부신 아침이다. 단풍이 물드는 건 한반도나 매한가지인데, 몸으로 느끼는 계절은 같지만은 않다. 그늘진 길은 겉옷을 여미고, 털모자와 장갑까지 챙길 만큼 쌀쌀했지만, 양지 바른 쪽은 제법 따뜻하다. 이 강렬한 대비는 아무래도 적응이 되지 않는다.

마을에서 피츠로이까지 왕복 여덟 시간, 보통 어른의 걸음으로 걸리는 시간이라 했다. 사람들은 여덟 시간 내내 행복에 들떠 걸을까. 산을 좋아하는 사람들은 그럴 수 있을까. 가끔 그런 것들이 궁금해졌다. 솔직히 내게 산행이라는 건 왠지 러닝머신 위 달리기 같은 느낌. 처음 자세를 잡아가며 주위를 살피는 동안은 긴장도 하다가 어느 순간부터는 내가 왜 걷고 있지, 이거 별로 재미도 없잖아, 툴툴거리다가, 이십 분 타이머가 후반부로 꺾일 즈음부터는 이제 얼마 남았다, 얼마만 더 가면 된다, 자꾸만 시계를 확인한다. 그러다 또 어느 순간부턴 알 수 없는 성취감에 기분이 마구 좋아져 걸음이 가벼워지고 속도가 붙는다. 피츠로이 산행도 딱 그런 느낌. 처음엔 주위의 모든 것이 신비롭고 아름다워 보이다가 끝도 없는 오솔길에 힘들어하다가 어느 순간, 그러니까 내가 보통 어른의 걸음보다 빨리 걷는다는 느낌이 드는 순간부터 발은 이미 하늘을 날고 있다.

영화에서나 보던 초원이 펼쳐지는가 하면, 하늘과 산을 고스란히 담고 있는 투명한 물웅덩이를 만나기도 하고, 그대로 마셔도 좋을 만큼 맑은 물줄기를 마주치기도 한다. 트레일만으로 비교를 하자면 어제의 토레 호수 가는 길이 더욱 근사하긴 하다. 가슴까지 확 트이는 평지랄까, 저만치 멀리까지 내다보이는 긴 오솔길 모두. 토레 호수를 향한 길이 호수를 닮았다면, 피츠로이를 향한 길은 피츠로이 산을 닮았다. 거칠고, 가파르고, 좁고, 굽이지고. 이 길의 묘미는 기본적으로 트레일이 피츠로이를 정면으로 바라보고 걸어간다는 것. 내가 갈 목표지점을 응시하며 한 걸음 한 걸음 장엄한 피츠로이를 향해 걸어갈 수가 있다.

게다가 저 아랫동네, 우수아이아의 티에라 델 푸에고 국립공원 트레일에 비하면 엘찰텐의 트레일은 매우 친절하기까지 하다. 길들은 더러 갈라지기도 하지만 금세 다시 만나고, 누가 봐도 길이구나 싶게 또렷한 모양을 하고 있다. 어떤 면에서는 티에라 델 푸에고 국립공원 쪽

정작 그 앞에 바싹 다가서면 보이지 않는 법
그래서 거리가 필요한 건가 보다
온전히 있는 그대로 바라보기 위해

　-피츠로이 바로 아래

을 좀 더 익사이팅하다고 말할 수도 있겠다. 국립공원이라지만 대부분의 트레일이 무성한 풀숲에 교묘히 가려져 있고, 생각보다 등산객도 많지 않아 이따금 거대한 숲 한가운데 홀로 서있는 자신을 발견하면 길을 잃어버린 건 아닌지, 야생 동물이라도 마주치는 건 아닌지 무서워지기도 했으니까. 그러다 트레일의 상징인 노란 막대를 발견하기라도 하면 안도의 한숨과 함께 묘하게 성취욕이 불붙는다. 역시 제대로 가고 있었던 거야! 내게 트래킹의 본능이 있었던 거지! 국립공원의 관리소장은 노란 막대의 바람직한 간격을 정확히 아는 것 같았다. 그것들에 의지할 등산객들을 적당히 긴장시키며 동시에 안심시킬 황금간격을. 다행인지 아쉬움인지 피츠로이에는 그런 숨바꼭질을 할 만한 트레일은 없다.

마지막 한 시간은 암벽등반에 가까운 가파른 산길이라 특별한 주의가 필요하다. 가파른 언덕 하나가 피츠로이 앞을 지키고 있는 셈인데, 너무 가파른 탓에 그 아래에 서면 멀리서 그토록 잘 보이던 피츠로이가 손톱만큼도 보이지 않는다. 멀리서 보이던 것이 다가서면 보이지 않는다. 삶이 그런 것 같다. 걸음을 안내하는 말뚝을 따라 수직상승 하다 보면, 붉게 타오르는 잎들을 코끝으로 마주하게 된다. 새빨간 잎사귀들이 끊임없이 반짝인다. 지금 피츠로이는 타오르는 중이다.

방금까지만 해도 타오르는 단풍 사이를 헤쳐 왔는데, 금세 발 아래엔 뽀드득 눈이 밟힌다. 찬 바람이 뺨을 때려 얼얼하다. 드디어 피츠로이다. 달력에서나 보던 백두산 천지 같은 맑은 호수가 펼쳐져 있고, 그 주위를 신경질적으로 들쑥날쑥 솟은 봉우리들이 에워싸고 있다. 호숫가를 따라 피츠로이 봉우리를 끼고 돌아서자 깎아지를 듯한 절벽이 숨을 멎게 한다. 별의별 생각이 다 든다. 갑자기 거인국에 들어선 소인이 된 것 같은 생각, 어떻게 산이 이 모양으로 생길 수 있을까 하는 생

바람 정거장
– 피츠로이

자연은 공평하다
받아들이는 자의 그릇이 다를 뿐
저마다 각자의 피츠로이를 안고 돌아갈 일이다

각, 자연은 참으로 신비롭다는 생각, 지구는 과연 여행할 만한 별이라는 생각, 그래서 오길 잘했다는 생각, 여기까지 꾸역꾸역 걸어온 자신이 기특하다는 생각, 그런데 날씨는 더럽게 춥다는 생각, 배는 또 왜이렇게 고파올까 하는 생각……

무릉도원 앞에서 그런 생각을 하고 있는데, 다시 등뒤에서 나를 부르는 소리. 아, 깜짝이야. 어제의 친구들을 다시 또 만났다.

"너 정말 빠르던데."

뒤도 돌아보지 않고 성큼성큼 달려온 것을, 앤드류 일당이 보았던 것이다. 어제도 산속에서 마주쳤던 터라 어쩌면 오늘도 마주칠지 모르겠다는 생각, 하지 않은 건 아니지만, 이렇게 정상에서 마주치니 여간반가운 게 아니다. 그것도 좀처럼 정체를 드러내지 않는다는 까탈스런 피츠로이가 온순하게 저의 자태를 드러낸 화창한 날씨에. 엘찰텐까지 와서도 악천후 때문에 피츠로이를 포기할 수밖에 없는 경우가비일비재하다는데. 이 길을 동행하는 행운은 어디까지일까.

돌아오는 길은 친구들과 함께 피츠로이가 떠나가도록 신나게 걸어왔다. 이따금 나무 지팡이로 칼 싸움도 하고, 커피도 나눠 마시며. (이 기특한 일당들은 보온병에 커피까지 담아 짊어지고 온 것이다. 그리고찬바람 속에 마시는 따끈한 커피 한 잔이 그 어떤 바리스타의 작품보다 더욱 달콤했음은 두 말할 필요도 없었다)

이상하게 들릴지 모르겠지만, 내게 있어 피츠로이가 가장 아름다웠던순간은 엘찰텐에서 다시 엘칼라파테로 돌아오는 저녁 버스를 탔을 때이다. 손바닥만한 마을을 빠져 나와 길게 뻗은 도로를 신나게 달릴 무렵, 그때 하늘은 한창 노을에 잠겨 붉게 타고 있는데, 멀리 피츠로이가그 노을 가운데 다소곳이 앉아 있는 것이다. 쨍쨍하던 햇빛도 숨을 죽

이고, 오직 사물의 실루엣만이 그 모습을 드러내는 요염한 시간. 피츠
로이의 실루엣이 그렇게 노을 속에서 흔들리고 있다. 내 두 눈으로, 내
두 발로 확인한 곳을 아스라한 노을 사이로 바라보자니 문득 엄청난
시공을 지나쳐 날아온 기분이 드는 것이다.

불과 몇 시간 전의 피츠로이가 낡고 오랜 먼 기억으로 멀어져간다. 거
기 두고 온 건 피츠로이가 아니라 그곳에 열광했던 나. 사라져가는 모
든 것들이 그러하듯, 그렇게 멀어져 가는 피츠로이야말로 가장 아름
다운 절정을 지나고 있다.

 "여긴 시간이 너무 빨리 가."

벌써 열흘 가까이 후지여관을 지키고 있는 박이 내뱉은
말이다.

"으응."

대엿새 머무는 내게도 그 말은 부정할 수 없는 사실이었다. 그리고 조
용히 생각해본다. 시간이 빨리 간다는 말의 숨은 뜻을. 시간은 언제 그
속도에 박차를 가하는가. 행복할 때? 바쁠 때? 적어도 아무런 의미도
없고, 재미도 없는, 지루한 때는 분명 아니다. 내가 잠시 인연도 없는
무역회사를 다닌답시고 왔다 갔다 하던 때, 더 이상 이렇다 할 업무도
없던 오후 네 시에서 여섯 시 사이, 시침과 분침은 앞다투어 사보타주
를 벌이곤 했음을 뚜렷이 기억하니까. 시라던가, 분이라던가, 초라는
단위는 분명 공평하게 나눠진 균일한 크기의 단위일 터인데, 유독 어
떤 시간은 더디게 흐르고, 어떤 시간은 바삐 흘러가버린다. 특별히 바
쁜 것도 없이 하루가 통째로 성큼성큼 가버리는 이 마을의 시간. 어쩌

면 나는 시간을 놓아버린 건지도 모르겠다. 하루 또 하루라는 빈칸에 맞춰 쪼개고 또 쪼개어 쓰기를 그만두었기 때문인지도 모르겠다. 그저 흘러가라고, 가두지 않고, 막지 않았기 때문인지도 모르겠다. 어쩌면 지금 이 시간의 속도가 애초부터 존재하던 우주의 속도일지도 모른다는 생각까지 이르자, 돌연 뭉클해졌다. 끝없는 하늘, 무수한 잎사귀들, 가열찬 바람, 이 모든 것들이 한꺼번에 가슴속으로 밀려온 것이다.

우주의 시간에 가슴 벅차할 무렵, 아이러니하게도 동시에 현실의 시간 또한 감당할 수 없는 크기로 밀려왔다. 엘칼라파테가, 아니 후지여관이 한국인에게 이토록 유명한 곳일 줄은 미처 몰랐다. 갑자기 밀려온 한국사람들. 예약 없이 왔다가 침대가 부족해 돌아가는 사람까지 나오게 생겼다. 조용하던 후지여관이 한바탕 요동을 친다. 그리고 그보다 더 놀라운 건 내 안의 요동. 사람의 마음은 얼마나 간사한지. 한두 사람의 한국인을 만났을 때의 반가움이 다수의 무리로 늘어나자 불편으로 바뀐다. 이 분위기라면 다시 나 홀로 후지여관의 창가에서 조용히 책을 읽으며 지는 해를 독차지하는 사치는 가당치도 않아 보였으므로. 다시 노란 포플러 나무들이 들려주는 바람의 노래를 따라 부를 여유는 돌아올 것 같지 않아 보였으므로. 너무 많은 한국어, 너무 진한 한국의 정서를 소화하지 못한 나는 결국 후지여관이라는 집을 걸어 나왔다. 고즈넉한 나만의 바릴로체를 향해.

우연이거나, 인연이거나 🌼
하필 흐린 바릴로체

"참 맛있게 생겼네요."

깜짝이야. 초콜릿을 열심히 고르고 있는 내게 누군가 바싹 다가와 던진 한 마디. 돌아보니 거기 미사꼬가 활짝 웃고 있다.

"미사꼬! 어떻게 여길."

초콜릿으로 유명한 바릴로체에서도 가장 맛있는 초콜릿을 판다는 가게, '마무슈카(Mamuschka)'에서의 조우다. 초콜릿 맛이 기막힌 가게라는 것도 모른 채 그저 간판을 장식한 '마트료시카(Matryoshka, 열 때마다 작은 인형이 끝없이 나오는 러시아 전통 목각인형)'에 이끌려 무심코 들어간 가게였는데, 세상 참 좁기도 하다. 이런 마주침이 가능한 또 하나의 작은 마을, 바릴로체. 정확한 이름은 '산 카를로스 데 바릴로체(San Carlos de Bariloche)'지만 모두들 '바릴로체'로 부르는 마을이다.

나는 미사꼬를 세 번 만났다. 세 번째 만나지 아니했더라면 무척 아쉬웠을 것 같다. 피천득의 〈인연〉과 달리, 나와 미사꼬는 세 번째 만남 덕분에 친구가 되었다. 처음 멕시코시티에서 만났을 때, 그땐 둘 다 광

고계에 일한다는 이유만으로도 이야기가 통했고, 두 번째 엘칼라파테에서 만났을 때는 그저 다시 만났다는 사실만으로 반가웠는데, 문득바릴로체에서, 그것도 숙소도 아닌 길거리에서 세 번째 만나고 보니,이 친구와 나는 인연인가 하는 생각이 절로 드는 것이다. 그리고 그생각은 미사꼬도 마찬가지였다. 그녀는 삶은 어쩌면 '뜻밖의 것으로부터(ひょんな事から)' 배우는 것일지도 모른다며 우연처럼 스쳐 지나는 것에서도 반짝이는 의미를 찾아내곤 했으니까.

나는 '빌로우 41(Below 41)'이라는 호스텔에 묵고 있고, 미사꼬는 그유명한 '호스텔 1004'에 묵고 있었다. 내 집도 아닌 호스텔이었지만,마치 내 집처럼 서로의 숙소로 놀러 가본다. 골목 하나만 끼고 돌면

할아버지의 할아버지의
할아버지가 스위스 출신이라
초콜릿 유명한 것도 스위스 수준
– 남미의 스위스, 바릴로체

멀지도 않다. 하루는 내가, 하루는 미사꼬가.

창밖 너머 호수를 바라볼 때마다 유난히 거슬렸던 키 큰 건물, 거기에 '호스텔 1004'가 있었다. 모르긴 해도 아마 바릴로체에서 가장 높은 건물이 아닐까 싶다. 그 건물 1004호가 곧 호스텔이어서 호스텔 이름도 1004가 된 모양인데, 날개 달린 천사와 동음이의어인 탓인지 왠지 한 번 더 보게 되는 그런 곳. 비록 검은 비구름에 가려있지만 바로 앞 호수가 고스란히 느껴졌다. 한눈에 내다보이는 아담한 바릴로체의 야경 또한 마음에 든다.

미사꼬는 정말로 자기 집이라도 되는 양 의기양양해져서 호스텔 구석구석을 안내한다. 부엌이 두 개나 있고, 널찍한 거실이 있고, 전망을 즐길 수 있는 테라스가 있다. 밤바람이 어찌나 드센지 테라스에 나갔다가 날아갈 뻔했다. 꽤 많은 노란 머리들이, 던져놓은 옷가지처럼 소파에 늘어져있다. 그 모양새는 '빌로우 41'과 크게 다르지 않다. 미사꼬가 나를 위해 파스타를 만들어준다. 친구네 놀러 와서 친구가 해주는 음식 먹는 기분, 나쁘지 않아.

미사꼬가 내가 묵고 있는 '빌로우 41'로 온 날, 호스텔 직원 녀석을 붙잡고 다짜고짜 와인 추천을 받아낸다. '핀카 플리치만(Finca Flichman)'과 '핀카 라스 모라스(Finca las moras)', '라티투드 33°(Latitud 33°)'. 일단 접수. 그러나 같은 이름에도 포도 품종과 빈티지에 따라 무수히 많은 병들이 나타났고, 결국 우리의 선택 기준은 그럴싸한 권위의 디자인과, 너무 싸지도 않고 비싸지도 않은 적당한 가격대가 되고 만다. 그럼에도 감사한 건 그렇게 무작위로 고르다시피 한 와인 또한 기대를 져버리지 않아 주었다는 것. 딱 원했던 만큼 드라이한 아르헨티나 와인에 달콤한 초콜릿까지 곁들여 밤새 이야기를 이어갔다. 배부르게 먹고 마신 덕에 애꿎은 센트로 씨비코(centro civico)만 몇 바퀴 휘휘 돌아다녔다. 비에 젖은 광장이 반짝반짝 빛난다. 스위스풍의 목조건물들, 미트레(Mitre) 거리를 중심으로 끝도 없이 이어지는 초콜릿 가게들 사이는 또 얼마나 걸었을까. 미사꼬는 자신이 멕시칸과 사랑에 빠질 줄은 몰랐다고 했다. 적어도 그 순간만큼은 자신의 감정에 솔직하게, 여행이 넓혀주는 사랑의 가능성에 몰두했었을 터이다. 그녀의 멕시칸 애인 이야기로부터 시작된 사랑 이야기는 밤을 새도 모자랄 지경이었다.

살면서 우리는 얼마나 많은 사랑을 만나고 또 헤어질까. 사랑은 공유한 시간의 질량에 정비례하는 것일까. 사랑에 과연 유효기간이라는

마을 오른쪽엔 바다 같은 호수
나우엘우아피호가 있고
그 위쪽엔 눈 덮인 산들이 펼쳐져 있어
−바릴로체에서 가장 높을 게 틀림 없는
'호스텔 1004'에서 바라보는 야경

하필 비바람에, 하필 시위대가
하필 나 있는 동안
—바릴로체

게 존재하는 걸까. 존재한다면 그 기간은 얼마나 되는 걸까. 행여 그 유효기간은 인생의 속도처럼 점점 더 빨라지는 건 아닌가. 과연 첫눈에 반하는 사랑이란 게 존재할 수 있는 것일까. 그 감정은 믿을 만한 감정인가. 이 사랑이 마지막 사랑이라는 확신은 어디에서 오는 것일까. 사랑이 사라지고 나면 그 다음은 무엇으로 채워야 하는가. 그 사랑을 대체할 무엇이 존재하기나 하는 것인가. 언제나 느끼는 거지만, 사랑 이야기는 할수록 알 수 없고, 할수록 자신이 없어진다. 그렇다고 해서 사랑 이야기가 무의미하냐 하면 그런 것도 아니다. 놀라운 건 절대로 끝나지 않는 사랑 이야기의 끝은 언제나 늘 자기 자신을 더 사랑해야지, 하는 결심으로 기울어진다.

바릴로체를 떠나는 날 새삼 깨달았지만, 나는 남들처럼 남미의 스위스라는 레포츠 천국의 바릴로체를 십분 즐기지는 못한 것 같다. 하필 내가 바릴로체에 머무는 동안 내내 비가 내렸고, 바람도 몹시 불어 쌀쌀하기까지 했으니. 정말이지 날씨의 영향력은 여행에 있어 치명적이다. 내가 찾아온 바릴로체에 엽서 사진 속 푸른 나우엘우아피(Nahuel Huapi) 호수는 없다. 대신 희뿌연 망망대해가 그 자리를 대신했다.

엘칼라파테에서 만났던 하나와 앨리스는 자전거 하나 빌려 종일 신나게 페달을 밟았던 추억만으로도 바릴로체를 잊을 수 없는 곳으로 기억했다. 이 귀여운 소녀들은 이제 막 의대를 졸업하고 놀랍게도 첫 해외 여행지로 대뜸 남미까지 날아왔다. 그녀들의 강력한 추천으로 바릴로체에 오기 전부터 잔뜩 기대를 품었던 것 또한 사실이었다. 사람들은 이곳에서 하이킹을 즐기고, 낚시를 하며, 말을 탄다. 더러는 리마이 강(Rio Limay)이나 만소 강(Rio Manso)에서 래프팅이나 카약을 즐기기도 하고, 더러는 패러글라이딩을 하기도 한다. 호스텔 직원은 저 라면 뻔한 관광명소인 야오야오(Llao Llao) 호텔엔 가지 않을 거라 했지만, 적어도 그곳을 떠나는 순간에는 야오야오 호텔 사진이 담긴 엽서 한 장에도 미련이 생기게 마련이다. 눈에 파묻힌 할슈타트를 떠날 때와 같은 느낌이다. 아니 그보단 낫다. 그때엔 혼자 아쉬움만 안고 돌아섰지만, 지금은 미사꼬와 함께한 시간을 안고 떠나니까. 그것만으로도 충분하다.

풍요로움과 외로움이 공존하는 곳
화려한 도시, 부에노스아이레스

대한민국에 쇠꼬챙이를 꽂아 지구 반대편으로 빼어내면 반대쪽엔 부에노스 아이레스가 나온다 했다. 지금 나는 우리나라로부터 정확히 지구 반대편, 부에노스 아이레스 한복판에 서있다. 서울은 지금 봄이겠지. 여긴 가을인데. 가을 햇살은 봄의 그것과도 닮아 번화한 플로리다 거리를 걷다 보면 문득 서울 어느 거리를 걷는 듯한 착각마저 들곤 한다. 사람들은 이 도시를 '남미의 파리'라 부른다. 냉정하게 말하자면 파리보다 복잡하고, 파리보다 정신 없고, 파리보다 크다. 심지어 부에노스 아이레스(Buenos Aires, 직역하자면 '좋은 공기')하지도 않다. 물론 공기가 좋다는 뜻으로 도시 이름이 지어진 건 아니다.

부에노스 아이레스에 오면 탱고를 배우고 싶었다. (아르헨티나 본토 발음으론 '땅고(Tango)'다) 탱고의 고향이니까, 도시 전체가 탱고를 추듯 모든 거리가 어떻게든 탱고와 엮여있다. 탱고를 공연하는 클럽, 탱고 구두를 파는 가게, 탱고용 드레스를 파는 가게, 탱고 음반을 파는 가게, 탱고 기념품을 파는 가게, 탱고를 가르치는 학원 등. 한마디로 탱고가 먹여 살리는 도시. 적어도 한 달쯤 머물면서 기본 스텝이라도 익히고 싶었다. 결과적으로 멕시코에서 몇 달을 보내고, 남미를 초스피드로 다니게 된 터라 탱고 레슨도 속성으로 할 수밖에 없게 되었지만. 우연히 짐을 풀게 된 'V&S 호스텔'에는 요일별로 다양한 프로그램이 있었는데 그 중 하나가 탱고 레슨이다. 탱고 선생님을 호스텔로 초빙해서 저녁 내내 춤을 배우는 식이다.

호스텔에 묵고 있는 친구들과 쑥스럽지만 신나는 레슨이 시작되었다. 느끼한 뽀글머리의 남자선생님과 날씬하고도 고혹적인 여선생님을 둘러싼 채. 우리들의 복장은 너무나 자연스러워 도무지 춤에는 어울리지도 않았지만, 아무도 개의치 않았다. 어디 나가서 춤에 대해 얘기할 처지도 못 되지만, 정말이지 하나같이 초등학교 포크댄스 수준이다. 스텝 하나 따라 하기가 마음 같지 않다. 게다가 노란머리 녀석들은 배울 생각도 포기했는지 제멋대로 턴을 하고 난리다. 룸메이트인 클레어와 케이트는 제법 자세가 나온다. 클레어가 동작을 할 때마다 하늘거리는 원피스 자락. 별 게 다 시샘이 난다. 마지막은 선생님 커플의 작은 공연으로 끝이 났는데, 정말이지 환상이다. 영화 〈여인의 향기〉에 나왔던 바로 그 '포르 우나 카베사(Por una cabeza)'에 맞춰. 보이는 건 환상인데 저 수준까지 가려면 하루 이틀, 아니 한두 달로도 어림없겠다.

 탱고를 배워야겠다는 욕심은 접었지만, 좀 더 가까이 느껴보고 싶어 꿀렁이는 버스를 타고 탱고의 고향, '보카(boca)'까지 찾아갔다. 투어버스 타고 단체로 몰려가는 그

아베니다 코리엔테스
이 길을 얼마나 많이 지나쳤을까
오벨리스크를 향해 꼬박꼬박 출첵
밤이면 밤
낮이면 낮

부에노스 아이레스를 부에노스 아이레스로
만들어주는 것 중 하나
-오벨리스크

한국은 블루 하우스,
미국은 화이트 하우스,
아르헨티나는 핑크 하우스
대통령의 집들은 컬러로 말한다
—아르헨티나 대통령궁

화려하다는 수식어로도 모자라는 곳
밤과 낮의 구분조차 무의미해지는 곳
누구 하나 길 잃어도 아무도 신경 쓰지 않는 곳
그 곳, 도시

"산다는 건 충분히 슬프다
그러니 사랑스럽고 즐겁게 표현해야 한다
그러라고 푸른색과 붉은색 물감이 있는 거다"
문득 로트렉의 말이 떠올랐어

당신은 너무 원색적이야
-부에노스 아이레스, 보카 지구

마을을 혼자서 물어 물어. 다행히 도시 전체가 바둑판처럼 생겨서 버스를 타는 것도 생각보다 어렵진 않았다. 낯선 도시에선 당연히 버스보다 지하철이 편하니까 버스는 아예 거들떠 보지도 않게 되지만, 그런 만큼 또 지하철 아닌 버스를 타고나면 스스로가 대견해진다. 지하철은 편하지만 삭막하다. 창 밖 풍경이란 것도 없고 순전히 A에서 B로 이동하면 끝이다. 그러나 버스는 A에서 a-1, a-2, a-3…… 여차하면 도중 뛰어내리고 싶은 풍경들이 마구 덤빈다. 보카로 가는 길의 콜론 공원을 지나는 시원한 풍경이며, 돌아오는 길의 아기자기한 산텔모 지구의 골동품 상점가며. 이러니 버스를 좋아할 수밖에. 물론 안내방송이란 건 없는 버스니까 내릴 때만큼은 정신을 바짝 차려야 한다. 기사 아저씨 옆에서 어디어디서 내려달라고 신신당부하고 매달려있다. 물론 보카는 안내가 필요 없을 만큼 한눈에 알아볼 수 있었다.

보카라고 해서 내렸더니 온통 크레용 상자다. 아니 뮤지컬 세트장이다. 고운 색들의 향연이다. 몹시 해맑은 마네킹들이 알록달록한 건물 곳곳에서 포즈를 취하고 있다. 그 옛날 화려했던 보카를 재연하듯. '보카(boca)'는 '입' 또는 '입구'라는 뜻. 한때 아르헨티나 제일의 항구였다. 유럽에서 꿈을 싣고 신대륙을 찾아온 배들이 정박한 바로 그곳. 노동자와 뱃사람들로 넘쳐났던 선술집과 바의 어두운 조명 아래에서 관능적인 탱고가 태어났다. 이방인들의 설움과 아픔, 절망을 담아. 하루에도 몇 번씩 당연하다는 듯이 탱고 공연이 펼쳐지는 곳. 눈으로도 좇을 수 없는 날렵한 스텝은 관능적이라는 수식어보다는 현란하다는 수식어가 더 어울린다.

보카의 엑기스는 누가 뭐래도 카미니토(Caminito) 거리. 그 어떤 벽도 같은 색으로 칠해져 있지 않다. 그 옛날 가난한 항구 마을, 조선소에서

강약 중간약
한 번의 강렬한 붓터치 후
물러나 리듬을 타는가 싶으면
다시 또 붓을 휘둘러 작업을 한다
마치 거대한 음표가 그림을 그리듯
그런데 그는 무얼 듣고 있는 걸까

지친 걸음을 쉬게 하는 것들
— 부에노스 아이레스 · 보카 지구

쓰다 남은 페인트를 얻어다 되는 대로 칠한 벽이 오늘에는 색동옷 입은 벽으로 전해오는 셈이다. 지금은 그 다채로운 벽 색깔만큼 다양한 나라의 관광객들이 들끓고 있다. 또한 그 관광객들만큼 다양한 기념품 가게들이 넘쳐남은 말할 것도 없다. 거리 전체가 하나의 미술관인양 펼쳐지는 길거리 전시도 빼놓을 수 없는 볼거리다. 어떤 화가는 즉석에서 음악을 들으며 퍼포먼스 하듯 작품을 만드는 중이기도 했다.

하나하나 살펴보며 가을 햇살을 즐기고 있는데, 누군가 말을 걸어온다. 사실은 아까 아까부터 몇 번은 시선이 마주쳤던 제법 생겨주신 청년이 "혼자 여행하는구나?" 말을 걸어온다.

"어, 그런데 왜?"

"음, 난 사진작가야. 혹시 멋진 사진을 원하니?"

"어? 멋진 사진?"

"그러니까 여길 배경으로 네가 나온 멋진 사진 말이야. 이 거리에 전시된 작품들처럼 멋진 사진을 찍어줄 수 있어."

나는 정말로 사진작가란 청년이 혼자 여행하는 내게 호의를 베푸는 거라 생각했는데, 순진한 나의 착각이었다.

"원한다면 20달러에 네가 마음에 들어 할 멋진 사진들을 찍어줄게."

그럼 그렇지. 최대한 예의를 갖춰 말했다.

"난 사진 찍는 건 좋아하지만, 찍히는 건 싫어하거든. 알지? 어떤 건지?"

청년은 머쓱해하며 고개를 끄덕였다. 가난한 사진작가가 배낭여행을 이어가는 생존 전략. 꽤 괜찮은 아르바이트였지만, 오늘은 상대를 잘못 고른 것이다. 그가 구스타보였다.

구스타보는 "망할 놈의 내 사랑(Fucking my lover)"이라며 결코 작지 않은 렌즈 가방을 여행길 내내 메고 다녔다. 정말로 사진작가이긴 한가 보다. 찍은 사진들을 LCD 창으로 보여주는데 하나같이 작품 사진이다. 디지털이 좋긴 좋다. 부끄러웠지만 녀석에게 내가 찍은 사진들도 보여주었다. 사진을 찍는 사람의 시선이 느껴진다는 제법 듣기 좋은 평을 들었다. 역시 칭찬은 사람을 웃게 해. 시작은 좀 황당했지만, 사진을 구실로 조그마한 카페에 들어가 마테차 한 잔 함께 마신다. 스페인에서 같은 스페인어를 쓰는 라틴으로 여행 와서 신나 했는데, 정작 호스텔에선 모두가, 심지어 호스텔 직원까지도 영어를 쓰는 바람에 머리가 아프다며 웃어댄다.

나 또한 스페인을 다녀왔다고 하자 너무 반가워한다. 구스타보는 바르셀로나 출신이다. 해서 그 도도한 까딸루냐 자존심을 세울 줄 알았더니 그렇지도 않다.

"까딸루냐 애들은 스페인어 안 쓰고, 까딸루냐어 쓴다며? 게다가 세금 내서 남부 안달루시아 애들 먹여 살린다고 독립하고 싶어 하구. 아니야?"

어디서 그런 걸 다 들었냐며 신기해한다.

"바르셀로나도 너무 좋았는데, 그지만 솔직히 난 안달루시아가 더 좋았어. 플라멩코도 멋있었구."

"플라멩코를 봤구나. 플라멩코는 스페인이지. 탱고는 아르헨티나고."

"맞어, 맞어. 플라멩코나 탱고나 그게 그거다 싶었는데, 직접 보니까 확 다른 거 있지."

"그래서 스페인 사람이 탱고 추는 건 못 봐주고, 아르헨티나 사람들이 플라멩코 추면 웃겨."

"그 정도야?"

"그럼."

정말로 근사한 탱고를 보고 싶었다. 그 길로 마요(Mayo) 대로까지 달려가 '카페 토르토니(Café Tortoni)'의 공연을 예약했다.

이 도시에서 가장 오래 살았다는 카페, 150살은 되었을 할아버지 카페, 예약을 하지 않고는 차 한 잔 마시기도 쉽지 않은 곳. 고풍스런 분위기는 비엔나 철학 카페라도 온 듯한 느낌이다. 카페라지만 지금은 거의 탕게리아(Tanqueria, 탱고를 보며 식사할 수 있는 곳)에 가까워 보인다. 이곳에서 매일 밤 탱고 쇼가 펼쳐지고, 심지어 화요일과 목요일에는 탱고도 배울 수 있다. 결코 싸지 않은 공연 관람료에 구스타보가 잠시 망설였다.

"내가 맥주 살게."

나도 모르게 그런 말이 불쑥 튀어나왔다.

"그럼 사진 찍어줘야 하는 건가?"

녀석이 농담을 던진다.

"아니, 대신 공연 끝나고 나 좀 바래다줘."

"그거라면 오케이."

내심 저녁공연 후 돌아갈 길이 걱정이었는데 맥주 한 잔 사고 시름을 덜었다.

공연 시간까지 네 시간도 더 남았다. 오늘이 만약 일요일이었더라면 산텔모 지구의 골동품 시장을 둘러보면 좋았을 텐데, 월요일부터 토요일까지 부에노스 아이레스에 머무는 동안 일요일은 없다. 통탄할 일이다. 이번 여행에서 새삼 느낀 건 도시는 주말을 끼고 여행하는 게 좋고, 시골은 평일이 편하다는 것. 도시의 주말은 벼룩시장이며 노천시장 등 볼거리가 풍성해지지만, 시골의 주말은 대부분의 가게가 문을 닫아버려 심심해지기 십상이다. 여행사도 도시에서는 주말에도 문을 연 곳을 쉽게 찾을 수 있지만, 시골은 예외 없이 셔터를 내려버린다.

150년이 다 되어가는 카페
기력이 없을 법도 한데
아직도 밤마다 축제 분위기
　　　　　　　－카페 토르토니

특별할 것 없는 오후도 특별해진다
햇살 하나 더했을 뿐인데
－오후 다섯 시, 부에노스 아이레스

잠시 책의 연주를 감상할 시간
－부에노스 아이레스의 아름다운 서점 '엘 아테네오'

플로리다 거리를 가로질러 발길 닿는 대로 걸어본다. 걷다 보니 '오길비(Ogilvy, '광고계의 할아버지' 같은 존재, 전 세계적으로 유명하다)' 사무실도 보인다. 문득 회사 사람들 얼굴이 하나둘 스쳐갔다. 계속 걷다 보니 '갈레리아스 파시피코(Galerias Pacifico)'와 마주쳤다. 화려하고도 고풍스런 대형 쇼핑몰. 웬만한 박물관 뺨치는 천장화에 단숨에 압도당하고 만다. 겉모습보다 내부가 더 아름다운 공간들은 끝도 없다. 샐러드 뷔페를 먹어볼까 찾아간 '그라닉스(Granix)' 식당이 있는 건물에도 아무렇지 않게 푸른 돔 형태의 아름다운 천장이 숨어있다.

가장 뿌듯한 발견은 '엘 아테네오(El Ateneo)' 서점. 산타페(Santa Fe) 거리 1860번지, 한때 오페라 극장이었던 공간이 그대로 서점으로 다시 태어났다.

"말도 안 돼, 너무 멋있잖아. 이게 무슨 서점이야."

성스러운 천장화도, 멋들어진 실내구조도 모두 오페라 극장 그대로다. 심지어 무대 커튼까지도. 단지 화려한 오페라가 펼쳐졌을 무대에 카페가, 뜨거운 박수와 갈채가 터져 나왔을 객석에 온통 책들이 자리 잡았을 뿐. 확실히 서점 그 이상의 공간이다. VIP석에 앉은 책들과 S석에 앉은 책들이 귓속말을 주고받고, 저 위쪽 발코니에 앉은 책들이 브라보를 외친다.

"한 시간, 아니 한 시간 반 후에 다시 입구에서 만나자."

스페인어가 곧 모국어인 구스타보는 더욱 신이 나 책 속으로 헤엄쳐 다닌다. 삼십 분도 채 되지 않아 서점 순회를 마친 나는, 서울에서 들고 와 읽지 않고 아껴둔 마지막 책을 들고 무대 위 카페로 갔다. 가장 이상적인 건 이 서점에서 직접 책 한 권 사 들고 카페로 와서 독서삼매경에 빠지는 것일 터이나, 외국어로 된 책을 읽는 일은 엄두가 나지 않는다.

아껴둔 책이었던 만큼 너무 재밌다. 서울 같았으면 아마 몇 달은 걸려서 겨우 읽었을 책을 아껴가며 읽다니. 여행이 길어지면 어느 순간 우리말로 쓰인 책이 미치도록 읽고 싶을 때가 있다. 그럴 때엔 길에서 만난 친구들과의 대화며 놀이도 시시해지고, 멋진 풍광도 시시해진다. 그저 아무 책이라도 좋으니 책 좀 읽었으면 좋겠다, 그런 기특한 생각이 절로 든다. 그래서 보통 여행을 가면 일부러 평소에는 잘 안 읽는, 어렵다면 어려울 수도, 지겹다면 지겨울 수도 있는 철학 책, 고전 따위를 몇 권 챙겨간다. 그리고 여행의 어느 시점에 오면 반드시 놀라운 집중력으로 독파하고 만다.

이번 여행에서 《칸트》를 읽고, 《보들레르》를 읽고, 《샤르트르》를 읽고 《문자의 역사》를 읽고, 《장미의 이름》을 읽고 《오래된 미래》를 읽었다. 읽으면 좋은 책과 잘 읽히는 책은 다르다. 여행은 읽으면 좋은 책을 읽기 위한 가장 좋은 배경이 된다. '엘 아테네오' 서점은 그야말로 완벽한 배경이다.

저녁이 되어 다시 찾은 '카페 토르토니', 4인용 테이블이라 멕시코 칸쿤에서 온 커플과 함께 앉았다. 토르토니의 탱고는 단지 춤으로만 끝나지 않고 하나의 스토리를 가미한 뮤지컬처럼 펼쳐졌다. 스페인에서 보았던 플라멩코가 집시들의 한(恨)이랄까, 억눌린 에너지의 발산과도 같았다면 아르헨티나의 탱고는 감정을 이입하기에도 숨가쁜 현란함의 절정과도 같다. 누군가 탱고를 '춤추는 슬픈 감정'이라 했다더니, 그 슬픔은 구구절절 흘러나오는 형태가 아닌 화려한 몸짓 사이에 꼭꼭 숨어있는 듯 했다. 드러나는 언어는 슬픔이라기보다는, 유혹, 정열, 관능, 비밀에 가까워 보였다. 탱고도, 연주도, 노래도 모두 훌륭했다. 관람료가 아깝지 않은 공연이었다.

춤추는 슬픈 감정
탱고

공연이 끝난 뒤 거리는 정말로 한산하다. 대부분의 상점들이 문을 닫고, 북적이던 골목들도 고요하다. 일곱 블록이나 떨어진 호스텔까지 혼자 돌아가기엔 등줄기가 서늘해지는 딱 그만큼의 정적. 구스타보는 카페 토트토니에서 반 블록 떨어진 '포르탈 델 수르 호스텔(Portal del sur hostel)'에 묵고 있었지만, 기꺼이 내가 묵고 있는 호스텔까지 호위해주는 매너를 발휘했다.

우연히 길에서 만난 낯선 타인으로부터 보호받는 느낌, 나쁘지 않다. 겨우 예닐곱 시간을 함께 보냈을 뿐인데, 안녕~ 하자니 또 무안해진다. 따뜻한 가슴이 비아몬테 거리를 꼬옥 안아주었다.

레콜레타 묘지
공동묘지라기엔 너무 많은 발길이 드나드는 곳
아는 이름이라곤 에비타뿐이었지만,
방문객의 발길은 끊이지 않고, 묘지 지도는 불티나게 팔린다
묘지라기보다는 관광지에 가까운

레콜레타에서 죽음은 잊혀진 다른 세상이 아니다
여섯 평 남짓한 묘 자리가 최소 5억
그럼에도 여전히 이곳에 묻히고 싶어 안달인 자와
더 묻어주고 싶어도 공간을 내줄 수 없는 빠듯한 땅과의 끝없는 갈등
저 혼자 소멸하도록 내버려두는 여백은 존재하지 않는다.

한 줌의 흙 대신 빛나는 대리석 벽 아래 잠들어 있는 자들
무덤 안에는 지하실도 있고, 옥상도 있고, 사다리도 있다
다닥다닥 붙어있는 죽은 자들의 주택가 사이를 비껴가며,
죽어서도 이런 아파트 같은 곳에 묻히고 싶을까.
차라리 망망대해를 누비는 바람이 되고 싶은데

이 호화로운 죽음의 땅을, 제대로 즐기는 존재는
햇살 아래 아무렇게나 뒹굴어져 잠자는 고양이들에 불과하다
사는 동안 더 많이 누리고, 사는 동안 더 많이 즐기기 위해
묘지를 나와 달콤한 아이스크림을 왕창 베어 물었다

세상끝에서의 산책

우수아이아

가장 좋아하는 신체 활동을 꼽으라면 단연 걷기다. 어쩌면 여행이 좋은 이유도 아름다운 곳을 원 없이 걸어 다닐 수 있기 때문일지도 모르겠다. 이렇다 할 산책 코스 없는 서울에서도 때로 사람들이 의아해 할 길도 곧잘 걸어 다니곤 했으니까. 그중에서도 볕 좋은 가을날, 고 김수근 선생이 건축한 아름다운 경동교회에서 출발해 장충단로를 따라 남산국립공원을 지나 지금의 블루스퀘어까지 걸어가는 것만큼 즐거운 길도 없다. 단지 한 발을 다른 발 앞에 두며 몸의 중심을 이동하는 것의 반복에 불과할 뿐인데 그 단순한 행위가 주는 즐거움은 내 빈약한 언어로는 감히 표현할 수도 없다. 그런 내게 티에라 델 푸에고 국립공원은 말 그대로 천국이다.

'티에라 델 푸에고(tiera del fuego)', 직역하면 '불의 땅'. 처음 이 땅을 발견한 문명이 붙인 이름이다. 불의 정체는 원주민들이 태운 불길이었다. 불은 사라졌지만, 타오르는 저녁 노을을 보면 꽤 어울리는 이름이기도 하다. 군도의 이름이자 국립공원의 이름. 불의 땅을 걷는다는 문장만으로도 설렌다. 공기는 청량하고, 하늘은 투명하다. 완벽한 자연을 최대한 해치지 않는 범위에서 이정표가 있을 뿐. 사람의 손길이 미친 흔적조차 찾기 힘들다. 누군가와 마주치는 일이 신기할 정도로 사람도 없다. 이 아름다운 공간이 온전히 나만의 공간이 된다는 것. 길이 아까워서 천천히 가야지 하면서도, 길이 너무 좋으니 절로 빨리 가게 된다.

티에라 델 푸에고 국립공원의 첫인상은 정갈함이다. 아무것도 더하거나 덜어내지 않는, 있는 그대로의 정갈함. 맑은 가을 날씨 탓도 있겠다. 문득 주위를 돌아보면 죽은 나무들도 그대로 방치되어 있다. 살아 있는 나무 또한 그대로 방치되어 있다. 인공적인 것과는 멀리, 저절로 나고 소멸하는 것들이 어우러지는 곳, 그곳이 진짜 숲이구나. 새삼 깨닫는다. 폭신폭신 밟히는 이끼도, 바스락거리는 마른 낙엽도, 이제 막 피어나는 들풀도 반드시 그 자리에 있어야 했던 것처럼 자신의 자리에서 최선을 다해 존재하고 있다. 단지 그 자리에 있는 것만으로 위안이 되는 것들, 사람 또한 그런 것이 아닐까. 때로 오가는 왕래가 없어도 그저 그 자리에 있는 것만으로도 의미 있는 사람. 내 주위 숲과 같은 모든 사람들에게 감사한다. 하나둘 떠오르는 얼굴들. 혼자 걷지만 혼자 걷는 게 아니다. 더러 사람들이 떠오르기도 하고, 더러 사건들이 떠올라 동행한다.

그러나 대부분은 어, 내가 무슨 생각하고 있었더라, 자신의 텅 빈 머릿속에 놀라기도 한다. 늘 무언가를 생각하는 것이 업이자 습관이었는데, 사소한 일 하나도 큰 일인 양 생각에 생각을 거듭하며 고민하곤 했었는데, 거대한 자연 속에서는 그 모든 것들이 아무것도 아닌 것처럼 여겨진다. 서울에서는 생각을 비우는 일이 생각을 채우는 일보다 몇 배는 힘들었는데, 이토록 쉽게 아무 생각도 나지 않는 순간들이 찾

숲의 소리를 따라
바람이 일러주는 대로
벌레의 뒤를 좇아

시간 정거장
－ 티에라 델 푸에고

문득 주위를 둘러보면
키 작은 펭귄들이 줄지어 놀고 있다
이 순간만큼은 나 또한 자연이 된다

남극 가까이 산들은 이런 모습

바람 거센 우수아이아를
따뜻하게 보낼 수 있었던 다락방
뒹굴뒹굴 노곤노곤 갸르릉갸르릉
-yakush hostel, 우수아이아

아오는 게 놀랍기만 하다. 잠자기 전에는 내일 뭐 입지 생각하고, 회의 끝나고 나서는 아까 그 말을 내가 했어야 했는데, 지나간 것들을 붙잡고 있고, 금요일이 다가오면 주말 오전에 할 일들부터 생각하고. 그렇게 늘 과거와 미래에 사로잡혀, 지금을 살지만 단 한 번도 지금을 살아본 적 없는 삶. 그 무용의 일들을 이 먼 곳, 세상의 끝에서 겨우 내려놓게 된다. 문득 영화 〈해피 투게더〉의 장면이 떠오른다. "네 목소리를 여기 녹음해줘. 그냥 아무거나 말해. 슬픈 일을 말해도 괜찮아. 세상 끝에 모두 버려줄게." 아휘의 슬픔을 묻은 세상 끝 등대가 바로 이곳 우수아이아에 있다. 슬픔을 버리고 오는 곳. 등대는 아니지만, 세상 끝에서 할 수만 있다면 모든 슬픔을 버리고 싶어졌다. 외로움에서 슬픔을 제거하기란 쉽지 않은 일이지만, 온전히 지금 이 순간에 집중하며 담담히 걸어본다. 슬픔, 분노, 좌절, 고민, 모든 것을 비우고, 과거도 비우고, 미래도 비우고, 다만 눈앞의 푸른 길을 걸어가는 것, 우거진 나무들을 감상하는 것, 나뭇잎마다 가득 고인 빛의 반짝임을 좇아가는 것, 그런 일들을 하는 것만으로도 티에라 델 푸에고의 시간은 충만하다.

한참을 걷다 세상 끝 우체국에 닿았다. 누구에게 엽서를 보낼까 고민 끝에 서울의 나에게 엽서를 부친다. 여행이 끝나고, 돌아가면 세상 끝에서 보낸 엽서가 잘 돌아왔다고 보듬어줄 것이다.

지구의 남쪽 끝 마을, 우수아이아
마을은 스스로의 좌표를
세상의 끝(Fin del Mundo)이라 소개한다
기념품 가게, 관광안내소, 우체국,
어딜 가나 이 말을 볼 수 있다
북쪽에서 내려다보면 세상의 끝이지만
남쪽에서 바라보면 세상의 시작
다시 여행 시작이다

집으로 돌아오는 길

"제니요, 제니, 호따(J) 에(e) 에네(n) 에네(n) 이그리에가(y)."

"아, 너구나. 어제도 왔었지?"

소나로사 스타벅스 주문대. 외국 이름으로 주문을 할 땐 철자를 불러주는 게 예의니까 알파벳을 늘어놓다 보면 저쪽에서 먼저 아는 척을 한다. 말하자면 단골이 되어버린 거다.

다시 또 어딜 가서 호따 에 에네 에네 이그리에가, 할 수 있을까?

내일모레 뉴욕행을 앞두고 문득 가슴 한 켠이 서늘해졌다.

또 하나의 여행이 이렇게 끝이 나는구나. 아직 가지 않은 땅이 더 많고, 만나지 못한 하늘이 더 많고, 듣지 못한 노래가 더 많은데⋯⋯. 여전히 서투르지만 더 이상 스페인어 한 마디 할 일조차 없겠다 생각하니, 이만저만 서운해지는 게 아니다. 그렇다고 중남미가 너무 좋아 눌러앉아 살고 싶은 것도 아닌데 말이다. 미칠 듯이 사랑하지 않아도 그리울 수 있구나. 그새 정이 들어버렸나.

행여 내가 이 여행을 그리워하여 울적해지는 일이 없도록 울적한 마음일랑 서울까지 싸 들고 가지 말고 어떻게든 다 덜어놓고 가야지. 정거장 같은 뉴욕에서 실컷 후유증을 겪고 나면 서울에선 한결 쉬워질 것이야. 부러 뉴욕의 체류도 보름이 넘게 잡은 터였다.

과연 뉴욕은 그랬다. 이방인이라 할지라도 영어로 말할 것을 당연하게 기대하고, 워낙 인종들이 다양해 동양 여자애 하나쯤은 눈에 띄지도 않고. 정말로, 정말로 많은 사람들로 붐비는 곳. 볼리비아 골목 같은 데선 온 동네 남자들의 시선을 한 몸에 받았는데, 여기선 더 이상 내가 특별하지 않다. 나는 끝없는 해변을 채운 수많은 모래알 중 하나에 불과했다.

그때 들리는 또 하나의 언어. 스페인어가 귓속으로 굴러온 것이다. 이전까진 그저 수많은 외국어, 낯선 소리에 불과했던 말이 중남미를 다녀온 후 언어가 되어 들려왔다.
'끝난 게 아니구나.'

"커피 더 주실 수 있어요?"
"이런, 스페인어를 하네요."
"아, 네, 조금요."
"커피는 얼마든지 드리지요, 귀여운 아가씨. 그런데 이름이 뭐죠?"
"아, 제니요, 제니, 호따(J) 에(e) 에네(n) 에네(n) 이그리에가(y)."

국경은 넘었지만, 삶은 이어졌고, 여행은 끝난 듯 보였지만, 여전히 진행 중이다.

2014년의 물가로 살펴보면

페루

화폐 단위 : 솔(sol)

1솔 = 약 370원

교통

리마 시내

미크로버스 : 거리에 따라 요금이 다르나 보통 1.2솔(약 450원)

택시 : 미터기가 없는 경우가 많으며 요금은 시내에서는 보통 5~10솔 정도
(약 1,800~3,700원)

도시 이동

• 남미의 거의 모든 국가가 버스 중심으로 교통편이 발달해 있다.

• 장거리 버스의 경우, 버스 내 화장실은 물론 좌석마다 모니터가 있는 버스
도 있다.

• 리마에서 피스코까지 가장 비싼 크루스 델 수르 버스의 경우, 3시간 35분

소요, 55솔(약 2만 원)

페루 기차 여행

www.perurail.com (영문 페이지 있음)

- 쿠스코에서 마추픽추 가기

하루 4편 운행, 성수기 73~475$ / 비수기 70~460$

- 쿠스코에서 푸노 가기

오전 8시 출발~오후 6시 도착, 268$

4월~10월 주 4회 운행(월, 수, 금, 토), 11월~3월 주 3회 운행(월, 수, 토)

숙소

이카의 아름다운 숙소

엘 와카치네로(El huacachinero)

저렴한 도미토리 형태의 숙소는 없어진 것 같고, 객실당 요금으로 2인실이
약 66,000원 정도

푸노의 숙소

저렴한 도미토리의 경우 7천 원~8천 원

식당

아벤투라스 마리나스(Aventuras Marinas)

주소 : Manuel Bonilla 178-B, Miraflores

세트 런치 메뉴가 8~10솔(약 3,000~3,700원)

쇼핑

슈퍼 비반다

주소 : Av. Jose Pardo 715 (Jr. Bolognesi), Miraflores

홈페이지 : www.vivanda.com.pe

쇼핑 가이드에 해당하는 메뉴 버튼(guia de compras)을 누르면 대략적인 페루 슈퍼마켓 물가를 짐작할 수 있다. 24시간 운영하는, 쾌적한 대형 슈퍼마켓으로 페루의 대형슈퍼 메트로(metro)나 옹(wong : 홈페이지www.ewong.com)과 비교하면 다소 비싼 편이긴 하다.

까사 이 이데아스 가게

홈페이지 : www.casaideas.com

비교적 저렴한 가격에 판매되는 소품들을 볼 수 있다.

관광

나스카 경비행기 투어 : 80~90$

마추픽추 입장료 : 62$ (학생 37$)

입장 인원 제한이 있는 만큼 성수기의 경우 미리 예약하는 것이 안전하다.

홈페이지 www.ticketmachupicchu.com

볼리비아

화폐 단위 : 볼리비아노(boliviano)

1볼리비아노 = 약 160원

숙소

호스텔 오스트리아(Hostal Austria)

주소: Yanacocha 531 La Paz Zona 10

도미토리 35볼리비아노(약 5,600원)

더블룸 70볼리비아노(약 11,200원)

관광

라파스 시티투어버스 : 60볼리비아노(약 9,600원)

홈페이지 : www.lapazcitytour.net (영문 페이지 있음)

우유니 투어

• 싸게는 650~1,200볼리비아노까지 부르는 게 값인 경우가 많다.
십만원 상당에 예약을 한다면 잘 한 것이다.

• 성수기 비수기에 따라 가격이 다르고, 어디서 예약하느냐에 따라 다르다.
라파스에서 미리 예약할 경우 더 비쌀 확률이 높다.

• 가장 저렴하게 예약하는 방법은 우유니에서 투어 직전에 예약하는 방법

칠레

화폐 단위: 페소(peso)

1페소 = 약 1.86원

칠레의 페소는 남미의 다른 나라에 비해 화폐 단위가 크다. 1부터 100까지만 겨우 세던 습관에 상당한 위기가 찾아온다.

아르헨티나

화폐 단위: 페소(peso)
1페소 = 공식 123원 / 비공식 73원

현재 아르헨티나 물가는 매우 불안한 상태다. 매일 달라지는 건 물론 시간대별 환율 차이도 크다. 2014년 들어 물가 인상률이 40% 가까이 올랐다는 뉴스가 나올 정도다. 여행자로서 유념해야 할 것은 은행 환전과 길거리 환전이 두 배 가까이 차이가 나니 반드시 비교해볼 것. 공식 환율로 계산할 경우 1페소가 약 123원일 때, 비공식은 73원 정도인 수준이니까. 즉, 은행 ATM으로 인출하거나 공식 환전소에서 환전하는 것과 플로리다 거리나 한인촌 환전소, 한인들 사업체(주로 옷가게) 또는 동네 환전소에서 환전하는 것의 차이가 크다는 말이다.

• 아래는 실시간 환율을 확인해볼 수 있는 사이트
http://www.lanacion.com.ar/dolar-hoy-t1369
• 환율 확인하는 법
dolarcompra (살 때) $ 8.4= 1달러로 살 수 있는 페소가 8.37페소라는 뜻

관광

참고로 아르헨티나는 관광업에 이중가격제를 도입하고 있다. 외국인과 내국인, 대학생, 은퇴자와 연소자의 가격이 각각 다르다. 티에라 델 푸에고 국립공원의 입장료만 보더라도, 외국인이 140페소를 내야 하는 데 비해 내국인은 40페소, 지역 주민 및 대학생은 20페소, 은퇴자와 연소자는 무료다.

티에라 델 푸에고 국립공원 입장료

140페소(공식 환율 약 17,200원 / 비공식 환율 약 10,200원)

모레노 빙하 입장료

정확히 말하면, 모레노 빙하가 있는 로스 글라시아레스 국립공원 입장료

차이는 215페소(공식 환율 약 26,500원 / 비공식 환율 약 15,700원)

모레노 빙하 투어

8월 초에서 5월 말 사이 운영

미니 트래킹 1,150페소(공식 환율 약 141,000원/ 비공식 환율 약 84,000원)

후지여관의 송어낚시투어

150페소에 낚시 허가증이 70페소 정도라고 한다

부에노스 아이레스 '카페 토르토니'의 탱고 공연

www.cafetortoni.com.ar (영문 페이지 있음)

요일별로 다양한 공연이 있고, 공연 티켓은 220페소(약 27,000원)이다